KB064780

당직실 고양이

당직실 고양이

Book
magazine&publishing

일러두기

소설 속 인명과 사건은 모두 허구이며, 실제와 무관함을 밝힙니다.

2023년 5월 중순

"냐옹!"

"아르륵! 아륵!"

"아악! 아악! "

한낮 온도가 30도에 이를 정도로 때이른 더위가 찾아온 5월 중순의 어느 날 밤, 날카로운 고양이 울음소리가 서울시 마포구 한 아파트 단지의 정적을 깨트렸다.

주민들은 야밤에 울리는 거친 고양이 울음소리가 거슬리기는 했지만, 곧 그치겠지 싶어 애써 외면했다. 그러나, TV 소리에 묻혀 잠시 잊혔던 울음소리는 잠자리에 들자 더욱 기승을 부리기 시작했다. 주민들은 밤중에 고양이를 저렇게 울게 하는 인간들의 면상을 보고 싶은 마음이 굴뚝같았다.

사실 고양이 울음소리가 어디서 나는지는 잘 구분이 안 되었다. 아파트 안에서 우는지, 밖에서 우는지 아리송했다. 옆집에서 나는 것 같기도 하고, 윗집에서 나는 것 같기도 하고, 아랫집에서 나는 것 같기도 했다. 갑자기 몰아친 열대 고기압으로 기온이 급격히 올라간 탓에, 주민들은 에어컨 희망 온도를 최대한 낮추고 집에서 한 발짝도 나서려 하지 않았다. 직접 나서는 대신 아파트 경비실에 항의하는 것으로 매듭지으려는 생각이었다.

주민들의 거친 항의로 애꿎은 아파트 경비원들만 찜통더위 속으로 내몰렸다. 한 경비원은 바짓가랑이를 무릎까지 걷어 올리고 슬리퍼를 신은 채, 툴툴거리며 경비실을 나서기도 했다. 이날만은 아무도 그의 복장을 지적하지 않았다. 경비원들이 구역을 나누어 확인해 보았지만, 고양이 소리의 진원지를 확인할 수는 없었다.

"냐옹!"

"아르륵! 아륵!"

"까까! 까깍!"

여기 같아서 가 보면 저기서 나는 것 같고, 저기로 가 보면 또 다른 곳에서 나는 것 같았다. 귀신이 곡할 노릇이라고 할 수밖에 없었다. 울음소리가 계속되면서 집 안에 머물던 반려견들도 고양이 소리에 맞춰 짖기 시작했다. 온 아파트 단지가 개와 고양이 소리로 난리가 났고, 시끄러워 죽겠다는 주민들의 민원이 빗발쳤다.

몇 번을 반복하고 나서야 고양이 사태는 잠시 소강상태에 접어들었다. 때맞춰 관리사무소의 안내가 스피커를 통해 흘러 나왔다.

"아, 아! 관리사무소에서 안내 말씀드리겠습니다. 고양이 울음소리로 주민들의 불만이 접수되고 있습니다. 고양이가 어디서 우는지 아직 파악이 되고 있지 않습니다. 반려동물과 함께 하시는 입주민 여러분께서는 펫 에티켓에 각별히 신경 쓰셔서 이웃에 피해가 가지 않도록 해 주실 것을 부탁드리겠습니다. 이상, 관리사무소에서 말씀드렸습니다."

그도 잠시, 고양이는 다시 울기 시작했다. 애교를 부리는 것 같기도 하다가, 애원하는 것 같기도 했다. 짜증을 내는 것 같기도 하다가, 호통을 치는 것 같기도 했다. 대부분

주민들은 고양이 울음소리가 이렇게 다양할 수도 있다는 걸 처음 알았다.

"우웅!"

"캭!"

자신의 말귀를 못 알아듣는 인간들에게 화가 났나 싶을 정도로 신경질적인 소리였다. 주민들은 다시 경비실에 연결을 시도했지만, 통화 중 신호만 반복되었다. 거듭 연결에 실패한 주민들은 어쩔 수 없이 끓어오르는 분노를 참고, 억지로라도 잠을 청하기로 했다. 하지만 아무리 귀를 틀어막아도 이상고온과 고양이 소리로 쉽게 잠에 들 수 없었다.

2023년 4월

후덥지근한 느낌에 눈을 뜬 길건은 자신이 집이 아니라 길 한가운데 누워 있다는 사실에 깜짝 놀랐다. 자신이 왜 이곳에 있는지, 지금 있는 곳은 어딘지 감조차 잡히지 않았다.

길건은 혼란스러웠다. 술이 깨지 않았는지 머리는 빙빙 돌고, 속이 메스꺼워 몇 번이나 먹은 것을 게워 냈다. 그는 주변을 둘러보았다. 시간을 가늠하기 힘들었지만 꽤 깊은 밤 같았다. 주변에 사람이라고는 한 명도 보이지 않았다. 다만 아파트 단지를 비추는 가로등 때문인지 사방이 대낮같이 훤하게 보였다. 아침에 먹은 베이글 모양의 초승달과 밤하늘에 하얀 점을 찍은 것 같은 별들은 늘 보던 것이었다.

분명히 저녁 술자리가 끝나고 택시를 탄 것까지는 기억이 났다. 회식이 끝나고 직원들이 길건을 택시에 태웠다. 그는 자신의 몸도 제대로 가누지 못하면서도 상사를 챙기는 직원들의 인사까지 받고 바로 잠이 든 듯했다. 직원들은 분명히 앱으로 택시를 불렀을 것이다. 그렇다면 택시비는 정확히 지불되었을 것이고, 택시 기사는 그를 집까지 정확히 데려다주었어야 마땅하다. 하지만 그가 서 있는 곳은 자신이 사는 아파트가 분명 아니었다.

어제 길건이 광고 기획 팀장으로 있는 광고 회사 미라클컴이 세계 최대 로봇 회사 암봇(ArmBot)의 광고 대행을 따낸 것을 축하하는 자리가 있었다. 암봇은 의료 및 간병 로봇, 밀리터리 로봇 분야에서 엄청나게 급성장한 글로벌 기업이었다. 로봇 시장 세계 1위를 달성한 것은 물론, 애플을 제치고 시가 총액 세계 1위를 달성할 것으로 기대되는 기업이기도 했다. 그 암봇의 한국 광고 대행을 쟁쟁한 하우스 에이전트들을 제치고 업계 10위권 밖의 미라클컴이 수주한 것이다. 길건이 이전에 근무했던 국내 최고의 광고 회사를 제치고 이뤄 낸 결과여서 더욱 뜻깊었다.

국내는 물론 세계 광고 업계가 발칵 뒤집힌 것은 두말할 나위 없는 일이었다. 길건은 이날 하루 동안 엄청나게 많은 축하 인사를 많이 받았다. 평생 받은 축하 인사보다 더 많을 것 같았다. 계속되는 축하 인사에 하루 종일 정신이 없었지만, 마냥 즐겁지만은 않았다. 이렇게 마음 놓고 웃을 수 있는 것도 딱 하루이리라. 늘 그랬듯이 이렇게 큰 프로젝트를 수주하면 당일 딱 하루 기분이 좋고 다음 날부터는 또 다른 스트레스가 되었다.

당연히 암봇 프로젝트팀을 위한 회식 자리가 마련되었다. 길건도 이날만은 즐기고 싶었다. 프로젝트에 참여한 모든 부서의 팀원들을 위한 자리였다. 직원들은 프로젝트를 준비하던 동안 있었던 갈등을 회고하면서 네가 잘 했니, 내가 잘 했니 하면서 한 잔의 술로 그간의 갈등을 털어 냈다.

"건배!"

술자리가 시작된지 얼마 되지도 않았는데 길건은 이미 평소 주량을 훌쩍 넘길 만큼 마셨다. 이렇게 기쁜 날 직원들이 내미는 술잔을 외면할 수 없었다. 이 또한 팀장의 숙명이고 그것이 문제였다.

"원 핑거, 원 핑거! 요 손가락 두께만큼만 따라 줘!"

길건의 머릿속에 함께 잔을 기울인 직원들의 환하게 웃는 모습이 한 명씩 스쳐 지나갔다. 어깨동무를 한 채로 노래를 하고, 한 명 두 명 쓰러지면서 1차가 마무리됐다. 경계심은 승리에 도취된 기분과 엄청난 술로 인해 쉽게 무장 해제되었다.

그가 전날 저녁에 있었던 일을 복기하고 있던 바로 그때, 1층의 어느 집 거실 불이 켜졌다. 잠시 후, 같은 동 1층 현관 불도 켜졌다. 그와 동시에 한 여자가 밖으로 나왔다. 술기운 때문인지 여자의 얼굴이 두 개, 세 개로 겹쳐 보였다. 거기다 여자의 몸이 몹시 흔들렸다. 아니, 어쩌면 길건의 몸이 흔들리고 있는 걸지도 몰랐다. 그녀의 얼굴이 이상하게 낯이 익었다. 잠시나마 자신의 아내가 아닐까 생각을 해 보기도 했지만, 그 생각은 바로 접었다. 아내라고 하기엔 키가 너무 컸다.

길건은 일단 안으로 들어가기로 결정했다. 4월의 늦은 밤임에도 불구하고 한여름 같은 열기가 도무지 식을 기미가 보이지 않았고, 높은 습도 때문에 숨이 막혀 단 1초도 서 있을 수가 없었다. 두꺼운 털옷이라도 입은 것처럼 온몸에 열이 올랐다. 무엇보다도 속이 계속 울렁거려 편안하게 누워서 잠이라도 자고 싶었다.

마침 여자가 현관에 잠시 서 있는 동안 현관 자동문이 열려 있었다. 가까이서 본 여자는 멀리서 본 것보다 더욱 컸다. 길건이 한참을 올려다볼 정도였다. 하도 올려다봐서 목이 다 아플 지경이었다. 여자는 길건을 보지 못한 것 같았다. 여자가 나온 것으로 보이는 집의 현관문도 열려 있었다.

길건은 잠시 망설였지만, 일단 들어가고 봤다. 머리가 아프고 속도 메스꺼워서 식은땀이 줄줄 흐르는 것 같았다. 일단 좀 누워야겠다는 생각뿐이었다. 그는 자신의 의

지와 상관없이 집 안으로 몸을 들이 밀었다. 호수를 알리는 아라비아 숫자가 적힌 팻말은 생각보다 꽤 높은 곳에 달려 있었다. 그 집은 층고 자체가 높았다. 1층에 살아 본 적이 없는 길건은 이 아파트도 자신의 회사가 있는 빌딩처럼 1층 층고를 높이 했나 보다 생각했다.

냉방을 돌렸는지 차가운 기운이 남아 있는 집 안은 매우 시원하고 상쾌했다. 길건은 거실에 들어서자마자 바닥에 드러누워 버렸다. 깨질 듯 아픈 머리 때문인지 높은 천장이 빙글빙글 도는 것 같았고, 눈은 빙글빙글 도는 천장을 따라 돌다가 저절로 감겼다.

감겼던 길건의 눈이 갑자기 떠졌다. 술을 많이 마셔 목이 말랐다. 여느 때와 마찬가지로 코를 심하게 골았던 모양이다. 목도 약간 부은 것 같았다. 한 번 걸린 코로나에 또 걸린 것은 아닌지 불안감이 일었지만 아닐 거라고 자신을 다독였다. 술을 마시고 나면 항상 나타나는 증상이었다.

시간이 얼마나 지났을까? 잠시 눈을 감은 것 같기도 하고 오랫동안 잔 것 같기도 했다. 길건은 물을 마시기 위해 냉장고로 향했다. 그는 자신의 키를 훌쩍 넘는 엄청난 크기의 냉장고를 보고 깜짝 놀랐다. 손잡이가 자신의 머리 한참 위에 있을 정도였다. 이렇게 큰 냉장고는 태어나서 본 적이 없었다. 갈증으로 목이 타들어 가는데 이 냉장고에서 물을 꺼내 먹기란 애당초 틀린 것 같았다. 그는 화가 나서 그만 자신도 모르게 소리를 질렀다.

"냐~옹!"

길건은 갑작스러운 고양이 소리에 깜짝 놀라 주위를 살펴보았다. 아무도 없었다.

고양이 소리 같기도 하고, 갓난아이 울음소리 같기도 했다. 현관에서 보았던 여자의 아이가 우는 건 아닐까? 잠시 생각했지만 잘못 들었겠거니 싶어 신경 쓰지 않기로 했다. 길건은 그제서야 집 안을 자세히 둘러보기 시작했다. 그러고 보니, 집도 집이지만 놓인 가구들도 비현실적으로 컸다.

주변의 비현실적인 모습은 마치 거인국에 왔다고 착각하게 만들기 충분했다. 그는 머리가 깨질 듯이 아파 자신도 모르게 이를 악물고 신음을 냈다. 그러나, 그의 입에서 나온 것은 고양이 울음소리였다.

"하악! 칵!"

길건은 자신의 입에서 흘러나온 소리에 놀라, 다시 한 번 주변을 살펴보았다. 아무도 없었다. 아기의 모습도 고양이의 모습도 찾아볼 수 없었다.

"캬!"

길건은 어두운 통창 앞에 선 고양이를 발견하고 깜짝 놀라 자신도 모르게 뒷걸음질을 쳤다.

"갸! 아윽!"

분명히 고양이였다. 고양이 한 마리가 자신을 노려보고 있었다. 어둠 속에서 빛나는 고양이의 눈동자는 간담을 서늘케 하기 충분했다. 길건은 '웬 놈의 고양이 녀석이 사람을 놀래켜?' 하고 자신도 모르게 투덜댔다.

"캬갸갸옥!"

그런데, 통창 앞에 있는 고양이도 자신을 따라서 뭐라고 계속 중얼거리는 것 아닌가? 길건은 이상하다는 생각이 들기 시작했다. 자세히 보니 고양이는 통창 앞에 있는 것이 아니라, 통창에 비친 것이었다. 자신이 중얼거리는 대로 고양이도 같이 중얼거렸다.

"냐! 냐냥!"

자신이 오른손을 들면 고양이는 왼발을 들고, 고개를

오른쪽으로 돌리면 고양이도 왼쪽으로 돌렸다. 그는 자신의 손과 발을 내려보고는 깜짝 놀랐다.

"갸! 아옥!"

길건은 자신도 모르게 소리를 질렀다. 그리고, 거실 바닥에 털썩 주저앉았다. 통창에 비친 고양이 역시 뒤로 물러나면서 자리에 주저앉았다. 그제야 자신 손과 발이 고양이 털로 뒤덮인 것을 알아차렸다.

"아옥!"

길건은 창문에 비친 자신의 모습을 보고 이루 말할 수 없는 충격에 빠졌다. 현실이 아닐 것이라고 자신을 달래보았지만, 꿈이라고 하기에는 너무나도 생생했다. 볼을 꼬집어 보려고 했지만, 볼은 잡히지 않았다. 수북한 털의 감촉이 손바닥을 타고 올라왔다. 손등을 깨물어 보려 했지만, 역시 쉽지 않았다. 무슨 놈의 털이 그렇게도 많은지 깨물 수조차 없었다. 간신히 피가 날 정도로 앞발을 세게 깨물고 나서야 꿈이 아니라는 것을 알았다. 마치 한겨울에 얼음물을 뒤집어쓴 것처럼 오싹했다.

"우으으!"

길건은 자신의 눈앞에 벌어진 일들을 도저히 받아들일

수 없었다. 고통으로 가득 찬 신음이 저절로 입에서 새어 나왔다.

"하아악!"

형용할 수 없는 공포가 밀려왔다. 곧이어 이상함이 느껴졌다. 거실은 모든 전등이 꺼진 상태였지만, 마치 불을 켠 것처럼 훤했다. 그제서야 고양이의 모습이 한눈에 들어왔다. 거실 창에 비친 고양이는 검은색 바탕에 흰색 털이 섞여 있었다. 주먹만 한 얼굴에 눈이 반을 차지했다.

"우우으으으으."

눈 위로는 내천(川)자처럼 보이는 무늬가 있고, 커다란 귀는 뒤로 젖혀져 있었다. 몸집은 40~50센티미터 정도에, 체중은 5킬로그램 정도나 나갈까? 전체적으로 날렵한 몸을 하고 있었다. 고양이라고 하면 누구나 떠올릴 만한 전형적인 모습이었다. 검은 눈동자는 흰자위가 보이지 않을 정도로 크고 동그랗다. 고양이는 등이 활처럼 휜 상태에서 털을 곤두세우고 있었다. 한눈에 보아도 경계심이 가득하고 매우 화가 난 모습이었다. 누가 조금이라도 다가가면 달려들 태세였다.

"캬악! 하아악!"

꿈인지 아닌지 분간은 가지 않았지만, 꿈이든 현실이든 길건은 자신이 고양이의 모습을 하고 있다는 사실을 인정할 수밖에 없었다. 침을 뱉어 보았지만 잘 되지는 않았다. 혀로 오른쪽 앞발을 핥아 보았다. 빨간색 피가 묻어났다. 자신이 깨문 발에서 피가 나는 것이었다. 침을 삼키자 피 맛이 느껴졌다.

"아울!"

그는 근처에 있는 가구를 발로 차고 소리를 질러 보았지만 소용이 없었다. 발로 찬 게 아니라 앞발로 내리쳤다고 해야 정확하겠지만. 어쨌든 아무것도 달라지지 않았고 괜히 발만 아팠다.

"갸아악!"

아무리 소리를 지르고 욕을 해 봐도 귀에 들리는 건 영락없는 고양이 소리였다. 밖으로 나가려고 문으로 다가갔지만, 문고리는 너무 높은 곳에 달려 있었다. 길건은 손잡이를 잡으려고 일어서 보았지만 소용이 없었다. 문만 열심히 박박 긁어 댈 뿐이었다.

"까각! 깍!"

길건이 지쳐 문 앞에 쓰러져 있을 때 갑자기 문이 열렸다. 좀 전에 보았던 그 여자였다. 길건은 깜짝 놀랐다. 귀가 쭈뼛 서고 온몸의 털이 곤두서는 느낌이었다. 자신도 모르게 몸이 굳더니 앞발과 머리를 낮췄다. 등을 둥글게 말아 올리고 덩치를 키웠다. 그의 입에서는 또다시 날카로운 고양이 울음소리가 새어 나왔다.

"카아악! 하아악!"

"XX! X XXX?"

걸리버 여행기에나 나올 법한 거인 같은 여인이었다. 그녀는 검정색 추리닝을 입고 있었다. 추리닝에는 하얀색 줄이 세 줄 그어져 있었다. 길건은 겁에 질려 자신도 모르게 뒷걸음질을 했다. 여자가 뭐라고 이야기하는 것 같았지만, 정확히 뭐라고 하는지는 알 수 없었다. 다른 행성의 언어 같았다.

"하악!"

길건은 겁에 질려 뒷걸음질을 치면서도 여자를 매섭게 노려보며 한 대 치기라도 할 듯 앞발을 허공에 대고 휘둘렀다. 그녀도 길건을 경계하는 듯 움찔거렸다.

여자는 꿈에도 모르겠지만, 정말 무서운 쪽은 길건이었다. 그는 공포스러울 정도로 커다란 그녀가 가까이 오지 못하도록 공격적인 자세를 취했다. 세상 살면서 이렇게 무서운 경우는 처음이었다. 그는 다시 한번 자신의 등이 올라가면서 부풀려지는 것을 느꼈다. 털이 곤두서면서 자신도 모르게 하악질이 나왔다.

"하악! 하아악!"

경고가 통했는지 여자는 가만히 멈춰 서서 길건을 관찰하기 시작했다. 그러고는 무어라 말을 했는데, 이상하게도 그녀의 이야기를 정확히 알아들을 수 없었다. 그런데, 시간이 흘러가면서 귀에 익은 단어들이 하나둘씩 들리기 시작했다. 길건은 자신이 취해서 그런 거라고 생각했다. 자신도 모르게 소리를 질렀다. 이건 정말 꿈이라고 말이다.

"하악! 캬악!"

"어멋! 이게 뭐야?"

여자의 얼굴이 서서히 뚜렷하게 보이기 시작했다. 말도 이제 어느 정도 알아들을 수 있었다.

'이거라니? 무슨 말을 이 따위로 해?'

"너, 어떻게 들어온 거니?"

'얻다 대고 반말이야?'

"어디서 아기 울음소리가 이렇게 들리나 했더니, 네 울음소리였구나?"

울음소리라는 말에 길건은 깜짝 놀랐다. 그는 창문에 비친 자신과 그녀의 모습을 보았다. 분명히 자신은 아직도 고양이였다. 그녀는 고양이를 싫어하는 것 같지는 않았지만, 무슨 이유에서인지 만지지는 않았다.

"뭐야? 왜 이렇게 소란스러워?

한 남자가 등장했다. 그는 소란함에 잠에서 깨어난 듯, 눈도 제대로 뜨지 못하고 귀찮음이 역력한 표정이었다. 길건은 소파 뒤로 잽싸게 몸을 숨겼다.

"여보! 얘가 어떻게 우리 집에 들어온 거지?"

"당신이 문 열어 놓은 거 아냐? 아까 일어나서 나가는 것 같던데."

"내가 잠이 안 와서 잠시 밖에 나갔는데, 그 사이 들어왔나 보네. 어쨌든 얘 밖으로 내보내자. 애들이 만지면 좀 그렇잖아."

남자가 여자를 밀어내고 소파 뒤 길건에게 다가와 앉았다.

"이리와, 아이고, 예쁘게 생겼네."

남자는 크지 않지만 높은 목소리를 일부러 내며 길건에게 손을 뻗었다. 그 소리가 싫지는 않았지만, 길건은 경계를 늦추지 않고 그를 노려보면서 한 발짝 뒷걸음질을 쳤다. 여전히 귀를 뉘인 채 등을 구부려 몸집을 과시했다.

"괜찮아."

남자가 부드러운 표정으로 다가와서 길건에게 손을 뻗었다. 그에게서 좋은 냄새가 났다. 그가 뻗은 손으로 길건의 머리를 쓰다듬었다. 긴장이 풀어지면서 심장 박동이 천천히 정상으로 돌아왔다. 남자의 손은 어느새 등을 쓰다듬고 있었다. 능숙하고 부드러운 손길은 길건의 경계심을 낮추기에 충분했다. 길건은 그에게서 마치 오랜 친구 같은 느낌을 받았다. 몸이 이완되자 곤두섰던 털도 차분히 가라앉았다. 그가 길건의 앞발 사이로 손을 넣어 들어 안았다.

"무슨 사연인지 모르겠지만, 참 잘 왔다. 이것도 운명이야."

길건은 자신도 모르게 그에게 몸을 맡겼다. 마치 오래된 친구 사이처럼. 그러나, 길건과 그 남자와의 긴밀한 관계 형성은 갑작스러운 여자의 돌출 행동으로 와장창 깨지고 말았다.

“우리 집에서는 고양이 못 키워! 우리 아이들 알레르기도 있는 거 당신도 알지? 집에서 키우는 건 꿈도 꾸지 마!”

2023년 6월 25일

“삐보~ 삐보~”

대부분의 주민이 아직 잠자리에서 일어나지도 않은 평온한 일요일 아침, 날카로운 사이렌 소리가 서울시 마포구의 한 아파트 주민들을 아침잠에서 깨웠다.

꿈과 현실의 중간에서, 나른함을 최대한 길게 즐기려는 주민들에게 사이렌 소리는 짜증을 유발하기 충분했다. 주민들은 계속 이어지는 사이렌 소리가 일상적인 앰뷸런스 소리와는 다르다는 사실을 뒤늦게 깨달았다.

사이렌 소리가 유달리 요란하게 들렸고, 한두 대에서 나는 것이 아니었다. 높낮이와 길이도 서로 달랐다. 이상함을 감지한 일부 주민들은 창문을 열고 아파트 단지를 내려다보았다. 어제 내린 비로 촉촉히 젖은 단지 내 주차장에 앰뷸런스는 물론, 경찰차까지 가득했다. 주민들은 깜짝 놀랐다. 호기심 많고 성격이 급한 일부 주민들이 반바지에 슬리퍼 차림으로 앰뷸런스와 경찰차 주변을 둘러싸고 있었다.

과학수사대라는 글씨가 써 있는 밴이 도착하고 과학수사대 로고가 박힌 조끼와 방진복을 입은 요원들이 제복 경찰의 안내를 받아 장비를 들고 아파트 현관으로 들어갔다. 잠시 후, 형사를 태운 밴도 도착했다. 밴에서 나온 형사들은 노란 접근 금지 테이프를 지키던 제복 경찰의 경례를 받고 과학수사대 요원들이 들어간 현관으로 따라 들어갔다.

시간이 한참 지난 후, 흰 천으로 덮힌 환자 이송용 침대가 제복 경찰과 119 응급 요원에게 둘러싸여 아파트 현관에서 주차장으로 나왔다. 누구인지 확인하고 싶어 하는 주민들을 제복 경찰들이 막아섰다. 조금이라도 가까이 보려는 주민과 이를 저지하려는 경찰들 사이에 실랑이가 벌어졌다. 119 응급 요원들은 환자 이송용 침대를 앰뷸런스에 옮겨 실었다. 아침잠에서 일어나기를 거부하는 일부 주민을 제외하고는 대부분 아파트 주민이 이 일련의 과정을 자신의 베란다에서 전부 지켜보았다. 이른 무더위가 찾아온 6월 휴일 아침은 이렇게 번잡하게 끝이 났다.

다음 날, 주민들 사이에서는 전날 사망한 사람에 대한 확인되지 않은 이야기가 난무하기 시작했다. 가장 유력한 이야기는 '링컨콘티넨탈 할머니'에 관한 이야기였다. 전날 사망한 사람이 그 동안 안 보이던 링컨콘티넨탈 할머니라는 소문이 돌았다. 혼자 사는 것으로 알려진 할머니는 80은 족히 넘긴 나이에도 링컨콘티넨탈 리무진을 손수 몰아 링컨콘티넨탈 할머니라는 별칭으로 불렸다. 소문은 사실로 굳어지는 것 같았다.

링컨콘티넨탈 할머니는 사망한 지 최소한 한 달 이상은 된 것처럼 부패가 심했다. 정확한 사망 시점을 확인할 수 없을 정도였다. 경찰은 타살의 흔적은 발견되지 않았다고 했다. 아들 부부는 할머니가 평소 심장 질환과 파킨슨병을 앓았다고 했고, 누구와도 척을 지는 일이 없었다고 했다. 그들 또한 타살 가능성을 부인하며 부검을 강력히 반대했다.

아들 내외는 한 달이 넘도록 할머니의 사망을 눈치 채

지 못한 이유에 대해 링컨 할머니가 딸이 있는 미국으로 출국한 줄 알아 들여다보지 않았다고 경찰에 진술했다. 또한, 어머니가 몸이 불편했지만 사람들을 불편하게 하는 것을 싫어하는 성격이라 아무도 공항에 나오지 못하게 했다고도 했다. 마지막으로, 미국에 있는 여동생과는 연락을 끊고 산 지 오래되어 어머니의 미국 도착 여부를 확인하지 않았다고 덧붙였다.

2023년 6월 말

"빠! 빠! 빠! 방~"

김하은이 베토벤의 교향곡 5번이 녹음된 도이치 그라모폰 LP를 턴테이블에 올려놓았다. LP가 몇 바퀴 돌더니 웅장한 메인 멜로디가 방 안 가득 울려 퍼졌다.

아버지가 듣던 대표적인 명반이었다. 메인 테마가 반복적으로 흘러나왔다. 워낙 유명한 곡이지만, 끝까지 감상한 것은 최근 일로, 몇 번 되지 않았다. 늦은 시간이라 볼륨을 최소한으로 했는데도 강한 힘이 느껴졌다.

그녀는 베토벤에 대해 잘 몰랐고, 모차르트만큼 좋아하는 편도 아니었다. 왠지 좀 무겁고 신경 써서 들어야 하는 음악이라 음반에 손이 잘 가지 않았다. 그런데 얼마 전 한 TV 역사 프로그램을 보고 나서 베토벤에 빠졌다. 좌절과 극복으로 점철된 생애와 음악에 대해 자세히 알게 되자 베토벤에게 끌렸고 그에 대해 더 많은 것을 알고 싶어졌다. 그의 음악을 하나둘씩 들어 가면서 운명적 만남은 시작되었다.

퇴근 후 곧장 집으로 돌아온 김하은은 이상하게 베토벤 교향곡 5번에 끌렸다. 집에 오는 도중에도 유튜브를 통해서 한 번 들었지만, 왠지 성이 차지 않았다. 지난해 아버지로부터 생일 선물로 받은 오디오를 통해서 듣는 것과는 확실히 차이가 났다. 그녀의 방에서 내려다보는 한강의 야경은 일품이었다. 이미 자정이 넘은 시간이었지만, 올림픽대교에는 집으로 돌아가는 자동차들이 가득했다. 운명 교향곡이 끝을 향해 내달리고 있었다.

"내게는 어떤 운명이 기다리고 있을까?"

"빠빠빤, 빤빤 빤~"

"어오오오~아우우우~"

서울시 마포구에 위치한 서울경찰청 강력범죄수사대는 아침부터 소란스러웠다. 강력1팀장 김충길 경감이 고양이를 데리고 출근한 것이다. 반려동물 이동 가방 속 고양이는 낯선 환경에 스트레스를 받은 듯 김충길 팀장 곁에서 계속 울고 있었다.

"아니, 팀장님! 웬 고양이예요?"

팀내 최고 선임인 '박살 공주' 박창대가 자리에서 일어나면서 의아하다는 표정으로 물었다. 이거다 싶으면 끝까지 물고 늘어져 수사를 자기가 정한 방식으로 끝장을 보고 마는 성격으로, 자신과 의견이 다르면 그 상대방이 범인이든 수사 대장이든 상관없이 아주 박살 내고 만다고 해서 박살 공주라는 별명이 붙은 박창대였다. 그렇지만, 김충길 팀장에게만은 이상하리만치 조심스럽고 깍듯하게 굴었다.

"어, 그렇게 되었어. 그런데, 이 녀석이 울음을 그치지 않네."

"어디서 데려온 거예요? 아이들이 알레르기 때문에 고생한다고 하지 않았어요?"

"그래서 여기로 데리고 온 거지. 착하지? 이 사람들 다 좋은 사람들이야, 걱정 마. 얘? 생긴 건 이래도 나쁜 놈은 아니야."

"으응? 뭐래?"

김충길이 가방 안에서 한껏 움츠린 고양이를 조심스럽게 꺼내 아기 다루듯이 안아 주었다. 고양이는 낯선 환경에 잔뜩 긴장한 듯 보였다.

"팀장님, 그런 이상한 소리는 하지 마시고요. 평소에 우리한테도 그렇게 부드럽게 말씀 좀 해 주시죠?"

"시끄러워! 쓸데없는 소리 그만하고! 누가 고양이 키워 볼 사람 없나? 알다시피 우리 애들이 알레르기가 있잖아. 그래서. 우리가 키우기는 어렵고…."

"하악!"

고양이가 거칠게 울면서 김충길의 말이 끊겼다. 사무실은 갑자기 절간처럼 조용해졌다. 고양이 울음소리와 김충길의 말 이외에는 아무것도 들리지 않았다. 아무도 김충길의 이야기에 귀를 기울이지 않았고, 오히려 눈이라도 마주칠까 두려워 눈을 피하고 있었다. 가뜩이나 피곤한데 고양이까지 덤터기를 쓰기 싫다는 눈치였다. 그것을 모르는 김충길이 아니었다.

"박창대! 네가 좀 맡아 키워 볼래? 얼마나 귀엽니?"

"아니요. 사양하겠습니다. 남의 집 고양이 귀여워하겠습니다~"

"문특! 그럼 네가 좀 키워 볼래? 너 집에 가면 심심하지 않냐? 얘랑 같이 있으면 재미있을 텐데?"

"팀장님, 저 집에 가서 할 일 엄~청 많거든요? 음악도 듣고 컴퓨터 게임도 해야 하고."

"야! 그럼, 막내, 너. 네가 좀 키워 봐. 고양이 알고 보면 참 예뻐. 예쁜 짓 얼마나 많이 한다고. 너 야밤에 혼자 축구 보는 것 보다 둘이 같이 보는 게 낫지 않겠어?"

"저 혼자 보는 게 훨씬 더 재미있습니다."

"아니, 이 자식들이 정말! 이렇게 귀여운데 어떻게 그렇게 매정하게 이야기를 하냐? 안 그러니?"

김충길이 전문가처럼 한 손으로 고양이를 자연스럽게 쓰다듬으면서 강력1팀 형사들을 째려보았다.

"야! 그럼, 퇴근 후가 바쁘다면, 사무실에서 키우는 건 어떠냐? 반려묘 150만 가구 시대야! 우리 사무실에서 시간되는 사람들이 돌아가면서 키우면 어때? 어?"

1팀 형사들은 아무 말도 하지 않고 모니터만 죽어라 보고 있었다. 옆 팀 형사들도 역시 아무도 대꾸를 하지 않았다. 불똥이 어느 쪽으로 튈지는 아무도 모르기 때문에 사전에 차단해야 했다.

"아오, 난 지금 누구하고 이야기하고 있는 거냐? 여기 좀 봐 줘라! 어때? 우리 팀에서 키우는 거 말이야? 공동육아라는 것도 있잖아."

"아이, 거. 돈도 들잖아요. 사료비에 병원비에, 사람보다 더 많이 든다 하던데요?"

"생각보다 그렇게 많이 들지 않아. 월 15만 원 정도 들어. 비용은 내가 낼게. 우리 같이 키워 보자고. 나하고 같이 키워 보는 거야!"

강력1팀 형사들에 이어 강력2팀 형사들마저 수군거림에 동참하면서 사무실이 갑자기 어수선해졌다.

"제가 키우지요, 뭐."

김하은 경위였다. 때마침 출근하는 김하은을 모두가 쳐다보았다.

아직 대학생 이미지가 남아 있는, 훤칠하고 늘씬한 몸매를 한 김하은이 출근하면서 집사를 자처했다. 약간 나온 광대뼈, 커다란 입, 늘 웃는 얼굴을 한 김하은은 긴 머리에 흰 면 티셔츠, 청바지 차림이었다. 검정색 나이키 운동화를 신은 경쾌한 발걸음이 날 듯했다. 언제나 그랬듯이 이날도 치아가 전부 드러날 정도로 밝게 웃는 모습이었다.

"그래! 우리나라는 김하은 보유국이지!"

"김하은! 김하은!"

구세주의 등장에 강력1팀 형사들이 김하은을 열띠게 연호했다.

"그래! 김하은이 의과대학도 다녔지? 그것도 서울대 의대. 고양이에 대해서 우리보다는 잘 알겠네, 안 그래?"

"의과대학 조금 다닌 것하고 고양이 키우는 건 전혀 상관없고요."

"아니, 그래도 다 같은 포유류잖아."

"무슨 말도 안 되는…."

"아니, 말이 그렇다는 거지. 고맙다, 김하은 경위!"

"저도 퇴근 후에 애하고 보낼 시간적 여유는 많지 않아요. 그래서, 집에서 돌보지 못할 때는 사무실에서 키우는 것으로 하겠습니다. 팀장님도 여기 계신 여러분들도 저와 함께 키우시는 겁니다? 공동 육아! 아니, 공동 육묘!"

1팀 형사들이 안도의 한숨을 내면서 김하은에게 하트 모양의 손가락을 내보였다.

"그릉~ 그릉~"

하은의 이야기가 끝나자마자 김 팀장이 벌떡 일어나, 고양이를 김하은에게 넘겼다. 고양이는 김충길에서 김하은에게로 넘어가면서 조용히 그녀의 얼굴을 호기심 어린 눈으로 올려다보았다.

"왜 그렇게 그 곡이 당기나 했더니 너였냐? 네가 이렇게 운명의 문을 두드리고 왔구나!"

고양이에 대해 아는 것이 전혀 없는 하은이 바로 인터넷을 뒤지기 시작했다. 초보 집사들을 위한 글을 빠른 속도로 글을 읽어 내려갔다. 그리고, 인터넷 정보를 토대로 자신의 손가락을 뻗어 냄새를 맡게 하였다. 그러자, 신기하게도 고양이가 그날 처음 본 그녀의 손가락에 자신의 머리를 비비적대기 시작했다. 그녀도 인터넷에서 본 대로 고양이의 털을 쓰다듬어 주었다. 그리고, 귀, 이마, 목덜미로 나아갔다.

"진짜, 운명이라는 것이 있기는 있나 보구나!"

"그르렁! 그르렁!"

"눈이 참 예쁘구나! 많은 이야기가 있는 눈이야."

"그릉~그릉~그릉~"

"역시 하은이가 학습 능력이 좋네! 벌써 고양이 집사 다 되었어! 쓰다듬을 줄도 알고? 고양이가 골골송을 부르잖아? 좋다는 소리거든."

"팀장님! 그만하세요. 인터넷에 있는 대로 했을 뿐이에요. 이 아이 품종은 뭐예요? 아주 독특한데요."

"코리안 숏헤어? 응, 그래. 코리안 숏헤어. 우리나라에서 가장 흔한 길고양이라고 하던데."

"코리안 숏헤어? 가장 흔한 길고양이라고? 그래? 그러면… 너를 뭐라고 부르면 좋을까?"

하은이 이름을 지어 보려고 했지만, 마땅한 이름이 떠오르지 않았다. 강력1팀 형사들도 고개를 갸우뚱하면서 작명에 동참하는 눈치였다.

"거참, 마땅한 이름이 없네…."

박창대가 손가락으로 책상을 튕기며 말했다.

"개똥이?"

막내가 책상을 치면서 자리에서 일어났다.

"개똥이? 뭔 개똥이? 고양이 이름에 무슨 개똥이! 넌 지금 무슨 개똥 같은 소리 하고 있는 거야!"

잠시 사무실에는 적막이 흘렀다. 모두들 인상을 쓰면서 작명에 골몰하고 있었다.

"짜장면…. 짜장…. 짜장? 짜장? 짜장! 짜장 어때요?"

문특이 책상에 놓인 중국집 전단지의 짜장면을 보면서 외쳤다.

"짜장이라니? 그게 뭐야?"

"우리 매일 먹는 저녁 메뉴요. 짜장면 있잖아요. 얘, 색깔도 짜장면하고 비슷하고 야근 많이 하는 우리 생활하고도 아주 밀접하고요."

"그래? 짜장? 거 묘하게 그럴듯하게 들리네!"

"얘가 짜장이고, 나중에 얘 여자 친구가 생기면 걔는 단무지요. 짜장과 단무지. 아니, 단무지는 좀 무식해 보이나? 그럼 단지! 짜장과 단지!"

"오호! 미래의 여자 친구 이름까지 다 지은 거야? 얘 이제 여자 친구만 사귀면 되겠다."

김하은은 점심시간을 이용하여 길건을 위한 잠자리와

화장실, 건식 사료를 샀다. 그리고, 퇴근 후에는 길건과 함께 곧장 자신의 집으로 향했다. 고양이와 어떻게 하루를 보낼까 생각한 김하은은 넷플릭스에서 애니메이션을 보기로 했다. 대한민국 영화 상위권에 〈장화 신은 고양이〉가 있었다. 〈장화 신은 고양이〉는 그녀가 초등학생일 때 〈슈렉〉에서 처음 본, 거부할 수 없는 귀여움이 가득한 고양이 애니메이션 영화였다.

장화 신은 고양이가 이발사이자 치과의사와 대화를 하고 있었다. 여덟 번의 전생이 있었고, 이번이 마지막 생이니 목숨을 중히 여기라는 충고를 듣는다. 하은이 흘끗 보니 길건도 그녀 옆에 앉아 유심히 보고 있었다.

"재미있니? 너만큼, 아니, 너보단 쪼오끔 덜 귀여운 고양이야!"

"냐옹!"

"너도 알아?"

"야옹!"

길건은 특별한 반응 없이 TV를 보고 있었다. 하은이 길건을 안아 자신의 무릎에 앉혔다. 장화 신은 고양이가 앙숙 파트너 키티 말랑손, 강아지 페로와 함께 '소원 별'을 찾기 위해 길을 떠났다. 지도가 가리키는 대로 다크 포레스트로 들어가면서 장화 신은 고양이나 키티와 달리 페로가 장미의 냄새를 맡자 거대한 장미들이 길을 내어 준다.

이들이 쉽게 소원 별에 다다르면 재미가 없는 법이다. 소원 별을 노리는 또 다른 악당들이 나타나 장화 신은 고양이 삼총사와 한판 승부가 이루어진다. 곰과 늑대, 개, 그리고, 고양이가 서로 소원 별로 가는 지도를 놓고 승부를 겨룬다.

하은이 길건을 내려다보고 눈을 마주쳤다.

"짜장아! 너랑 나랑 그리고 이 지구에 사는 모든 동물들이 서로 말이 통하고 사랑하면서 살 순 없을까? 나는 솔직히 네가 하는 말을 못 알아듣겠어…."

"아옹~"

"그렇지? 내가 무슨 소릴 하는 거냐…."

길건이 김하은의 품에서 벗어나 자신의 보금자리로 돌아갔다.

"아직 안 끝났는데? 재미없나 보네. 잘 거니?"

"냐옹."

"그래, 잘 자!"

집사 김하은은 외근이 잦았다. 집사가 외근으로 사무실에 복귀하지 않는 날에는 길건 혼자서 강력1팀 사무실에서 밤을 새워야 했다. 물론, 똑 소리가 나는 길건의 집사는 주변의 도움을 받아 사료와 물을 챙기는 것을 잊지 않았다.

그러던 어느 날, 하은이 외근이 길어져 사무실로 복귀하지 못하고 바로 현장에서 퇴근하는 일이 생겼다. 길건은 어쩔 수 없이 사무실에서 혼자 밤을 우울하게 지내게 되었다. 사무실 TV에서 반복적으로 흘러나오는 사건사고 뉴스도 이제 지겨워진 길건은 하은이 챙겨 놓은 사료와 물을 먹고 눈을 감았다. 그런데, 머리가 핑핑 돌기 시작했고, 망치로 맞은 것 같이 아파 왔다.

길게 뻗은 복도와 이동용 침대를 끌고 가는 하얀 가운을 입은 사람들이 보였다. 그를 내려다보는 많은 눈과 그 위에서 강렬하게 비추는 전등이 플래시처럼 펑펑 터지면서 흘러 지나갔다. 그리고, 그 냄새가 났다. 어디인지 기억이 나지 않았지만, 익숙한 냄새였다.

그는 알 수 없는 힘에 이끌려 강력범죄수사대 건물을 나왔다. 어둠이 이미 내려 앉은 상태였다. 시원한 바깥공기를 맡으니 두통이 좀 가라앉는 것 같았다. 길건이 강력범죄수사대 정문을 나섰다.

"짜장! 어디 나가니?"

수사대 경비에게도 길건은 유명인사였다.

"냥!"

건물 밖 식당과 술집은 이미 퇴근한 직장인들로 가득했다. 그가 광고업계 지인들과 자주 찾았던 시원한 평양냉면, 서서 먹는 갈비, 모듬전, 육개장, 아구 수육, 중국 산동식 만두집이 그리웠다. 생각만 해도 입에 침이 고였다. 고양이가 되어 버린 뒤로는 단 한 번도 먹어 보지 못한 음식들이었다. 솔직히 사료는 정말 먹기 힘들었다. 연어와 고등어가 들어 있다고는 하지만, 배고파서 할 수 없이 먹는 수준이었다. 비록 고양이가 되었다지만 술도 여전히 당겼다. 퇴근 후 직장인들이 지인들과 함께 하는 술 한잔이 그렇게 그리울 수가 없었다.

한참을 걷다 보니 머리도 좀 상쾌해졌고 알 수 없던 힘도 사라진 듯했다. 어느덧 그가 광고 회사에 다닐 때 자주 왔던 중국 산동지역 만두 전문점까지 왔다. 강력범죄수사대에서부터 인간의 걸음으로는 족히 10분은 걸릴 거리였다. 초여름임에도 불구하고 대기자들이 줄을 설 정도로 여전히 인기가 많았다. 길건은 입안에 침이 고이는 것을 느끼고 저도 모르게 입맛을 다셨다. 사람들은 고양이 따위엔 눈길도 주지 않고 대기 줄에서 일행과 이야기 꽃을 피우고 있었다. 그때였다. 갑자기 어디선가 이상한 소리가 들렸다. 길건은 소리가 나는 쪽으로 고개를 돌렸다.

"우으으~ 왜오오오~"

"끼잉!"

"쨱!"

길고양들이었다. 검은 고양이와 그 일행이 길건을 보고 내는 소리였다. 길건은 매우 헷갈렸다. 흔히 듣던 고양이 소리가 아니라 처음 듣는 소리였다. 그 길고양이들은 하나같이 등을 둥글게 하고 꼬리를 높이 세워 길건을 경계하는 모습이었다. 눈을 크게 뜨고 귀를 뒤로 잔뜩 젖혔다. 정확히는 이해하기 어려웠지만 길건을 반기는 분위기는 아니라는 것쯤은 알고도 남았다. 일단 피하는 것이 상책이라는 생각이 들었지만, 피할 공간이 없었다. 길고양이들이 그를 에워싸고 퇴로를 막고 있었다. 길 가는 사람들도 자리를 피해 돌아갔다.

"으르르."

무엇보다도 검은 고양이는 길건보다 엄청나게 컸다. 보름달처럼 둥근 검은 고양이의 얼굴은 거의 길건의 두 배 가까이 되었다. 길건도 일단 등을 쭉 펴고 꼬리를 잔뜩 부풀렸다. 의도한 것은 아니지만 몸이 저절로 반응을 보였다. 아무리 무섭게 보이게 하더라도 승산이 없다고 판단한 길건은 최선의 방법으로 삼십육계 줄행랑을 선택하기로 했다. 그러나 그마저도 쉽지 않았다. 검은 고양이를 추종하는 길고양이들이 골목에서 하나둘 더 나타났다.

"으르릉."

길고양이들은 특이하게 집단 생활을 하는 것 같아 보였다. 우선, 서열이 분명한 듯했다. 길건은 식은 땀이 나는 것 같았고, 심장은 방망이질을 해 대기 시작했다. 최선을 다해서 소통해 보려고 했다. 귀를 앞으로 했다가, 꼬리를 세우기도 해 보았다. 드러누워 배를 보일까도 생각을 해 보았지만, 차마 그것만큼은 할 수 없었다.

길건은 자신의 몸을 잔뜩 쪼그리고 눈을 깜빡였다. 싸울 의도가 없다는 의사를 표현하기 위해 해 볼 것은 다 해 보았다. 그래도 소용이 없자 모든 것을 포기하고 하늘에 맡기기로 했다. 검은 길고양이 무리와 대치가 깨진 것은 약 30초 정도가 흐른 후였다.

"이놈 새끼들! 여기서 뭔 짓거리를 하는 거야! 저리 꺼져!"

마침 나타난 중국 만두집 사장이었다. 손님과 사장으로 만났던 때, 그 얼굴 그대로였다. 그가 커다란 빗자루를 휘두르면서 검은 고양이 일당을 가게와 떨어진 곳으로 몰아내기 시작했다.

"깩!"

"경기도 안 좋아서 가뜩이나 손님이 줄었는데, 너희까지 여기서 이 짓거리를 하니까, 오던 손님도 다 돌아가잖아! 안 꺼져! 이런 망할 놈의 고양이들!"

고양이들이 무서운 기세로 달려오는 사장의 모습에 기겁을 하고 흩어지기 시작했다. 길건도 놀라기는 마찬가지였지만, 놀라고 있을 수만은 없었다. 일단 큰길로 냅다 달렸다. 숨이 목까지 차올랐지만, 한참을 달려 서울가든호텔 앞까지 갔다. 더 이상 달릴 힘도 없어 멈춰 선 그의 앞에는 그 검은 고양이가 있었다.

"캭!"

양옆을 둘러보았지만, 그의 부하 길고양이들이 퇴로를 차단했다. 더 이상 도망갈 길은 없었다. 그는 눈을 감았다. 뒤에서 길고양이들이 달려들었다. 간신히 피한 길건은 눈을 뜨고 한쪽 방향으로 무조건 달리기 시작했다. 자동차들 헤드라이트에 눈이 부셨다. 그는 잠시 망설였지만, 달리 방법이 없었다. 다시 대로로 달렸다.

"빠방!"

"휭!"

자동차들이 경적을 울리면서 좌우로 지나갔다. 그를 피해 가던 자동차가 결국 옆에서 오던 차와 부딪쳤다. 그 뒤에 오던 자동차가 사고를 낸 자동차와 또 다시 부딪치면서 이중, 삼중 사고가 발생했다.

"콰광!

"갸!"

길고양이들을 피하기 위해 옆 차선으로 피하던 차량 역시 옆 차선에서 오던 차량과 충돌하면서 전복되어 불길이 솟기 시작했다. 마포 인근은 순식간에 아수라장이 되었다.

'삐용! 삐용!'

잠시 후, 서울가든호텔 맞은편 마포소방서 염리119안전센터에서 제일 먼저 소방차가 도착했다. 소방관들이 불붙은 차량의 불을 끄고 운전자와 동승자를 구조하기 시작했다. 그리고, 가든호텔 옆 마포경찰서 용강지구대에서 온 경찰들은 난장판이 된 일대 교통 상황을 정리하기 시작했다.

"삑! 삑!"

인근 시민들은 모두 핸드폰을 꺼내 들고 전쟁터 같은 마포 일대를 SNS에 실어 나르느라 정신이 없었다.

"찰칵! 찰칵!"

간신히 검은 고양이패의 추적에서 벗어난 길건은 길을 건너고 나서 자리에 주저앉고 말았다. 숨이 턱까지 차올랐고, 정신이 하나도 없었다. 자신이 지금 무슨 짓을 했는지 가늠도 하기 어려웠다. 공덕역 사거리 전광판에는 자동차 불길이 가득한 공덕역 인근 사고 현장 영상이 송출되고 있었다. 전쟁이 따로 없었다. 길건이 살면서 친 가장 큰 사고였다.

[YNN특보] 서울 마포구 공덕역 사거리 10중 추돌 사고!

건너편 길고양이들도 검은 고양이를 중심으로 모여 있

었다. 난장판이 된 마포대로를 넘어오진 못하고 길건 쪽을 노려보고 있었다. 길건은 일단 사람들이 있는 곳에서 밤을 지새우기로 했다. 길건 역시 강력범죄수사대 사무실이 있는 건너편으로 건너갈 엄두가 도저히 나지 않았다. 우선 검은 길고양이패의 보복이 두려웠다.

길건은 일단 도로를 건너지 않고 한강 쪽으로 걷기로 했다. 몸은 비를 맞은 것처럼 땀으로 흠뻑 젖어 무겁기 이루 말할 수 없었다. 24시간 번쩍이는 대형 전광판에서는 마포 인근 연쇄 추돌 교통사고에 대한 뉴스가 반복해서 나오고 있었다. 얼마나 걸었을까? 30분 정도를 걸었을까? 멀리 지하철 마포역 2번 출구가 보이기 시작했다. 공덕역에서 한 정거장을 걸어온 것이었다. 인간의 몸이었다면 금방이었겠지만, 고양이에게는 꽤 먼 거리였다.

더 이상 다리가 아파 걸을 수가 없었다. 스타벅스와 기아자동차 매장 건물 사이로 일단 들어갔다. 어린이 공원이 나타났다. 이름은 알 수 없었다. 안경 모양 시소와 주황색 미끄럼틀이 눈에 띄었다. 공원 인근에 세워진 자동차 밑으로 들어갔지만, 주차한 지 얼마 되지 않았는지 열기가 남아 있어 바로 나왔다. 일단 정자 밑으로 들어가기로 했다. 시원했다. 머리가 다시 아파 왔지만, 너무 피곤해 바로 정신을 잃었다.

새 소리에 눈을 뜬 길건은 반사적으로 주위를 살폈다. 아침 일찍 집을 나선 사람들 몇 명만 보일 뿐, 길고양이의 모습은 보이지 않았다. 어제의 피곤은 사라지고 몸이 가벼워진 것 같았다. 오랜만에 중간에 깨지 않고 푹 잤다. 길건은 대로로 나와 지하철 마포역 2번 출구를 지나 1번 출입구까지 가서 지하도를 건넜다. 검은 고양이 패거리와 가급적이면 마주치지 않기 위해 최대한 신경을 썼다. 4번 출구를 통해 한강 방향으로 빠른 걸음으로 걷기 시작했다. 30여 분에 걸쳐 강력범죄수사대에 도착한 길건은 그제서야 안심할 수 있었다.

"아침부터 어딜 다녀오니?"

수사대 정문 경비는 이미 바뀌어 있었다. 길건은 대답할 기분이 아니었다. 다행히 사무실은 아직 출근한 사람 없이 텅 비어 있었다. 잠시 후, 막내를 필두로 박창대, 문특, 김하은, 김충길 순으로 출근을 마쳤다. 아침 화제는 당연히 전 날 밤 공덕역 인근에서 발생한 다중 교통사고 이야기였다. 막내가 리모컨을 들고 24시간 뉴스 채널을 틀었다. 어제의 사고 현장이 생생하게 흘러 나왔다.

목격자 증언: 길고양이 떼가 도로 난입해…

"저게 뭐야? 고양이 떼라고?"

"그러네요. 저기 보세요, 고양이들이 떼로 몰려 다니네."

"아이고, 저 놈들이, 저거!"

뉴스 채널은 자막과 기자 리포트로 어제 사고의 원인이 인근 고양이 떼의 난데없는 도로 난입이 원인이라는 다수의 목격자 증언을 내보내고 있었다. CCTV에 잡힌 무리 지어 달리는 길고양이들의 모습이 반복적으로 화면에 나왔다. 다행히 인간들이 보기엔 모든 고양이가 비슷하게 보였다. 더구나 밤이라 어두운 CCTV로 구분할 방법은 없었다.

"쥐들이 사라지니, 이제는 고양이들이 날뛰네."

"그래도 사망자가 안 나와서 다행이네요."

사망자는 없었지만 여러 명이 다치고 재산상 큰 손해가 발생했다. 길건은 영화의 한 장면 같았던 그 난장판의 원인이 바로 자신이었다는 죄책감으로 몸 둘 바를 몰랐다. 사무실 형사들이 의심스러운 눈으로 자신을 쳐다보는 것 같았다.

"짜장아! 정말 미안해! 사무실에 들어올 수가 없었어…."

집사 하은이 출근과 동시에 자신의 고양이를 보고 가슴을 쓸어내렸다. 그리고, 그에게 와서 사과를 했다.

"냐옹!"

"이거 잡아 봐라~"

"갸! 갸갸갸."

김하은은 낚싯대를 흔들며 짜장과 놀아 줬다. 전날 마포 일대에서 발생한 교통사고의 원인이 길고양이 떼의 난동일 수 있다는 보도가 나온 후, 혹시 하는 마음에 짜장을 데리고 일찍 퇴근했다. 자신이나 팀원 전체가 출동했을 경우, 혼자 남게 된 짜장이 길고양이들과 엮이는 일이 없게 하기 위한 배려였다.

고양이에게 낚싯대 장난감이 제일 좋다고 한 선배 집사 류덕선의 추천에 따랐다. 김하은은 짜장에게도 사냥 본능이 있을 것이라고 판단했다.

"하하하!"

"갸! 꺄갸!"

하은은 짜장의 예상 밖의 빠른 몸동작에 깜짝 놀랐다. 길건의 몸에도 고양이의 본능이 있었다. 그렇지만, 꼭 한 박자씩 늦었다. 하은은 그게 재미있었다. 왜 집사들이 반려묘들과 이런 놀이를 하는 지 알 것 같았다.

'아니, 저건 뭐야? 지금 나하고 장난하자는 거야, 뭐야?'

길건은 자신의 집사가 긴 막대에 비닐을 묶은 장난감을 들고 나타난 이유가 궁금했다. 잠시 후, 그녀가 그 앞에 그 장난감을 이리저리 휘두르는 것이 아닌가?

'에이! 지금 뭐 하자는 거야?'

"짜장아! 이거 잡아 봐라~"

'아이! 지금 뭐 하는 거야? 나를 뭘로 보고? 어? 지금 내가 뭐 하고 있는 거지?'

하은이 휘두르는 초록색 비닐을 쫓아 자신의 몸이 본능에 따라 저절로 반응하고 있다는 사실에 길건은 정말 어이가 없었다.

'내가 지금 뭐 하고 있는 거야? 얼씨구?'

그녀의 손에서 좌우로, 위아래로 이리저리 흔들리는 초록색 비닐이 사냥감이라도 되는 양, 저절로 몸이 움직이고 앞발이 올라가는 느낌이 너무 생경했다. 그녀는 뭐가 그렇게 좋은지 깔깔대고 웃었다.

'아니, 뭐가 그렇게 좋다고 웃고 난리야! 나는 또 뭐 하는 거고?'

"하하하!"

'아이고 숨차라! 이제 그만! 그만!'

하은이 막대를 내려놓고 가방에서 공을 꺼냈다. 길건은 마지막으로 비닐을 따라 움직였던 그 자리에 그냥 털썩 주저앉아 집사의 행동을 뚫어지게 쳐다봤다. 그녀의 가방에서 하얗고 빨간 공이 나왔다. 구멍이 숭숭 뚫린 공 안에는 무언가가 있는 것 같았다.

"짜장아! 자, 봐 봐!"

하은이 공을 길건 앞으로 굴렸다. 공이 구를 때마다 소리가 났다. 공이 길건의 바로 앞에서 멈춰 섰다. 길건은 어이가 없다는 생각을 하면서도 자신도 모르게 공에 발을 얹었다. 순식간에 회사 조기 축구회의 스트라이커 길건으로 변신한 것 같았다.

그는 40이 넘어서도 회사 조기 축구회 공격수로 활약했다. 그의 회사 조기 축구회는 광고 회사 리그에서 몇 번에 걸쳐 우승한 바도 있었다. 물론, 길건은 최고의 스트라이커였다. 스트라이커 길건이 그녀에게 강슛을 때렸다.

"달랑!"

공은 몇 번 굴러 바로 자신의 코앞에서 멈추어 섰고, 공 안의 딸랑이만 요란하게 울려 댔다. 그는 발로 공을 차는 게 아니라, 오른쪽 앞발로 공을 내리치고 말았다. 공을 차야 했는데 내리쳤으니, 공이 제대로 갈 리가 없었다. 헛발질한 거나 다름이 없었다.

"으하하!"

김하은은 짜장의 엉뚱한 모습이 너무 귀여워, 배꼽을 잡고 웃음을 터뜨렸다. 길건은 당황해서 공을 드리블할 것처럼 공에 다가갔다. 그리고 다시 차려 했지만, 공을 잘못 건드렸다. 공은 엉뚱한 곳으로 굴러갔다. 김하은의 화장대 의자 밑으로 들어가 버렸다. 길건이 의자 밑으로 달려가 보았지만, 공은 보이지 않았다. 공에서 나는 소리만 계속될 뿐이었다. 뭐가 그렇게 좋은지 김하은은 계속 웃기만 했다.

'아이 씨! 이게 뭐야? 아이, 모양 빠지게!'

"하하하!"

'아이, 쫌! 쫌 그만 웃어!'

"하하하하!"

길건이 의자 밑으로 발을 뻗어 공을 잡으려 했지만, 공은 발에 잡히지 않고 오히려 밀려서 더 안으로 들어가 버렸다. 하은은 공을 꺼내 주기는커녕 손뼉을 치면서 좋아했다. 길건은 더욱 짜증이 났다. 그런데, 갑자기 초록색 빛이 바닥에 나타났다.

'앗 깜짝이야! 이게 뭐야?'

"이게 뭐게? 잡아 봐라~"

김하은이 방바닥에 초록색 레이저 빛을 쐈다. 갑작스런 상황 변화에 길건은 어리둥절했다.

'아이, 씨! 레이저 가지고! 뭐, 대단한 거나 되는 줄 아네?'

길건은 사람들이 항상 자신을 주목하는 것을 즐겼다. 프레젠테이션을 할 때면 모든 사람이 그를 주목했다. 그는 프레젠테이션에 참석하는 사람의 성향, 피티 내용에 대한 인지 수준을 고려하여 프레젠테이션을 준비했다.

내가 아는 것을 이야기하는 것이 아니라, 그들이 듣고 싶은 말을 준비했다. 그만큼 준비를 철저히 했다. 그가 한마디 한마디 내뱉을 때마다 피티에 참석한 사람들은 크게 반응했다. 초록색 레이저로 자신이 가리키는 단어 하나, 말 한마디에 참석자들은 주목했다. 길건은 언제나 그 상황을 즐겼다. 그런데, 지금은 집사가 쏘는 초록색 레이저에 맞추어 자신이 이리 뛰고 저리 뛰고 있는 것 아닌가?

'아이, 씨! 이게 뭐야? 정말 미치겠네!'

"신기하지? 그치?"

'참, 신기하기도 하겠다! 정말, 모양 빠지네!'

하은과의 놀이가 끝나고 길건은 자신의 휴식 공간에서 며칠 전의 일을 곰곰이 생각했다. 그날 길고양이들이 왜 자신을 공격하려고 했는지, 공격하려 한 게 맞기는 한지 이것저것을 생각하면서 하루를 보냈다. 길건은 그 검은 고양이를 무리의 대장으로 생각하고, 그 대장 고양이에게 건우라는 이름을 붙여 주었다.

검은 고양이는 그에게 적대적이었지만 묘하게 호감이 갔다. 이상한 일이었다. 그가 미라클컴 광고 기획 팀장으로 스카우트되어 왔을 때, 감사 팀장이었던 김건우가 떠

올랐기 때문이었다.

김건우는 얼굴이 검고 덩치가 어마어마하게 큰 인물이었다. 저승사자로 불리었지만, 길건에게는 따뜻하고 다정했던, 그에게는 은인과 다름 없던 인물이었다. 부하 직원의 일탈로 궁지에 몰린 길건을 사지에서 구해 준 인물이었다. 지금은 불귀의 객이 되어 길건의 마음을 아프게 하는 존재였다.

길건은 자신의 휴식 공간에서 나와 화장실로 향했다. 하은은 길건을 위해 여러 공간을 만들어 주었다. 휴식 공간, 식사 공간, 자는 공간 그리고 화장실을 구분하여 만들어 주었다. 화장실은 모래로 덮여 있었다. 고양이 세계도 인간 세계와 같이 집사에 따라, 빈부 격차는 분명히 존재했다. 집사 김하은은 길건과 놀아 주느라 피곤했는지 잠들어 있었다. 길건도 스트레스 해소가 되었지만, 오랜만에 몸을 쓴 탓에 피곤함을 느꼈다. 그는 자는 공간으로 향했다.

2023년 7월

길건이 건우를 다시 만난 건 그 이후로 며칠이 흐른 뒤였다. 그날도 하은이 외근을 나가 사무실에 복귀하지 않은 날이었다. 길건은 밖으로 나가는 것이 두려웠다. 또 다시 머리가 아파 왔다.

커다란 전등 아래 자신을 내려다보는 사람들. 정확히 알아들을 수 없는 사람들의 웅성거림. 그리고, 익숙하고 역겨운 냄새. 달그락거리는 소리.

그는 어떤 힘에 이끌려 자신의 의지와 상관없이 밖으로 나가게 되었다. 밖으로 나오니 두통이 줄어들고 몸이 가벼워지는 느낌이었다. 사실은 길고양이들이 다시 공격할지도 모른다는 두려움도 있었지만, 건우에 대한 호기심도 컸다. 그래서 다시 마포의 밤거리로 나갔다.

길건이 서울가든호텔을 지나고 있을 때, 그를 가로막은 검은 물체가 있었다. 건우였다. 건우는 길건의 주변을 돌면서 꼬리를 부풀렸다. 며칠 전 사고로 인해 동료 길고양이들이 죽은 것에 대한 앙갚음을 하려는 걸까? 길건의 머릿속이 복잡해 졌다.

"으르응! 으르릉!"

길건은 좋지 않은 소리라는 것을 직감했다. 싸우기 직전, 대치 상황에서 내는 소리라는 것을 이제는 알 수 있었다. 배를 보이고 항복이라도 해야겠다고 생각했다.

"하악!"

그때, 갑자기 뒤에서 갑자기 나타난 길고양이들이 그의 다리와 목을 공격해 왔다. 그런데 이게 어찌된 일인가?

"파박!"

자신도 모르게 공격을 피해 두 앞발로 그들을 가격하고 다른 고양이의 목을 강하게 물고 있는 것이 아닌가? 그와 그를 공격해 온 고양이의 털이 주변 가득했다. 길건은 자신의 동작에 자신이 놀랐다. 무슨 영화의 한 장면 같았다. 도저히 믿을 수 없는 장면이 연출된 것이었다. 길건에게 물린 고양이는 발버둥을 쳤다. 자신을 둘러싼 길고양이들이 일제히 뒷걸음질을 쳤다. 그리고 가장 뒤에 건우가 있었다.

"캭!"

건우가 소리치자 다시 사방에서 길고양이들이 길건에게 덤벼들었다. 길건은 공중으로 높이 뛰어 그들의 공격을 피하고 내려오면서 두 앞발로 강력하게 그들의 얼굴을 내리쳤다.

"퍼벅!"

몇 마리가 나가 떨어지고 목을 물린 길고양이는 숨을 헐떡이고 있었다. 그를 둘러싼 길고양이들이 서서히 포위망을 풀었다. 그리고 건우가 길건을 향해 한 발짝 한 발짝 내딛기 시작했다. 길건의 눈에는 고양이가 아니라 검은 표범 같은 느낌이었다. 이제는 정말 죽는 것이 아닌가 하는 생각이 들 정도였다.

그런데, 길건 앞으로 다가온 건우가 전혀 예상치 못한 행동을 했다. 건우는 귀를 앞으로 향하고 꼬리를 꼿꼿이 세우고 다가왔다. 별 울음소리는 내지 않았다. 길건은 그가 자신과 친밀감을 표시하는 것이라고 생각했다. 그 생각이 맞았다.

예상한 대로였다. 건우는 마포 서울가든호텔 인근 길고양이들의 행동 대장이었다. 그리고, 건우와 어렵게 소통한 결과는 다소 충격적이었다. 길건 자신이 지역 길고양이들의 지도자였다는 것이다. 그런데 어느 날 갑자기 사라졌고 다시 나타나서, 자신들의 지도자가 맞는지 확인하려고 했다는 것이다. 결국, 길건은 다시 마포 지역의 지도자로 다시 돌아올 수 있었다.

길고양이들의 습성은 길건의 예상과는 사뭇 달랐다. 길고양이들은 그저 먹고 하루하루를 아무 탈없이 보내는 것에 관심이 있을 뿐이었다. 그리고, 추위와 더위를 피하는 것, 비를 피하는 법, 아프지 않고 건강하게 사는 것, 그리고, 때에 따라서 성적 욕구를 해소하는 것 등이었다. 무엇보다도 처음에는 길고양이의 이야기를 알아듣지 못하는 것이 가장 큰 문제였다. 그래서, 길건은 고양이들을 자세히 관찰하기 시작했다.

알려진 바와 같이 고양이는 야행성 동물이어서 어둠속에서도 인간보다 더 잘 볼 수 있었다. 고양이는 인간의 1/6 정도의 빛만 있어도 사물을 볼 수 있을 정도로 빛 적응력이 뛰어났다. 다만, 고양이는 인간의 시력의 1/10 정도로 눈이 좋은 편은 아니었다. 그래서, 60~90센티미터의 거리를 가장 잘 볼 수 있고, 6미터 정도 거리까지의 물체만 볼 수 있었다. 그렇지만, 움직이는 물체를 보는 능력은 인간의 거의 네 배에 달했다.

그래서 인간들이 놓치기 쉬운 밤에 일어난 사건 현장의 사소한 단서를 놓치지 않고 획득할 수 있었다. 그들은 지붕 위, 자동차 위와 아래에서 밤새 일어나는 많은 사건을 조용히 목격하곤 했다. 살아 움직이는 CCTV라고나 할까? 이러한 고양이들이 있었기에 길건은 길고양이들이 모아올 사건현장 정보를 수집하기 위해, 그들과의 대화 방법을 연구하고 무엇을 집중적으로 봐야 하는지를 반복적으로 전달했다.

남자는 리모컨으로 채널을 이리 저리 돌렸다. 대부분 뉴스 채널에서는 어제의 마포 다중 교통사고를 단신으로 처리하는 데 그쳤다. 아직까지는 안심이 됐다. 그는 일군의 길고양이들의 난동에서 사고가 촉발된 것 같다는 언론 보도를 주시했다. 다행히 디지캣 1호에 대해 언론은 더 이상 관심이 없었다.

그는 뉴스를 끄고 연구소 내부 곳곳을 보여 주는 CCTV로 전환했다. 하얀 가운을 입은 연구원들이 각자

맡은 업무에 집중하고 있었다. 지금까지의 디지캣1의 성과는 기대 이상이었다. 이 성과만으로도 곧장 다음 라운드로 갈 수 있을 것만 같았다. 물론, 안심할 수는 없었다. 언제 무슨 일이 터질지 아무도 모르는 일이었다.

그는 기분 좋게 CCTV를 끄고 회의실로 향했다. 다음 라운드를 위해 팀별 발표가 예정되어 있었다. 그는 콧노래를 부르며 회의실에 들어섰다.

이날 따라 강력1팀 사무실은 여느 때와는 사뭇 다르게 한가했다. 팀장급 이상 간부들이 간부 회의에 참석하느라 자리를 비웠기 때문에, 실무자들만 남은 사무실 분위기는 그 어느 때보다도 좋았다. 게다가 장맛비가 걷히고 하루 만에 다시 나타난 햇볕이 사무실을 더욱 환하고 부드럽게 해 주었다.

문특이 블루투스 스피커 전원을 켜고, 핸드폰으로 유튜브를 열었다. 유튜브 최상단에 그가 좋아하는 음악이 떴다. 그는 망설임 없이 클릭했다. 쳇 베이커의 '올모스트

블루(Almost Blue)'였다. 스피커가 바로 녹을 듯한 감미로운 피아노 선율을 토해 냈다. 감미롭고 몽환적인 쳇 베이커의 트럼펫 연주가 이어졌다. 건조한 그의 목소리가 햇볕과 어우러지면서 사무실 분위기는 충분히 이완되었다.

허겁지겁 출근한 김하은이 팀장 자리 옆에 있는 짜장의 집을 제일 먼저 찾았다. 그리고, 주변은 신경도 쓰지 않고 조심스럽게 길건을 들어 올렸다.

"짜장아! 어제 함께하지 못해 미안했어. 일이 또 그렇게 늦어질지 몰랐지 뭐니. 미안! 밤새 별일 없었지? 무서운 애들과 엮이지 않은 거지?"

"트를링~ 아룽~룽!"

"그래, 괜찮은 거지? 고마워~"

"그릉~ 그릉~ 그릉~ 그릉~"

"앞으로는 가급적 사무실에 들러서 함께 집으로 갈게~ 약속!"

"야옹, 야옹!"

"둘이 무슨 가족 같다! 가족!"

박창대가 둘의 대화에 끼어들었다.

"그럼요. 우린 가족이지요. 그렇지?"

"응~ 으응~"

"그런데, 무슨 고양이 울음소리가 이렇게나 다양하냐? 그냥, '야옹'이 아니네? 김 경위는 고양이가 하는 이야기 좀 알아듣기는 하는 거야?"

"그럼요. 저는 우리 짜장이가 하는 이야기 거의 다 알아들어요."

"어떻게? 뭐, 통역기라도 쓰나? 아니면, 회화 책이라도 있나? 아님, 학원이라도 다녀?"

강력1팀 형사들은 김하은과 고양이의 대화를 들으며, 각자의 핸드폰을 보고 오랜만에 맞이하는 편안하고 여유로운 오전을 만끽하고 있었다. 그러나, 항상 그렇듯이 이러한 분위기는 그리 오래 가지 못했다.

"아주 분위기 좋네, 좋아!"

분위기를 깬 건 김충길 팀장이었다. 간부 회의를 마친 김충길 팀장이 강력1팀 사무실로 들어오면서 사무실 분위기에 찬물을 끼얹었다.

"아이, 참 분위기 좋았는데. 아니, 왜 이렇게 일찍 내려오셨어요?"

"왜긴, 너네 이럴 줄 알고 일찍 내려온 거지."

"아니, 명색이 대한민국 수도 서울의 강력범죄수사대란 곳인데, 그런 대단한 기관의 간부 회의에서 논의할 내용이 그렇게 없단 말입니까?

"그래 없다, 왜?"

"아니, 범죄가 없으면, 앞으로 어떻게 예방하자느니, 아니면 뭐, 형사들 복지 향상을 위해 뭘 어떻게 하느냐. 아니면, 이번 하계 휴가는 다들 꼭 챙겨서 다녀와라! 뭐, 그런 거 논의도 안 합니까? 평소 회의 시간은 다 채우고 좀 끝내면 안 됩니까? 꼭, 분위기를 못 맞춰 줘요. 분위기를!"

팀 최고참 박창대가 예상보다 짧게 끝난 아침 분위기가 아쉬운 팀원들을 대신하여 불만 아닌 불만을 토로했다. 강력1팀뿐만 아니었다. 옆 2팀에서도 분위기 깨지는 소리가 터져 나왔다.

"아! 시끄러워! 너는 뭘 잘못 먹었길래 아침부터 헛소리야?"

"우르르르!"

"헛소리가 아니라요. 이렇게 분위기가 좋은데, 팀장님 때문에 다 깨졌잖아요. 짜장이까지 뭐라고 하잖아요."

"야, 이 친구야! 짜장이는 지금 나한테 반갑다고 하는 거야! 뭘 알지도 못하면서."

길건이 김하은의 책상을 넘어 김충길의 책상으로 사뿐사뿐 나아갔다. 김충길이 사랑스러운 미소를 지으며 김하은이 했던 것처럼 조심스럽게 길건에게 두 손을 내밀었다. 길건이 자신의 머리를 김충길의 손에 맡기자, 김충길이 길건의 앞발 사이로 손을 넣어 덥석 들어 안았다.

"아이고, 귀여워라. 회의 시간 내내 우리 짜장이가 보고 싶어 혼났단다."

김충길이 아빠 미소를 지으며, 길건을 턱이며, 이마며, 머리를 연신 쓰다듬어 주었다.

"그릉~ 그릉~"

길건도 기분이 좋은지, 김충길을 쳐다보면서 눈을 천천히 깜빡였다. 마치 김충길의 애정 표시에 화답하듯이.

"짜장이는 팀장님이 자기를 얼마나 좋아하는지 충분히 아는 것 같은데요."

하은이 둘의 애정 행각을 보면서 말했다.

"당연히 알겠지. 알고도 남지. 참, 김하은!"

김충길이 길건을 내려놓고, 집에 돌아가게 했다.

"네, 팀장님!"

"요즘 바쁜가?"

"아닙니다. 괜찮습니다. 뭔 사건이 발생했습니까?"

"링컨콘티넨탈 할머니라고 들어 봤나?"

"네, 들어 본 것 같은데요? 그거, 나루경찰서에서 자연사로 결론 내린 사건 아니었나요?"

링컨콘티넨탈 할머니라는 소리에 길건이 귀를 쫑긋 세우면서 자기 집에서 나와 책상 위로 점프했다.

"그래, 그랬지. 그런데, 우리가 다시 한번 살펴봐야 할 것 같아."

"하는 것도 아니고, 할 것 같다고요? 왜요? 뭔 일이 생겼나요?"

"그랬지. 가족이 이의를 제기했나 봐."

"가족이요? 가족이 모두 자연사에 동의한 것 아닌가요? 부검도 하지 말라고 해 놓고서 이제 와서?"

"하악! 카악!"

그때 길건이 두 사람의 대화에 끼어들면서 흥분하기 시작했다.

"짜장아! 왜 그래? 지금 팀장님하고 이야기 중이잖니. 잠시만 기다려 줄래?"

하은이 길건을 껴안으면서 충길과의 대화를 이어갔다. 사무실 나머지 형사들이 두 사람을 쳐다보면서 대화에 참여할 타이밍을 조율하고 있었다.

"그랬지. 그랬는데, 미국에서 살던 딸이 이의를 제기하면서 재수사 이야기가 나온 것 같아."

"이의를 제기한 이유가 뭐라고 합니까?"

"자기 엄마가 지병이 있었던 건 맞는데 몇십 년간 아무 이상이 없다가 갑자기 사망했다는 사실이 이상하다고 했다나봐. 심장병과 파킨슨병이 있긴 하지만, 남들 다 걸렸다는 코로나 한번 걸린 적 없다면서, 최근에 어디 아프다는 이야기를 들어 본 적이 없다고 하고. 사망하기 얼마 전까지도 손수 운전해서 여행도 많이 다녔다고 하면서 말이야."

"그건 그럴 수 있는데요. 아니, 가족이 다시 재수사를 의뢰한다고 막 재수사를 하고 그런답니까, 우리 경찰이? 언제부터?"

"그건…. 대장님도 이야기를 못 해. 윗님들도 말 못 할 사정이 있나 보지."

"윗님들은 뭘 숨길 일들도 그렇게 많대요? 그건 뭐 그렇다 치고. 그럼, 나루서에서 일단 수사 기록 일체를 좀 받아 봐야 하겠군요."

"수사 기록은 이미 입수했어. 팀 톡방에 올려 놓을 테니 검토해 보고."

"네, 알겠습니다."

"문특!"

"네, 팀장님!"

"자네도 바쁘지 않으면 김하은과 이 사건을 맡아 주겠나?"

"별로 바쁜 일 없습니다. 그렇게 하겠습니다, 팀장님!"

"일단, 작은 딸을 한번 만나 봐야 할 것 같군요."

"그러자고."

"팀장님! 그런데, 왜 나루서가 아니라 저희가 담당하지요?"

"재수사를 거기에 다시 맡기기는 좀 그렇지 않아?"

"무슨 속사정이 있길래 일선 서를 제치고, 강력범죄수사대에게 재수사를 지시하지? 뭔 사정이 있긴 있나 본데요?"

"말 못 하는 사정이 있을 수도 있겠지. 일선 서에는 맡기지 못하는."

"그래요…."

'그 할머니 죽음에 대해 말들이 많던데….'

길건은 일단 문톡이 자신의 집사인 김하은과 파트너가 되어 기뻤다. 그러나, 건우와 마포 인근 길고양이로부터 들은 이야기가 신경 쓰였다. 링컨 할머니라 불리는 피해자는 이 지역 길고양이 세계에서 꽤 유명인사였다. 그래서, 할머니의 급작스러운 죽음은 마포 길고양이 세계에 많은 뒷이야기를 남겼다.

흔히 고양이는 평균 15년 정도 산다고 알려져 있지만, 길고양이들은 그렇지 못했다. 이곳 길고양이들은 평균 3년에서 5년 정도 산다고 했다. 제대로 먹지 못하고 질병과 사고에 노출되는 것이 가장 큰 문제였다. 질이 떨어지는 음식을 섭취했기 때문에 발육이나 성장이 좋지 못했다. 그래서 집고양이에 비해 짧은 삶을 살다 생을 마감한다. 먹을 것이 부족하면 자기들끼리 다툼까지 해, 도심 곳곳의 길고양이들의 건강과 안전은 심각히 위협받았다.

링컨 할머니는 주변 길고양이들에게 신선한 사료를 제

공하고 길고양이를 위한 집을 만들어 주기도 했다. 그 덕분에 길고양이들은 굳이 쓰레기 더미를 뒤져서 상한 음식을 먹을 필요가 없었다. 쓰레기 더미의 음식은 대부분 고양이들에게 치명적이었다. 할머니 덕분에 길고양이들은 연어와 닭고기 등으로 만든 안전한 사료를 먹을 수 있었다. 목숨을 담보로 차량 밑에 들어가서 잠을 청할 필요도 없었다.

할머니는 어디라도 아픈 고양이는 기가 막히게 알아봤다. 그럴 때면 아무 망설임 없이 아픈 고양이를 안고 동네 동물병원을 찾곤 했다. 아픈 고양이는 할머니의 따스한 보살핌 덕에 며칠 만에 훌훌 털고 일어날 수 있었다.

할머니의 지극한 길고양이 사랑으로 마포 인근의 길고양이들의 건강 상태는 매우 좋아졌고, 주변으로 그 소문이 퍼지면서 할머니가 사는 동네는 길고양이들의 안식처가 되었다. 산이 높으면, 골이 깊은 법이었다. 이것이 오히려 동네의 문제가 되기도 했다.

서울 한복판인 마포구 일대 아파트 단지가 길고양이들로 넘쳐나고, 밤마다 고양이 소리에 놀란 가슴을 쓸어내리는 주민들이 생기기 시작했다. 일부 주민들이 왜 길고양이들에게 사료를 주냐면서 할머니에게 항의하는 일이 생기고 급기야 찬성하는 쪽과 반대하는 쪽으로 주민이 갈리는 사태에 이르기까지 했다. 심지어, 길고양이를 잔인하게 살해하는 주민이 생기기까지 해 사회 문제가 되기도 했다.

"나루서 수사 보고서에 뭐 특별한 내용은 없는데요."

"대충 보니 그렇지. 아마 뭔 단서라도 나올 수 있으니 좀 시간을 갖고 자세히 읽어 봐. 검시 보고서도 좀 보고, 현장에도 다녀오고."

"할머니가 엄청난 부자였잖아요? 연세에 비해서 건강한데 돈은 엄청 많았고. 그런데 갑자기 사망했단 말이야? 그것도 미국에 가기 바로 직전에. 그런데, 아무런 타살 흔적이 없어…."

"야! 박살아! 그러지 말고 현장에나 다녀오든지! 왜, 오늘따라 모두들 사무실에만 죽치고 있는 거야? 증거가 없으면 발로 뛰어서 찾아내!"

"팀장님! 링컨 할머니가 평소에 파킨슨병을 앓았다고 하네요?"

하은이 김 팀장의 말을 자르고 끼어들었다.

"그래, 그건 조서에 다 나오잖아? 현장에 다녀오라니까!"

"그런데, 왜 미국에 있는 막내 딸에게 간다고 그랬을까요? 거동도 불편한데?"

"거동이야 불편했겠지만, 막내 딸이 보고 싶었나 보지. 돌아가시기 전에 막내 딸이 사는 미국에 가고 싶었을지 모르고."

"막내 딸은 엄마가 자기를 만나러 온다는 사실을 전혀 몰랐다고 하잖아요?"

"서프라이즈? 깜짝 방문일 수도 있잖아?"

"링컨 할머니는 손을 심하게 떨어서 외출이 쉽지 않았을 텐데? 그런데, 깜짝은 무슨, 깜짝 방문?"

"박 형사님 말씀에 동의해요! 외출하는 것도 힘들었을 텐데, 외국 가는 거 쉽지 않죠, 일반적으로. 그래서, 막내 딸에게 당연히 연락했다고 생각했는데…."

"손 좀 떤다고 외출도 못 하나?"

"파킨슨 환자들은 타인의 시선을 상당히 의식합니다. 몹쓸 병에 걸려서 쓸모없는 인간이 되었다는 심한 자책감에 빠지게 되지요. 그리고, 손이나 발을 떨기 때문에 어디 나다니기도 힘들어하지요. 그런데, 요기 광화문에 나가는 것도 아니고, 미국에 가는데 연락도 하지 않고 가요?"

"아, 역시 의사 선생님."

"또, 다시 말씀드리는데, 의사 아닙니다. 졸업도 못 했습니다!"

"아들이랑 주변 사람들에게 미국 간다고 비행기 표도 보여 주었다면서?"

"네. 비행기표까지 산 건 맞는데. 아들 내외에게 공항 배웅하지 말라고 하고 출국 전날 저녁식사로 대신했다네요."

"왜?"

"정확한 것은 다시 조사해 보아야 하겠지만, 아들 내외에 따르면 번거롭게 하기 싫다면서 극구 혼자 가겠다고 고집 부렸다고 합니다."

"아들 내외가 딸에게 연락도 안 해 봤다는 거야?"

"네, 아들하고 딸하고는 서로 연락 안 하고 산 지 오래 되었다네요."

"하이고, 참 잘한다!"

"그래도 아들은 일주일에 한 번 어머니에게 전화는 해 보는데, 미국에 간 이후에는 전화도 해 보지 않았던 거지요. 그래서, 한 달도 넘어서 할머니가 사망한 채로 발견된 거고요. 이웃들이 할머니 집에서 썩은 냄새가 나서 이상하다고 생각했는데, 언제부터인지 고양이들이 난리를 부려서 신고하게 되었다네요. 사망한 지 너무 오래되어서 사망 원인을 밝히는 데 어려움이 많았던 이유인 거지요."

"왜 그렇게 된 것일까? 왜 미국에 못 가고 사망한 채로 발견된 걸까?"

"타살 흔적은 없었다며?"

"보고서에는 그렇게 되어 있습니다. 없었는지, 발견 못 한 건지 모르지요. 사체가 너무 훼손되어서."

"외상 흔적은 없었던 것 아닌가?"

"네, 외상 흔적은 발견된 것이 없었습니다. 제가 다시 한번 더 살펴보려고요."

"그래, 꼼꼼히 살펴봐! 그런데, 화장했다면서? 어떻게 꼼꼼히 살펴봐?"

"팀장님! 살펴본다는 게 그런 것만 있는 게 아니잖아요! 아이구!"

"아, 알았어. 알았다니까. 그만해! 1절만 해!"

서울시 마포구에 위치한 링컨 할머니 아파트는 강남의 어느 아파트 못지 않게 비싼 아파트로 유명세를 탄 곳이었다. 한강 조망권은 물론, 생활 편의 시설, 골프 연습장, 실내 수영장 등이 단지 내에 완비된 최고급 아파트였다. 외부인은 출입할 수 없도록 완전히 분리되어 있었다.

링컨 할머니 집에는 현관문에 '출입 금지'라고 쓰인 노란 테이프가 쳐져 있었다. 김하은과 문특이 라텍스 장갑과 덧신 그리고, 비닐 모자를 쓰고 안으로 들어갔다. 집 안은 먼지가 내려앉은 것을 제외하고는 정리정돈이 잘 되어 있는 편이었다. 지금도 할머니가 살고 있을 것만 같았다.

"혼자 사는데, 뭐가 이렇게 넓어? 이거 몇 평이나 되는 거야? 방은 또, 몇 개나 되는 거고?"

"네 개. 한 50평은 넘겠는데?"

"네 개? 혼자 사는데 무슨 방이 이렇게 많이 필요하다는 거지? 이런 곳에서 살면 식구들 찾을 때 전화라도 해야겠다."

"살다 보면 또 적응돼서 그렇게 넓다고 생각되지 않

아."

"그렇더라. 좁은 데 살다 보면 좁은 것도 적응돼서 좁은 줄 모르게 되더라."

"뭐래? 너답지 않게. 그건 그렇고, 사건 현장 치고는 아주 깨끗한데?"

"그런데, 무슨 냄새가 나지 않아?"

문득이 냄새를 확인하기 위해 연거푸 코로 들숨을 쉬었다.

"이게 무슨 냄새지? 사체 냄새가 아직 안 빠진 건가?"

"꼭 그런 것 같지만은 않은 것 같아. 묘한 냄새인데."

"우리가 미국 FBI연수 갔을 때 기억나? 그 때 이상한 냄새 때문에 힘들었잖아."

"그래, 이 비슷한 냄새에 힘들었던 거 기억나."

"그런데, 링컨 할머니 집에서 왜 이런 냄새가 나는 거지?"

"그러게. 좀 더 알아보면 뭐가 나오겠지."

하은이 수납장을 여기저기 뒤지기 시작했다.

"수납장에 고양이 사료가 잔뜩 있네."

고양이 사료를 사러 갔을 때 보았던 브랜드들이 그녀

의 눈에 띄었다. 거의 텅 비다시피 한 냉장고와는 달리 수납장 이곳 저곳에는 비싼 고급 고양이 사료와 용품이 가득했다.

"고양이가 발견되었다는 기록은 없었잖아?"

"집에서 기르지는 않았을 수도 있지. 밖에서 길고양이들에게 사료와 물을 주었는지도 모르지."

"그럴 수 있겠네."

"길고양이에게 사료를 주는 사람들하고 반대하는 사람들 사이에 마찰이 있었다고 했지?"

"나루서 수사 보고서에 그런 이야기가 나오긴 했지. 할머니가 이웃집 사람들하고 좀 다툼이 있었다고."

"그래, 그래도 할머니를 좋아하는 사람도 많았다고 하던데? 물론, 숫자는 적더라도 목소리 큰 사람들이 문제지."

"길고양이를 잔혹하게 죽이는 사람들도 있다잖아."

"있지. 고양이들 번식이 너무 빠르다고 불평하면서 길고양이들에게 사료 주는 것을 못 마땅하게 생각하는 사람들이 있거든."

"고양이들이 그 사람한테 무슨 피해를 주었다고 그러

는 거지?"

"밤에 보면 무섭다, 밤에 발정 난 고양이 소리 듣기 싫다, 자동차 밑에 있어서 출발할 때 일일이 살펴보고 출발해야 한다, 뭐 등등."

"에이, 그게 뭐 얼마나 피해를 준다고…. 고양이가 많아져서 좋아진 게 얼마나 많은데? 쥐만 해도 그래. 옛날에는 쥐가 얼마나 많았어? 요즘은 쥐를 눈 씻고 찾아봐도 찾을 수 없어. 쥐가 싹 없어진 거 같아. 그거 고양이가 많아져서 그런 거 아니겠어?"

"맞지!"

김하은이 문특과의 대화를 이어가면서 할머니 집을 구석구석 살펴보았지만, 특별한 것은 발견하지 못했다. 냄새도 특정하지 못했다. 하은이 핸드폰에 저장해 두었던 사진 한 장이 생각나 찾아 보았다. 온통 하얀 머리에 온화한 웃음을 띤 따사한 얼굴이었다. 누구에게도 폐를 끼치지 않을 성격의 소유자인 것 같았다. 깔끔하게 정리된 집의 주인다운 모습이었다.

외부인의 출입 흔적도 없었다. 출입 비밀번호를 알고 있는 사람은 딱 세 사람. 할머니와 아들 내외였지만 아들 내외의 알리바이는 확인되었다. 엄격히 말하면, 할머니의 사체가 너무 오래 방치되어 훼손 정도가 너무 심해, 사망 추정 시각을 특정하는 게 의미 없을 정도로 부정확했다. 따라서 사망 추정 시각에 따른 아들 내외의 알리바이도 신뢰성이 떨어졌다.

그리고, 녹화가 한 달 정도 저장되는 아파트 CCTV에는 출국한다는 날 이후 할머니의 모습이 전혀 잡히지 않았다. 할머니의 사망은 출국 하루 전날로 보는 것이 합리적일 것이다. 그 이후에는 외부인의 모습도 잡힌 것이 없었다. 할머니가 출국 하기로 한 5월 15일과 사망한 채로 발견된 6월 25일 사이의 41일 중 녹화 분이 있는 30일간을 제외하면, 5월 15일에서 26일 사이, 11일 중에 사망했을 가능성이 높다는 이야기가 됐다.

"할머니가 무슨 원한을 살 만한 분은 아닌 것 같은데…."

"길고양이와 관련된 다툼이 살인으로까지 발전할 수 있을까?"

"충분히 개연성은 있다고 생각해. 워낙 이상한 사람들이 많으니까."

"경비 아저씨가 무슨 단서를 제공해 줄지 모르지."

"다들 링컨 할머니를 좋아했지요. 아, 이혜선 할머니를 저희는 링컨 할머니라고 불렀습니다."

"아, 네. 저희도 링컨 할머니라고 불렀습니다. 다 똑같군요. 말씀하시지요."

"아, 네. 할머니는 저희들에게도 참 친절하셨습니다. 항상 웃는 얼굴이셨지요. 저희를 보시면 항상 먼저 인사를 하셨고, 안부를 물어보시곤 하셨어요. 작은 것이라도 먹을 것이 있으면 나누어 주셨습니다. 명절 때면 주민들과 함께 선물도 정성스럽게 준비해 주시고요."

경비원은 50대 초중반 정도로 보였다. 그는 아파트 경비를 하기에는 젊고, 험한 일을 해 보지 않았을 것 같았다. 사무직을 하다 일찍 그만두고 경비가 된 것 같다는 느낌을 주었다. 그는 무엇인가를 곰곰이 생각했다.

"그때도 그랬습니다. 돌아가시기 몇 달 전부터 막내 딸한테 가신다고, 미국 간다고요. 어린아이처럼 얼마나 좋아하셨는데요. 다녀올 때까지 저희들한테도 건강하게 잘 있으라고요. 그 모습이 아직도 생생합니다."

"파킨슨병을 앓으셨다고 하던데. 평소에는 어떠셨나요?"

"네, 손을 많이 떠셨어요. 오른손이요. 힘들어하셨습니다. 남의 시선을 많이 의식하셨지요. 나중에는 차도 운전하시지 못하셨어요. 링컨콘티넨탈이요. 할머니 머리처럼 하얀색. 할머니께서 손수 운전하실 때면 얼마나 멋있었는데요. 백발을 하고 그 큰 차를 멋지게 운전하셨지요. 파킹도 얼마나 잘 하셨는데요. 그런데, 언제부터인가 손을 떠시면서 운전대를 놓으시더라고요. 잘못해서 다른 사람 치면 어떻게 하냐고 걱정하시면서요. 그래도, 얼굴에 웃음은 사라지지 않았지요. 다른 데서는 모르겠는데, 최소한 저희 앞에서는 그러셨습니다. 여전히 고양이들을 좋아하셨고요."

"다른 사람들과 관계는 어떠셨나요?"

"좋았지요. 모든 사람들이 할머니를 좋아했다니까요. 항상 웃음 띤 얼굴이셨고. 누굴 만나서도 먼저 인사하시고요. 기억력도 좋으셔서 이름도 다 기억하셨습니다. 특히 아이들을 좋아하셔서 웬만한 아이들 이름은 다 꿰고 계셨어요."

"길고양이들에게 먹이를 고정적으로 주셨다던데, 맞습니까?"

"네, 이 동네 길고양이들에게 사료랑 깨끗한 물을 항상 주셨지요. 아픈 것 같은 길고양이라도 보이면 그냥 두지 않고 동물병원에 데리고 갔어요. 할머니가 안 보이던 때부터 고양이들이 얼마나 시끄럽게 울던지. 그땐 몰랐지요."

"왜 그렇게 울어 댄 거지요? 사료를 안 줘서 그랬던 건가요?"

"아니요. 할머니께서 한 달치 이상 사료를 저희에게 주셨고. 사료를 주는 방법까지 세세히 알려 주셨어요. 시간, 양 등을요. 만약에 사료가 모자라면 사서 주라고 체크카드랑 사료 브랜드며 방법까지 세세히 알려 주고 가셨어요. 그래서 지금도 저희가 고양이 사료를 계속 사서 주고 있답니다. 아직까지는."

"그런데, 왜 고양이들이 그렇게 울었다는 거지요?"

"저희도 몰랐지요, 그때는. 그냥 밥을 주는 사람이 안 보여서 그렇다고만 생각했는데. 지금 생각해 보니 아닌 것 같아요. 결국 할머니가 돌아가신 것도 길고양이들이 발견한 거라고 봐야지요. 길고양이들이 그렇게 울어 대더라고요. 처음에는 어디서 그렇게 울어 대는지 몰랐어요. 나중에 알고 보니 할머니 집 앞이었더라고요. 사람이 나타나면 사라졌다가, 다시 사람이 사라지면 나타나고. 그렇게 숨바꼭질하듯이 울어 댔어요."

"좀 자세히 말씀해 주시겠습니까?"

"할머니가 미국으로 가신다고 한, 다음 날인가? 며칠 후인가? 정확히 기억은 안 나지만 고양이들이 얼마나 울어 댔는지 몰라요. 고양이가 그렇게 우는지는 처음 알았다니까요? 아 잠깐만요! 703호 아저씨! 잠깐만요!"

경비가 이야기 도중 입주민을 부르더니, 맡아 둔 택배 상자를 전달해 주었다.

"어디에 있지? 아. 여기 있네. 여기 사인해 주시고요."

입주민은 경비실 안의 김하은과 문특을 보고 경계하는 모습이었다. 그는 경비가 내미는 볼펜을 들고 택배 수령 양식에 사인을 하고 곧바로 떠났다.

"아, 미안합니다. 어디까지 말씀드렸지요?"

"고양이가 엄청나게 울어 댔다고…."

"맞아요. 고양이가 그렇게 우는지 처음 알았어요. 처음에는 아이 울음소리 같다가 나중에는 성질을 내는 것 같기도 하고 뭐, 호통을 치는 것 같기도 했다가, 사정 사정하는 것 같기도 했어요. 아주 엄청났어요. 장난 아니었어요, 그날."

"그랬어요?"

"그럼요. 경비실에 전화가 아주 엄청 빗발쳤다니까요. 어디서 나는 소리냐? 빨리 내보내라, 주민들 성화가 장난 아니었어요. 왜, 아니겠어요. 야밤에 고양이들이 그렇게 울어 대는데, 새벽까지."

"그래서요?"

"못 찾아냈어요, 고양이. 할머니 집에서 나는 건가 하는 생각도 해 보았지만, 할머니는 전날 미국으로 출국했다고 했고, 문을 두드려도 당연히 대답도 없었지요. 결국 해가 뜨고 나서 울음이 저절로 그치더라고요."

"다음 날은 어땠나요? 다음 날에도 고양이가 그렇게 울어 댔나요?"

"며칠 동안 고양이들이 예사롭지 않게 울긴 울었어요. 그렇지만, 첫날처럼 그렇게 심하지는 않았어요. 그러고는 고양이들이 밥을 먹으러 오지 않았어요."

"그래요?"

"우리는 다 떠난 줄 알았어요. 할머니가 안 계셔서. 다른 곳으로 갔나 보다 생각했지요. 그런데, 한 일주일 뒤부터 다시 모여들어서, 사료를 주었지요."

"아, 참. 할머니가 고양이에게 사료를 준다고 불만을 가진 사람은 없었나요?"

"왜, 없겠어요. 저희만 중간에서 곤혹스러웠어요."

"할머니에게 불만을 제기한 사람은요?"

"물론, 있었지요."

"누구인지 말씀해 주실 수 있으신지요?"

"네? 그건 좀…."

경비원은 곤란하다는 표정을 숨기지 않고 밖으로 눈을 돌렸다. 때마침 일군의 입주민들이 경비실을 향해 오고 있었다.

"물론, 곤란하시다는 것 잘 압니다. 그렇지만, 이것은 수사에 꼭 필요한 사항입니다. 비밀은 보장해 드릴 테니 알려 주십시오. 저희가 오늘은 이만 가볼 테니 생각나는 것이 또 있으시면 전화 주시기 바랍니다."

문특이 입주민들이 가까이 오기 전에 명함을 경비의

손에 쥐여 주었다.

"아, 참! 5월 15일에 할머니가 공항으로 나가는 것 보셨나요?"

"아니요. 못 봤습니다. 저희는 새벽에 나가셨나 했지요. CCTV에도 찍힌 것이 없었어요. 저희는 할머니가 돌아가신 것을 알고 나서 알았어요. CCTV에도 할머니가 공항 가는 장면이 찍힌 것이 없다는 것을."

"네, 알겠습니다. 혹시, 생각나는 것이 있으면 연락 주십시오."

문특과 김하은은 입주민들이 경비실에 도착하기 전에 서둘러 경비실을 나왔다. 4, 50대 주부로 보이는 일군의 여성들이 문특과 김하은을 의아한 눈으로 쳐다보면서 경비실로 오고 있었다. 하은과 특은 그들의 눈을 가급적 마주치지 않으려 했다.

그렇지만, 눈에 띄는 한 사람이 있었다. 50대 아줌마 집단에서 두드러진 한 사람. 30대 남자 한 사람에게 하은과 특의 눈길이 갔다. 그도 낯선 사람들의 시선을 의식했는지, 눈길을 피하는 것 같았다. 그들은 일말의 망설임도 없이, 노크도 하지 않고 경비실 문을 열어젖혔다.

"왜 다들 저렇게 사나운 얼굴을 하고 있냐? 경비 아저씨가 자기들 밥인 줄 아네."

"아까 그 젊은 남자는 뭐지?"

"그러게. 지금 같은 평일 낮 시간에 아파트 단지에서 뭐 하는 거지?"

"우리를 의식하는 눈치던데?"

"너도 봤어?"

"어, 봤지."

"경비 아저씨 번호는 받았고?"

"당연하지."

"경비 아저씨한테 물어봐야겠네. 보통 성인 남자들은 경비실에 컴플레인 잘 안 하잖아?"

"사람에 따라 다르지 않을까?"

"그런가?"

"이제 할머니 검시를 담당했던 검시관을 만나 봐야겠다. 지금 출발하면 얼추 시간 맞겠는데?"

"할머니는 이미 화장된 상태니 검시를 한 검시관 의견을 들어 봐야 뭐라도 좀 건지겠지."

"이혜선 씨는 부패가 꽤 진행된 상태였습니다."

본인을 남승훈이라고 소개한 검시관은 미리 준비해 둔 검시 보고서를 김하은과 문특에게 보여 주었다. 물론, 검시 보고서는 김하은과 문특도 이미 읽었던 것이었다.

"사인이 심장마비라고 되어 있던데요?"

"맞습니다. 할머니께서 부정맥, 부정맥 중에서도 빈맥이었습니다. 10년 전에도 부정맥으로 심장마비로 쓰러진 적이 있으시고요. 천만다행으로 그때는 신속한 조치로 생명을 보전하실 수 있으셨습니다만."

"제세동기 삽입 시술을 하셨는데도 심장마비로 돌아가셨다는 말인가요?"

"그게 좀 이상하기는 했습니다. 제세동기 배터리가 다 방전된 상태였습니다. 배터리가 여유가 있었지만, 부정맥이 연속적으로 와서 방전된 것이지 모르겠는데, 부정맥으로 인한 심장마비가 와서 사망했다고밖에 볼 수 없을 것 같습니다. 아무리 제세동기라도 모든 심장마비를 다 막을 수는 없겠지요."

"다른 특이사항은 없었습니까? 외상 흔적 같은거요."

"워낙 부패가 심하게 진행된 상태라서 흔적을 발견하

기 쉽지 않았습니다. 넘어지고 부딪힌 흔적들은 있었습니다. 심장마비가 와서 쓰러지시면서 발생한 것으로 보여집니다. 오른손이 좀 곱아 있었고요. 파킨슨병의 흔적이라고 봐야지요."

"왜 부검은 하지 않은 거지요?"

"아들 부부가 반대를 했습니다. 어머님을 두 번 죽이는 거라고요. 아시다시피, 의사가 사망의 종류를 기재하는 난에 병사라고 기재하면, 경찰은 손을 뗄 수밖에 없습니다. 그때부터는 개인사거든요. 그렇게 되면 사건이 아니라, 사고가 되는 거잖아요. 그러니까, 검사측도 강하게 부검을 주장하지 못했을 거고요. 사실, 할머니가 평소 심장질환을 앓았기 때문에, 부정맥으로 인한 심장마비가 왔을 수 있다고 판단했을 수 있거든요."

"부정맥을 일으킨 원인이 있을 수 있지 않았을까요?"

"그것까지는 제가…."

문특의 질문에 검시관은 제대로 대답을 하지 못하고 어물거렸다. 부검을 하지 않은 상태에서, 그것도 부검의도 아닌 사람이 알 수는 없었다.

"물론, 부정맥의 원인을 알 수는 없었겠지요. 부정맥이 자연스럽게 왔을 수 있고 아닐 수도 있잖아요? 하다못해 약물 검사라도 했어야 했지 않나요?"

"네…. 아주 기본적인 약물 검사는 했습니다. 레보도파계와 플레카이니드계 약물이 검출되었습니다."

"그래요? 특이사항은 없었습니까?"

의대를 다녔던 김하은은 굳이 그 약물이 어떤 것이지 물어볼 필요까지는 없었다.

"네, 특이사항은 없었습니다만…."

"그런데요?"

"아닙니다."

"사소한 것이라도 말씀해 주시겠습니까?"

"그게…. 머리를 염색한 것 같았습니다."

"네? 염색이요?"

"네, 완전 흰 머리카락인 줄 알았는데, 부분 염색이 되어 있더라고요. 그때는 흰 머리 위주신데 일부 검은 머리가 있어서 아예 흰색으로 염색했나 보다 생각했지요."

"그래요? 그런데 화장을 해 버렸으니…."

"왜, 나루서에서는 링컨 할머니 사건을 이렇게 급하게

종결했을까?"

문특이 자동차 시동을 걸면서 말했다.

"그러게. 뭔가 구멍이 있는데, 중간에 덮어 버린 것 같은 느낌?"

"뭐가 잡힐 것 같은데, 정리가 잘 안 되네."

"그래, 머리가 너무 복잡하다. 음악 한 곡 들을래?"

"뭐가 좋을까?"

문특이 출발하기 전에 음악 목록을 넘기다가 한 곡에 멈추었다.

"이 곡, 내가 요즘 꽂혀서 반복해서 듣고 있는 거야."

문특이 손을 떼자, 경쾌한 베이스 독주가 앞서더니 색소폰이 그 뒤를 이었다. 매우 이국적인 음색이었다.

"아주 독특하고 좋은데? 제목처럼 폭발적이야! 색소폰 멜로디가 정말 이국적인데?"

두 사람은 별말 없이 음악 듣기에 몰두하면서 도로를 질주했다. 강력범죄수사대가 있는 마포 도로는 차량으로 가득했지만, 두 사람은 음악을 충분히 들을 수 있는 시간이 확보되어 오히려 좋았다.

"그런데 말이야. 아까 그 경비 아저씨. 좀 이상한 점 못 느꼈어?"

"아니, 난 별로 못 느꼈는데? 왜?"

"평범한 경비원 같지 않아서."

"아파트 경비의 정형적인 이미지라도 있어?"

"아니, 그렇다는 게 아니고. 왠지 모르겠지만 느낌이 이상했어."

"그래? 예민하셔. 두고 보자고."

"다녀왔습니다!"

김하은과 문특은 사무실 공기가 아침과 다르다는 것을 금방 느꼈다. 김 팀장을 중심으로 박살 공주, 막내가 모여 있었다. 뭔가를 두고 이야기하느라 김하은과 문특에게는 눈길조차 주지 않았다. 하은과 특은 서로 눈치를 보면서 자리에 앉았다.

"야옹!"

길건이 하은에게 다가갔다. 길건은 좀처럼 하은에게 먼저 다가가지 않았지만, 이날은 달랐다. 길건이 하은에게 할 이야기가 있는 듯이 종알거렸다.

"냐옹, 냐옹!"

"뭐, 좀 나온 게 있어?"

김충길 팀장이 박살 공주와 막내를 물리치며 물었다. 두 사람은 김 팀장 자리에서 자신들의 자리로 돌아와 앉았다. 길건과 김하은의 대화도 중단되었다.

"하갸!"

길건이 김충길을 향해 신경질적인 반응을 보였지만, 대세의 흐름을 바꾸지는 못했다.

"아, 예. 뭐 아직."

"아직이라니? 나갔다 왔으면, 성과가 있어야지!"

"할머니와 사이가 안 좋았다는 사람을 파악하고 있는 중입니다. 곧 알게 될 것입니다."

"그래? 요즘 길고양이 밥 주는 거로 이웃 간에 다툼이 심했다고 하던데. 잘 해 보고. 또?"

"또요? 이제 시작인데 뭐가 또 나오겠어요?"

"그거 알아? 아들 앞으로 보험이 엄청 들어져 있었다는 것? 이거 뭐, 한두 개가 아니야? 다 합치면 모두 10억이 넘어. 아들이 부검을 반대했다면서? 아들부터 조사해 봐야 하는 거 아니야?"

"네, 당연히 조사해 봐야지요. 안 그래도 일정 조율 중입니다."

"미국에 산다는 딸이 오빠가 부검 없이 수사를 종결하게 했다고 재수사를 요청했다는 거 아니야. 아들이라는 사람 의심스러운 구석이 너무 많아."

"미국에 있는 딸은 자기 어머니 앞으로 보험이 그렇게나 많이 들어 있다는 사실을 알던가요?"

"딸은 몰랐다지. 아들이 자기가 받는 걸로 들어 놓은 거니 여동생이 알 수 없었겠지. 아! 그 검시관 만난다고 하지 않았나?"

"네, 아들 내외의 반대로 인해서 부검은 못 하고 검시만 했다고 합니다. 워낙 심장마비가 확실한 것 같다고 해서요. 약물 검사에서도 심장약과 파킨슨 관련 약물만 검출되었다고 하고요."

김하은과 문특은 할머니 머리 염색 이야기는 일단 보고하지 않았다.

"그래? 그런데, 할머니의 부패 상태가 심해도 너무 심했다면서?"

"올해 5, 6월 기온이 너무 높아서 그런 것 아닐까요?"

"아니야! 아니야! 그것도 뭔가 이상해. 좀 더 알아봐!

그리고, 아들 직업이 뭐라고?

"변호사요. 검사 출신. 지방검찰청 차장 검사 출신에, 우리나라 최고의 로펌에서 잘 나가는 형사 소송 전문 변호사고요."

"그래서, 나루서가? 야, 이거. 뭔가 그림이 그려지는데요? 잘하면 뭔가 나오겠어!"

"나오긴 뭐가 나와? 가만 있어도 그냥 막 나오냐? 심장 마비를 뒤집을 수 있는 뭔가가 나와야 그림이 그려지기라도 하지, 그림이. 찾아봐! 뭐라도!"

"네!"

"따르릉."

"네, 강력1팀 문특입니다. 네? 누구시라고요? 아, 네. 안녕하세요. 네, 네. 정재욱이요? 네, 감사합니다."

"뭐야? 할머니랑 다툼이 있었다는 그 사람?"

문특이 다이어리를 집어 들면서 김하은에게 따라서 나오라는 눈짓을 했다.

"냐옹! 냐옹!"

길건이 하은을 애타게 불렀지만, 하은의 정신은 다른 곳에 팔려 있었다.

"뭐야? 혹시, 경비 아저씨 아니야?"

문특은 아무 말없이 고개만 끄덕였다.

"혹시, 그 젊은이?"

"그것까지는 모르겠어. 일단 만나 봐야겠어."

"경비 아저씨가 뭐 더 이야기한 것은 없고?"

"할머니와 고양이 때문에 잦은 다툼이 있었대. 자세한 것은 잘 모르겠다고 하고. 우리더러 만나서 알아보라는 거지. 자기가 이야기했다는 이야기는 절대로 하면 안 된다는 거고."

한선민 팀장은 광고주 시사 전 암붓 국내 론칭 TV 광고를 최종 점검했다. 한 팀장은 크리에이티브가 전반적으로 밋밋하다는 느낌을 지울 수 없었다. 성에 차지 않았다. 카운터 파트인 기획팀장 길건이 워낙 자신의 전략을 강하게 밀어붙였다. 딱 짜여진 전략 중심의 광고였기 때문에, 제작팀에서 아이디어가 통통 튀는 안을 내지 못한 점이 못내 아쉬웠다. 이제 와서 뭘 다시 해 보기에는 너무 많이 온 것 같았다.

한선민은 길건이 이제 더 이상 이 세상에는 없다는 사실이 실감 나지 않았다. 실종되었다고는 하지만, 언제 나타날지 알 수 없는 상태였다. 그가 곧 돌아올 것이라고 생각하는 사람은 아무도 없었다. 지금이라도 돌아와 다시 한번 티격태격했으면 좋겠다는 생각이 간절했다.

"아옥!"

길건은 강력1팀 사무실에 있는 TV를 보고 깜짝 놀랐다. 케이블 뉴스 채널에서 눈에 익은 TV 광고가 나왔기 때문이다. 사람과 유사하게 생긴 로봇들이 어린이, 노약자들과 함께 웃으면서 행복한 생활을 영위해 나가는 영상이었다.

"암봇은 여러분과 함께 늘 24시간 울고 웃겠습니다!"

말은 그렇게 많지는 않았지만, 영상은 따뜻했고 진실되어 보였다. 초고령화 시대 진입을 목전에 두고 있는 대한민국에 전하는 메시지는 분명해 보였다. 반려 로봇 시장 전망은 매우 밝았다. 간병 로봇, 경계 로봇, 산업 로봇 등 수요는 무궁무진해 보였다. 세계 주요 언론들은 암봇이 곧 애플이나 테슬라를 제치고 시가 총액 세계 1위가 될 것이라는 기사를 쏟아 내고 있었다.

실제 온에어된 제작물은 자신이 냈던 아이디어에서 크게 수정되지 않은 상태였다. 한선민 팀장과 티격태격하던 때가 그리웠다. 기획팀장과 제작팀장으로 만나 주요 프로젝트를 수도 없이 수행하면서, 치고 받기 직전까지 간 적도 한두 번이 아니었다. 싸우고 돌아서서 다시는 얼굴도 보지 않겠다고 다짐했고, 회의실에서 싸운 일을 되새기면서 잠을 이루지 못하고 밤을 샌 적도 많았다. 그러고 나서도 주요한 프로젝트가 생기면 늘 그녀를 찾곤 했다.

길건은 암봇의 광고를 보고 있자니, 뿌듯한 동시에 착잡함을 금할 수 없었다. 고양이 모습을 한 현실을 부정할 수도 없었고 인간 모습으로 되돌아갈 수나 있을지 알 수 없었다. 자신은 늘 세상의 중심이라고 생각했는데, 그 세계는 자신이 없어도 아무 이상 없이 잘만 돌아가고 있다. 그리고 새로 맞닥뜨린 또 다른 인간 세상은 그 세상대로 너무나 잘 돌아가고 있었다.

"휴우…."

자신도 모르게 긴 한숨이 새어 나왔다. 고양이로 살아가야 한다는 사실도 화가 났지만, 기억에서 잊혀진 자신과 상관없이 잘만 돌아가는 인간 세계에 화가 났다. 가족이 보고 싶었지만, 무엇보다 자신과 애증 관계에 있던 한선민에 대한 그리움이 더욱 커져만 갔다.

"히앗! 히앗!"

날카로운 고양이 울음소리에 정작 놀란 건 고양이로 살고 있는 길건 자신이었다. 그는 자신이 내뱉은 고양이 소리에 놀라 고양이로 살고 있는 현실 세계로 돌아왔다. 그는 털이 곤두서는 것을 느꼈다. 귀가 뒤로 젖혀진 상태에서 눈을 무섭게 뜨고, 송곳니를 드러냈다.

"하아악!"

"아이고, 우리 짜장이! 뭔 일 있냐? 집사가 갑자기 나가서 화났어? 왜 이렇게 심기가 불편해?"

얌전하던 길건이 갑자기 이유도 없이 화가 난 것을 본 김충길 팀장은 어찌할 바를 몰랐다. 길건이 좀 진정세를 보이자 김 팀장은 간식을 꺼내 길건 앞에 내밀었다.

"똑똑."

경비가 알려 준 호수의 집에는 아무도 없는 것처럼 답이 없었다. 문특이 친구들과 술자리에서 자주 듣는 질문이 있었다. 영화를 보면, 형사들이 용의자의 집을 쾅쾅 두드리는 장면이 있는데, 너희도 그러냐는 것이었다. 그의 대답은 한결같았다. 영화에서는 자주 나오지만, 현실에서는 어림없다고. 사실 그랬다. 영화는 자극적인 장면을 보여 주기 위해서 그러는지는 모르겠지만 현실에서 그런다면 난리가 난다. 영화에서는 형사들과 강력범들과 결투 장면도 자주 나오지만 우리나라 현실에서는 자주 보기 어려운 장면이다.

문특과 김하은은 경비로부터 연락처를 받지 못해 사전에 연락 없이 들이닥쳤다. 앞집에서 50대 후반 중년의 아주머니가 나와서 김하은과 문특을 위아래로 훑어보고는, 무슨 일이냐고 묻고 대답도 듣지 않은 채 엘리베이터를 타고 1층으로 내려갔다. 궁금은 하지만 타인 일에 엮이기 싫다는 확실한 의사 표시 같았다.

"누구세요?"

한참이 지난 후, 문특과 김하은이 포기하고 돌아서려

는 순간 문 안쪽에서 작은 소리가 들렸다. 문특과 김하은은 발걸음을 돌렸다.

"네! 경찰입니다. 정재욱 선생님 되시지요?"

"네, 그런데요. 무슨 일이시지요?"

경계심 가득한 목소리가 문을 사이에 두고 하은과 특에게 전해졌다. 누구나 경찰을 대하면 체감할 수 있는 극도의 긴장감이 현관문 너머로 느껴졌다. 문특이 현관문 옆에 부착된 카메라에 그가 볼 수 있도록 신분증을 들이밀었다.

"네, 이혜선 씨 아시지요? 링컨콘티넨탈 할머니. 할머니에 대해 뭐 좀 여쭈어 보려고 왔습니다. 잠시 시간 좀 내주시겠습니까?"

"저는 링컨 할머니에 대해서 드릴 말씀이 없는데요!"

현관문을 두고 양쪽에서 힘든 대화가 이어졌다. 현관 안으로 들어가려고 하는 측과 밖으로 밀어내려는 측이 보이지 않는 기 싸움을 하는 중이었다.

"잠시면 됩니다. 문 좀 열어 주시지요?"

"저 지금 바빠서 좀 곤란한데요!"

"할머니와 고양이 때문에 좀 다툼이 있었다고 들었는

데요?"

"누가 그래요? 저는 그런 적 없습니다!"

"문 좀 열고 이야기하시면 안 되겠습니까?"

정재욱이 문을 열어 10센티미터 정도의 작은 틈을 냈다. 그 작은 틈새로, 오른쪽 눈을 중심으로 그의 한쪽 얼굴 일부가 드러났다. 문특은 그 일부 얼굴을 중심으로 나머지 얼굴을 유추해 보았다. 며칠 전 일군의 아주머니들과 함께 경비실로 들어가던 얼굴이 분명했다.

"서울경찰청 강력범죄수사대 문특 경위입니다. 이쪽은 김하은 경위이고요."

문특이 신분증을 정재욱의 눈 앞에 갖다 댔다. 문특은 그의 눈동자가 신분증 사진으로 이동하는 것을 보았다. 긴장감이 서린 눈이었다.

"문 좀 넓게 열어 주실 수 없습니까?"

그제서야 정재욱이 현관문을 제대로 열었다. 그는 다른 누가 없는지 고개를 좌우로 돌려 확인했다. 그리고, 밖으로 나와 현관문 앞에 서서 두 사람을 맞았다.

"무슨 일이십니까?"

"링컨 할머니 아시지요? 몇 가지 확인할 것이 있어 서요."

"그거 다 끝난 이야기 아닌가요?"

"아직 끝나지 않았습니다. 몇 가지 여쭈어 보겠습니다."

"그럼, 빨리 해 주세요."

"링컨 할머니와 다툼이 있었다고 하던데, 그 이유를 물어봐도 되겠습니까?"

"누가 그래요? 경비 아저씨가 그러던가요? 누가 그런 말을 하던가요?"

정재욱이 눈을 크게 뜨고 흥분하기 시작했다.

"누군가가 그렇게 중요합니까? 정재욱 씨가 링컨 할머니와 다툼이 있었다는 것은 웬만한 주민들은 다 알고 있던데요?"

정재욱은 크게 한숨을 쉬고 고개를 떨구었다. 그리고 고개를 흔들었다. 약간 화가 난 듯한 표정이었다.

"그래요. 다툼? 아니, 불만을 이야기한 적은 있습니다."

"할머니가 주인 없는 불쌍한 고양이들한테 사료와 물을 주어서 길고양이들이 몰려드는 것에 대해 불만이셨나요?"

"네? 누가 그래요? 거 무슨 말도 안 되는 말씀을 하시고 그러세요?"

"그럼, 아니란 말씀인가요?"

"네! 저는 그런 적이 없습니다. 오히려, 할머니가 아무 생각 없이 아이들에게 사료를 반복해서 준다거나 너무 많은 양을 자주 주는 것에 대해 충고를 해 주었어요."

"뭐라고요?"

"링컨 할머니는 길고양이에게 진짜 필요한 게 뭔지 몰랐어요. 알려고 하지도 않았습니다. 사람들이 아는 링컨 할머니와는 아주 딴판이죠. 무엇보다 길고양이한테 이상한 행동을 많이 했어요. 사료를 너무 많이, 자주 줬거든요. 꼭 사료를 준 걸 잊어버린 사람 같았죠. 사료를 주는 데도 방법이 있습니다."

"아, 아…."

하은은 무지한 자신이 쑥스러웠지만, 정재욱이 말을 이어 나갈 수 있도록 했다.

"아무튼, 이상한 게 그뿐만이 아니었어요. 아프지 않은 길고양이들도 시도 때도 없이 병원에 데려갔어요. 길고양이가 할퀴었다고 발톱을 뽑아 버리기도 하고요. 이게 동물을 사랑하는 사람이 할 일입니까? 이상하지 않아요?"

정재욱의 화가 난 표정이 얼굴에 고스란히 묻어났다.

"한번은 할머니한테 얘기도 했습니다. 아, 우연히 마주쳤거든요. 저희 동 앞에서요. 그런데 도통 남의 말을 듣질 않더군요."

"정재욱 씨가 할머니가 키우던 고양이를 죽였다고 하던데 맞습니까?"

"제가 할머니가 키우는 고양이를 죽였다고요? 대체 누가 그런 소리를 합니까? 그건 사고였습니다. 할머니가 돌보던 길고양이를 저희 병원에서 안락사하기로 했는데, 제가 마취를 깜빡했습니다. 네, 마취를 깜빡한 건 제 잘못이 맞아요. 인정합니다. 제 실수 때문에 그 고양이의 죽음이 평온하지 못했으니까요. 그렇다고 제가 고양이를 죽였다는 건 말이 안 되죠. 그 일로 할머니가 저를 해고하라며 원장한테 압력을 엄청 넣었어요. 할머니가 워낙 큰 고객이라 원장도 어쩔 수 없이 저를 해고시켰죠. 잠깐만요, 설마 지금 저를 의심하는 건가요? 저는 할머니를 죽이지 않았습니다. 그 고양이 사고 이후 저는 할머니를 만나지도 못했어요."

정재욱은 이야기를 하는 동안 잠시도 가만히 있지 못했다. 고개를 숙이고 눈도 마주치지 않는가 하면, 주변을 계속 살피기도 했다. 하지만 이보다 더 특이한 점은 할머니에 대한 부정적 감정을 서슴없이 드러냈다는 것이다. 정재욱이 할 말은 다 했다는 표정으로 하은과 문특을 바라보았다.

"또 있습니까? 저 바쁜데요."

"아, 알겠습니다. 할머니에 대해 더 기억 나는 점이 있으시면 저희에게 연락 부탁드리겠습니다."

문특과 김하은은 정재욱에게 명함을 건네고 돌아섰다. 정재욱이 문을 세게 닫는 소리가 귓전을 때렸다.

최정원 변호사는 생각보다 젊어 보였고 훤칠한 외모의 소유자였다. 광화문에 위치한 그의 사무실은 국내 최고 로펌 치고는 수수했다. 드라마에서 나오는 넓고 화려한 사무실에, 비서가 딸린 사무실은 결코 아니었다. 국내 최고 로펌의 변호사라고는 하지만, 사실은 임직원이 아니라 개인 사업자라고 하는 것이 맞을 것 같았다.

이들 로펌은 광화문 인근 빌딩 여러 채를 임대해 사용

하고 있었다. 그들은 광화문 인근에 로펌 타운을 형성하고 있었다. 최정원의 사무실은 국내 최고의 로펌 변호사 사무실이라고는 믿기지 않을 정도로 작고 수수했다. 김하은과 문특이 방문했을 때 그의 사무실은 엉망이었다. 위층 사무실에서 물이 새서 화장실과 탕비실이 물바다가 된 상태였다.

"국내 최고의 로펌 사무실이라는 데가 이렇습니다. 국내 최고 로펌 변호사라면 근사한 사무실에서 비서를 두고 일하는 것 같지만 절대 그렇지 않습니다. 드라마에서나 그렇지요. 보시다시피 탕비실이 저렇게 엉망이라서 커피 한 잔 드릴 수 없게 되었네요."

"저희는 괜찮습니다. 신경 안 쓰셔도 됩니다."

"위층에 몇 번이나 올라가서 여러 번 항의해 봤는데 소용이 없네요."

"왜요?"

"시민 단체가 입주해 있는데, 바쁘다는 핑계로 들은 척도 안 합니다. 시민 단체를 상대로 소송을 하기도 그렇고, 그냥 저희가 보수하는 것이 속 편하겠어요."

"아, 네."

"그건, 그렇고. 어머니 일은 다 끝난 걸로 알고 있었는데요?"

문특과 김하은의 명함을 받아 든 최정원이 자신의 명함을 두 사람에게 주고, 받은 명함을 자세히 본 다음 테이블에 가지런히 내려놓았다. 그는 사무실 상태와는 다른, 국내 최고의 로펌 변호사라는 자부심이 온몸에 배어 있는 것 같았다. 친절한 매너에도 불구하고, 전화로 방문을 알렸을 때와 마찬가지로 경찰을 상당히 하찮게 보는 태도는 숨기지 않았다.

"미국에 계신 여동생께서 수사에 이의를 제기하셔서 나루서의 수사를 저희 강력범죄수사대에서 이관받았습니다."

"걔가요? 걔가 왜?"

"동생분이 오빠와 상의하지 않으셨나 보지요?"

"허, 흐음."

최정원 변호사는 헛기침과 함께 시선을 다른 곳으로 피했다. 남에게 드러내고 싶지 않은 남매간 불화가 드러나서인지 최 변호사는 우스꽝스러울 정도로 불편해하는 모습이었다.

"궁금한 것 몇 가지만 여쭈어 보겠습니다."

"전화로도 말씀드렸지만, 제가 시간이 별로 없습니다. 준비해야 하는 것들이 너무나 많아서요. 부탁인데, 짧게 해 주면 좋겠네요."

"그럼, 단도직입적으로 여쭈어 보겠습니다. 어머니와 관계는 어떠셨습니까?"

"그게 무슨 말입니까? 어머니와 아들 관계가 어떻다니요? 저와 저희 어머니가 문제라도 있었다는 말인가요?"

"어머니와 변호사님이 평소에 서로 왕래가 별로 없었다고 하던데요? 맞습니까?"

"말도 안 되는 소리입니다. 누가 그러던가요? 제 동생이 그래요?"

"아니요. 동생분은 아직 만나 보지 못했습니다. 어머니 아파트 주민들 대부분이 그렇게 말씀하시더라고요."

"아니, 뭐 꼭 방문을 해야만 된답니까? 전화도 있잖아요. 전화로 서로 안부를 묻고 할 수도 있지요. 제가 워낙 바쁜 사람이라 찾아 뵐 수가 없어요. 두 분은 경찰이잖아요. 변호사가 어떻게 생활하시는지 잘 아시지 않습니까!"

"할머니 전화에는 변호사님과 통화 기록이 별로 없던

데요? 한 달에 한 번도 안 되더군요. 변호사님과 통화한 횟수가."

최 변호사는 즉답을 피하고 질문을 곱씹어 보는 것 같았다. 국내 최고 로펌의 형사 사건 전담 변호사, 그것도 검찰 출신인 그가 어머니의 핸드폰 통화 내역을 경찰이 살펴보지도 않고 왔다고 생각하지는 않았다. 최정원은 오히려 문자나 카톡에서 자신이 의심받을 내용이 남아 있는지 생각해 보는 눈치였다.

"아들들은 어머니하고 그렇게 자주 살갑게 통화를 하지 않잖아요? 저만 그런가요? 저는 바쁘기도 하지만, 잘 표현하지 못하는 편입니다. 저희 어머니도 마찬가지고요."

최정원은 곤란한 질문이라고 판단해서일까, 질문에 두리뭉실하게 대답했다.

"아, 그렇습니까? 그런데 말입니다. 변호사님은 어머님 앞으로 생명 보험을 꽤 많이 들어 놓으셨더라고요. 수령인은 모두 변호사님으로 되어 있더군요."

"그게 뭐 잘못된 겁니까? 어머님은 지병도 있으셨고, 연로하시니 돈 들어갈 일도 많아서 그런 건데 뭐가 잘못

됐나요?"

"어머니 재산이 그렇게 많은데 굳이 보험을 그렇게 드신 이유가 있으신가요?"

"어머니 재산이요?"

국내 최고의 형사 소송 변호사도 그의 어머니 재산이 얼마나 많은지 잘 모르는 것 같았다.

"변호사님, 친구분 사업에 투자하신 적 있으시지요?"

"그건 왜 물어봅니까?"

"회수하지 못하고 손실 본 금액이 10억은 넘는 것 같던데. 아무리 변호사라 해도, 투자 손실금에, 보험금 납입까지 경제적으로 어려우셨을 것 같은데, 안 그러셨어요?"

문특은 얄미울 정도로 침착한 최정원을 흔들어 보기 위해 강하게 밀어붙였다.

"국내 최고의 로펌, 대표적인 형사 소송 전문 변호사에 대해 잘 모르시나 본데, 그 정도는 내 연봉으로 충분히 커버가 가능합니다. 설마, 저를 의심하는 건 아니지요?"

"그건 아닙니다만, 저희도 여쭈어 봐야 할 사항이라고 생각해서요. 안 그렇습니까? 검사 출신이시라 잘 아실 것 아닙니까?"

"그런 질문하려면, 메일로 해 주셔도 될 것 같은데요. 저는 매우 바쁜 사람입니다. 앞으로 이런 식으로 시간 낭비하지 않았으면 합니다."

"정재욱에 대한 오해가 많이 해소된 것은 맞지만, 의심스러운 구석이 아직 남아 있는 것도 사실이야. 최정원은 최고의 형사 전문 변호사 다웠어. 의심스러운 부분이 해소되기는커녕, 오히려 증폭되기만 했어."

김하은이 엘리베이터 닫힘 버튼을 누르면서, 먼저 타고 있던 여성이 듣지 못하게 문특에게 귓속말했다. 깔끔한 하늘색 원피스에 하이힐을 신은 훤칠한 여성은 아무래도 로펌 직원 같아 보였다.

"그렇기는 해. 그래도 이 사람들, 의심스러운 점을 발견했다는 게 어디야? 할 일이 생겼잖아? 앞으로 끌로 파보자고!"

문특 역시, 김하은의 귀에 대고 소근거렸다. 그러는 동안 엘리베이터 문이 열리자, 홍해가 갈라진 것처럼 엘리베이터를 기다리던 사람들이 좌우로 갈라섰다. 여성은 엘리베이터를 기다리던 사람들에게 인사를 하고 원피스 자락을 휘날리며 엘리베이터를 총총걸음으로 급히 나갔다. 김하은이 뒤따라 나오던 문특을 팔로 툭 하고 치면서 고갯짓을 했다. 문특이 하은이 가리키는 쪽을 바라보고 인사를 하려다 멈추고, 하은 팔에 이끌려 나왔다.

”저 사람, 총리 아니었어? 김, 뭐더라?”

“맞아! 전직 총리.”

“저 분이 여기는 왜? 나는 현직 총리인 줄 알고 인사할 뻔했잖아!”

두 사람은 거수경례를 하는 경비에게 고개를 숙이고 현관 회전문에 거의 동시에 몸을 맡겼다. 어느새 사위에 어둠이 내려 앉기 시작했다. 퇴근을 서두르는 일군의 직장인들이 거리로 쏟아져 나왔다.

“저 사람들 퇴근하는 거겠지? 우리도 오늘 쫑치자! 팀장님께는 내일 보고드리겠다고 전화하지 뭐.”

“배고픈데? 아까 최정원 사무실에서부터 배가 고팠어. 내 배는 시도 때도 없나 봐.”

“우리, 전에 다동에서 추어탕 먹은 적 있지? 거기에 필적하는 곳이 있어. 거기서 저녁 먼저 먹고 커피 마시러 가자.”

회의실에는 고소한 커피향이 가득했다. 문특이 전날 카페에서 구매한 콜롬비아 수프리모 원두로 내린 커피를 팀 회의에 참가한 형사들에게 한 잔씩 돌렸다.

"냐옹!"

"짜장이도 커피에 대해서 뭘 좀 아는 것 같은데!"

"고양이 후각이 우리보다 더 발달했는데, 더 잘 알겠지."

"야옹!"

"그렇다는데요?"

"아이구!"

김하은이 막내의 맞장구에 어이없다는 듯이 웃었다.

"문 경위! 커피는 잘 마실게! 향은 정말 좋네. 지금까지 내가 뭘 마신 거야? 커피 향 나는 설탕물 마신 건가?"

"봉지 커피도 가끔씩 당길 때가 있어요."

박창대가 커피에 대한 감사 인사는 잊지 않았다. 봉지 커피를 제일 좋아하는 그였지만, 문특이 내려 준 커피를 정말로 맛있어했다.

"가장 중요하게 봐야 할 것은 할머니의 사인 규명이 확실하지 않았다는 부분이야. 그리고, 사망 시각이 정확하게 밝혀지지 않았다는 점도 아주 큰 문제라고 봐야지. 누가, 언제, 무엇 때문에, 어떻게 사망했는지가 정확히 나와야 용의자를 특정하고 신문을 하든지 말든지 할 텐데, 누구인지만 정확하게 밝혀졌네."

"누구인지도 정확하긴 한 건가요?"

"무슨 말이야?"

"아니요, 그냥 자조적으로 한 말입니다!"

문특이 자신의 말을 급히 주워담았다.

"방법이 없을까? 김하은! 뭐 없을까?"

"저라고 무슨 뾰족한 방법이 있겠습니까…?"

"하아악~ 하아악~"

"야! 짜장아! 지금 팀 분위기 보고도 그러냐? 분위기 봐 가면서 좀…"

"하아악~ 하아악~"

막내가 짜장이를 쓰다듬으려 하자, 짜장이가 앙칼지게 울어 대며 앞발로 막내의 손을 내리쳤다.

"아니, 얘가 왜 이래? 쓰다듬어 주는데도 신경질이야? 집사님! 얘가 왜 이래요?"

"글쎄요. 뭔가 마음에 들지 않다는 건데요. 아까부터

뭔가 의사 표현을 하려는 것 같은데, 잘 모르겠어요."

"카아악! 학!"

길건이 김하은 앞에서 계속 몸을 움직이며 이상한 소리를 내기 시작했다. 누가 봐도 평소의 몸짓이나 울음소리는 아니었다.

"이렇게 해 보지! 김하은 경위와 문특 경위는 할머니의 사망 원인을 국과수를 통해서 좀 더 알아보고. 그와 병행해서 법의학 전문가를 찾아봐. 서울의대 은사라도 만나 보면 좀 낫지 않을까? 그리고, 박 형사하고 막내는 김 경위와 문 경위가 진행하던 주변 인물들 탐문 수사를 이어서 해 주고."

"으르렁, 으르렁~"

김 팀장이 말을 계속 이어가는 과정에서도 길건은 이상한 몸짓과 울음소리를 지속적으로 내고 있었다.

"그러지요. 막내야! 우린 정재욱과 최정원에 대한 주변 수사를 좀 더 해 보기로 하자고. 뭔가 나오겠지. 그리고, 김하은 경위! 짜장이를 좀 어떻게 해 봐! 얘가 오늘 좀 이상하지 않아?"

"네, 선배님! 아이고 짜장아! 왜, 그래? 어디가 안 좋아? 네가 그러니까 다른 사람들이 불안해하잖아. 다들 예민해져 있는데 너까지 왜 그러니?"

'아니 그게 아니라니까! 그 사람들은 아니라고! 왜 이렇게 사태 파악을 못 하는 거야? 좀 논리적으로 하나하나 따져 가면서 못 하나?'

길건은 형사들의 수사가 엉뚱한 곳으로 흘러가는 것 같아 답답했다. 그가 주변 고양이들에게서 들은 이야기와 수사는 완전히 반대 방향으로 가고 있었다. 건우와 인근 길고양이들로부터 전해들은 이야기를 알려 주고 싶었다.

'보이는 것만 믿지 마! 빙하의 밑을 봐야지!'

길건은 사건 표면 아래 있는 반전을 이야기해 주고 싶었지만, 전달해 줄 방법이 없었다. 자신의 입에서 나오는 소리는 고양이 울음소리뿐이었다. 그는 맥이 빠졌다.

"하악! 하악!"

"캬캬캬!"

답답한 마음에 몸이 꼬이고 발만 동동 굴렀다. 자신을 바라보는 강력1팀 형사들이 모두 오히려 이상한 고양이로 보는 것 같아, 답답한 마음이 이루 말할 수 없었다.

"아니, 오늘따라 짜장이가 이상하네요? 심통이 나도 대단히 난 것 같은데. 단무지, 아니 단지라도 빨리 찾아줘야 하는 것 아닌가요?”

막내가 걱정스러운 듯이 김하은을 쳐다본다.

‘아이고, 이 답답아! 내가 왜 암컷 고양이가 필요하냐고? 왜 이렇게 말귀를 못 알아듣냐?’

“글쎄요. 저도 왜 이런지 잘 모르겠어요. 뭘 잘못 먹은 건 아닌지 걱정이에요.”

‘뭐라고? 아니, 집사 넌 또 왜 이래? 내가 뭘 잘못 먹은 것 같아 보인다고? 먹을 거는 네가 주잖아!’

“자기에게도 관심을 가져 달라는 건 아닐까?”

‘그래! 그래도 팀장이 짬이 있다고 좀 낫긴 낫네!’

길건이 갑자기 이상 행동을 멈추고 김 팀장을 눈을 똥그랗게 뜨고 바라봤다.

“팀장님 말씀처럼 놀아 달라고 하는 것 같기도 하고, 뭐가 불만인 것 같기도 하고. 그런데…. 넌 뭐가 불만이니? 상팔자가 뭐가 부족하다고.”

‘상팔자? 내가 상팔자라고? 그럼 네가 고양이가 되어 볼래? 그래, 너 말 잘했다! 나랑 바꿔!’

“다들 조용히 하고 회의 계속 하기로 하지! 그러니까,

어디까지 했지?”

“하실 말씀은 다 하신 것 같은데요. 정재욱과 최정원의 행적과 주변 탐문 조사 계속 하고, 검시에 참여했던 법의학자 만나서 추가로 의문점 찾아보는 것 병행하기로 했습니다.”

“그래, 문특 경위! 고마워! 그런데, 다들 뭐해? 이제 나가서 발로 뛰어야 할 것 아니야!”

“아, 네!”

해결될 듯 말 듯 사건이 흘러가면서 마음이 무거웠던 하은은 모교였던 서울의대 캠퍼스로 향하면서 조금 가벼워졌다. 동숭동 서울의대 정문을 통과하면서, 차창으로 들어오는 신선한 캠퍼스 바람이 그녀를 갓 스무 살의 전투적인 김하은으로 바꾸어 놓았다.

그녀의 서울의대 예과시절 은사였던 김상철 교수 연구실은 별관 2층에 있었다. 약속 시간보다 10분 정도 일찍 도착한 김하은은 김 교수의 재실 여부를 확인했다.

“똑똑!”

아무런 반응이 없었다. 잠시 시간을 두고 다시 문을 두드리려고 하는데 갑자기 문이 열렸다.

"앗! 깜짝이야! 교수님!"

"오! 김하은! 어서 와!"

"교수님, 누구인지 확인도 안 하시고 문을 여시면 어떻게 해요?"

"누구긴 누구야? 김하은이 온다고 했으니 김하은이겠지. 그리고 넌 항상 약속시간보다 10분 일찍 나타났잖아? 그런데 뭘 확인을 해? 그런데, 이 분은?"

"아! 네, 제 파트너입니다. 경찰대학 동기기도 하고요. 문특 경위입니다. 특아! 인사해! 김상철 교수님!"

"안녕하십니까? 교수님! 문특이라고 합니다. 하은이에게 교수님 말씀 많이 들었습니다."

"무슨 이야기? 꼬장꼬장하고 혼도 많이 냈다고? 의대 그만두고 경찰대 간다고 삐쳤다고? 하하하!"

"그럴 리가요, 교수님! 수업시간에는 칼 같으시면서도, 후배이자 제자들을 정말 아끼셨다고요."

"우리 하은이가 그런 말도 할 줄 알아?"

정남향에 위치한 김상철 교수실은 오후의 따스한 햇볕이 쏟아져 온화해 보였다. 벽에는 각종 의학 관련 전문서

적은 물론, 역사, 심리 관련 서적들로 가득했다. 의대 교수 연구실에는 반드시 있을 것이라는 예상과는 달리, 인체 모형은 하나도 없었다. 오히려, 요하네스 페르메이르의 '진주 귀걸이를 한 소녀' 그림이 걸려 있었다. 김상철 교수는 아담한 체구에 깊은 눈을 가진, 50대 미남형이었다. 하은과 특을 맞이하는 김 교수는 웃음이 가득했다. 웃는 모습이 더욱 보기 좋았다.

"이건 뭐야? 김하은 너, 국립대 교수도 김영란법 대상이라는 거 잘 알잖아?"

김 교수는 문특이 들고 있는 커피 캐리어를 받아 들고 웃으면서 말했다.

"왜 이러세요? 아마추어같이. 저도 공무원이에요. 공무원끼리 뭘?"

"그런가? 하하하! 그런데, 문특? 흔치 않은 이름인데?"

"할아버지께서 지어 주셨습니다. 초강대국이었던 한나라를 무찌르고 조공까지 받았던 흉노족 묵특의 이름을 차용해 주셨습니다. 묵특이라는 사람이 비록 흉노족이었지만, 당시 한나라에 대승을 거두고 공포의 대상이 되었지요. 그래서 그런 큰 인물이 되라고 지어 주셨습니다."

"할아버지께서 대단한 안목을 갖고 계셨네. 아직 살아 계세요?"

"아니요, 돌아가셨습니다."

"아, 그렇군요. 할아버지 많이 생각나겠어요. 내가 관상은 좀 보는데, 문특 경위님은 충분히 그럴 것 같은데요. 우리 하은이도 그런 상을 가지고 있는데, 두 사람 잘 어울릴 것 같아요."

"과찬이십니다. 그렇지만 감사합니다."

"우리 교수님, 농담은 못 하시는 분이시니까. 호호호!"

"교수님! 교수님 연구실에는 인체 모형 같은 것이 있을 줄 알았는데, 인체 모형은 없고 '진주 귀걸이를 한 소녀' 그림이 있네요. 무슨 특별한 의미라도 있는 겁니까?"

"의대 교수실에 인체 모형이나 뼈, 그런 거는 너무 뻔하지 않나요? 나는 저 그림 속 소녀가 참 많은 이야기를 하고 있어서 좋아합니다. 내게 말을 걸고 있다는 생각이 들어요. 어제 한 이야기 다르고 오늘 하는 이야기가 다르지요. 저 소녀와의 대화 주제는 무궁무진해요. 그래서 좋아합니다. 우리 법의학자들이 해야 하는 일이 그래요. 법의학자의 일은 억울하게 죽은 사람들의 이야기를 들어 주는 것이라고 생각합니다. 억울하게 죽은 사람들은 몸으로 이야기를 해요. 우리는 부검을 통해서 억울하게 죽은 이야기를 들어 주는 거고요."

"아 그런 뜻이 있었군요."

"자, 그럼. 우리 본론으로 들어갈까요? 이리로 앉으세요. 하은이가 전화로 간단히 이야기는 해서 대충은 알지만, 그래도 자세히 듣고 싶은데?"

하은이 링컨 할머니의 사망 사건에 대해 사건 보고서와 검시 보고서를 중심으로 설명했다. 문특이 설명하는 김하은과 설명을 듣는 김상철 교수를 번갈아 보았다. 설명하는 사람이나 듣는 사람이나 진지하긴 마찬가지였다.

"부검도 안 한 상태에서 화장을 해 버렸으니 검시 보고서 이외에 판단할 방법이 없기는 한데…. 부정맥에, 파킨슨병이라. 부정맥은 가족 말고 다른 사람들은 몰랐을 테고, 파킨슨병은 주변 사람들이 알 수 있으니까 그것 때문에 많이 힘들어하셨을 것 같은데?"

"그렇겠지요. 주변의 시선을 많이 의식했을 거예요. 손을 심하게 떠시는 것을 남에게 보이기 싫었겠지요. 거동도 불편하시고요."

"약 과다 복용으로 인한 부작용도 의심해 볼 수는 있겠네…."

"과다 복용으로 인한 부작용이요?"

"1차적으로 부정맥 관련해서 심장약, 고혈압약, 고지혈약을 복용하고 있는 상태에서, 파킨슨병 약을 과다하게 복용한 것이 부정맥으로 인한 심장마비를 일으킨 것은 아닌지 의심을 해 볼 수는 있겠지. 약 부작용으로 말이야. 외부 충격 흔적은 없었다고 하니까."

"두 약이 충돌할 가능성이 높은가요?"

"그럴 수도 있고, 아닐 수도 있고. 아니, 정확히 말하면, 보고된 바가 없으니 모른다고 하는 것이 맞겠지. 그렇지만, 또 아니라고만 할 수도 없고. 다른 충격이 가해질 수도 있었을 수도 있고."

"다른 충격이요? 예를 들자면?

"말 그대로 외부 충격일 수도 있고. 어디 부딪혔다든지. 아니면, 누가 가격을 했다든지. 그런데, 그런 건 발견된 게 없다며?"

"네."

"그렇다면, 정신적인 충격? 그래, 그럴 수 있겠네. 스트레스를 많이 받으면 심장에 무리가 올 수가 있잖아. 약을 과다하게 복용하고 있는 상태에서 정신적인 충격까지 더해져서 부정맥이 왔고, 그것 때문에 심장마비가 왔다?"

"그럴 수도 있겠네요."

"아니면, 제3의 약물일 수도 있겠지. 약물 검사에서 나오지 않은. 아주 소량의, 제3의 약물 말이야. 나는 그것도 상당히 있으리라고 봐. 만약, 타살이라고 가정하면 말이야."

"그것도 하나의 가설로 봐야 할 것 같군요."

"만약, 할머니에게 주변 사람들이 모르는 또 다른 지병이 있었다면, 너무 많은 약들이 충돌해서 부정맥이 왔을 수는 있겠지. 그래서 심장마비가 왔고. 물론, 약들이 충돌했을 가능성은 아주 낮지만 말이야…."

"아주 희박하지만, 경우의 수를 다 찾아보자는 말씀이시지요? 예를 들자면, 뭐가 있을까요?"

"뭐라고 단정지을 수는 없겠지. 그렇지만, 그 연령대에 일반적으로 있을 수 있는 병들이 있을 수 있어. 예를 들자면, 치매? 뭐 그런 것도 있을 수 있고."

"아, 그럴 수도 있겠군요. 주변 인물 탐문 수사로 밝혀

봐야 할 것 같군요."

"사망 시점은 보고서가 맞다고 봐야 할 거야. 날씨, 사망 장소의 상태 등 사건 보고서에 나와 있는 것들을 종합해 볼 때, 5월 15일에서 25일 전후로 보는 것이 타당하긴 할 것 같은데…. 큰 의미는 없을 것 같아, 사망 시점이 너무 부정확해서 말이야…. 그런데…."

"그런데, 뭐요?"

"DNA 검사 결과가 없네?"

"DNA 검사요? 그건 왜요?"

"본인 확인 절차를 거쳤다는 이야기는 없어. 이렇게 부패했는데, 본인 확인 검사 정도는 해 봐야 하는 것 아니야? 신문도 헤드라인에서 오탈자가 날 수 있거든. 누구나 틀렸다고 생각조차 못 하는 곳에서 날 수가 있지. 이렇게 부패가 심해서 그 사람이라고 어떻게 단정할 수 있겠어?"

"설마요, 교수님!"

"아들 부부가 확인했는데요. 그럴 일은 없을 거예요."

"그래…? 설마가 사람 잡는 법이긴 한데…."

"감사합니다, 교수님! 빈틈이 없으시네요."

"다녀왔습니다!"

"어, 수고들 했어. 뭐 좀 나온 게 있어?"

"아이고, 우리 짜장! 나 없는 동안 어떻게 지냈어요? 팀장님이랑 잘 놀았어요? 심심하지는 않았고요? 아! 간식을 깜박했다!"

김하은이 김 팀장 쪽으로 다가오다가 갑자기 길건의 집으로 방향을 급선회했다. 그리고, 길건을 조심스럽게 안아 들어, 쓰다듬어 주기 시작했다.

"뭐야, 이 황당한 시추에이션은? 너는 나보다도 짜장이가 더 중요하냐?"

자기에게 보고하러 오는 것을 알았던 김 팀장은 김하은의 갑작스러운 행동에 황당해하는 액션을 취했다.

"뭐, 특별한 것은 없었습니다. 그래도 저희 수사 방향에 대한 조언? 뭐 그런 거는 받은 것 같습니다."

문특은 김하은이 짜장의 간식을 사온다고 하고서는 깜박한 것을 사과하는 동안 김 팀장에게 서울 의대에 다녀온 결과를 보고했다. 김하은은 길건을 자신의 책상 위에 앉히고 계속 뭐라고 말을 걸고 있었다. 문특이 그 광경을 지켜보던 김충길에게 하은을 대신해 보고했다.

"아! 김하은 경위가 계속 걱정했거든요. 짜장이의 오늘 아침 이상 행동에 대해서요. 그래서…."

"특아, 나도 그 정도는 이해해. 너는 나를 너무 띄엄띄엄 보는 거 아니니? 보고하던 것이나 계속 하시지!"

"아, 예!"

문특이 김 교수의 이야기를 자세히 보고했다. 신원 확인과 염색 이야기는 하지 않았다. 좀 더 진전 사항이 생기면 보고하는 것이 좋을 것 같다고 생각했다.

"좋아! 수고했어. 그리고 미국에 산다는 할머니 딸 말이야."

"네, 그 딸이 왜요?"

길건과 대화하던 김하은이 그 말에 바로 반응했다.

"야옹!"

"참, 내! 듣고 싶은 이야기가 있을 때는 또 바로 치고 들어오시네?"

"아니, 팀장님! 왜 이러세요? 아마추어같이."

"됐네요, 이 사람아! 딸이 들어왔단다. 만나고 싶다던데. 만나 봐!"

"아! 그래요? 당연히 만나야지요."

"일주일밖에 시간이 없으시대요. 내일 오전에 오시겠단다! 우리한테 괜찮은 시간이 언제냐고 물어보지도 않더라. 아주 대단하던데? 내일 오전 괜찮지?"

"네, 괜찮습니다!"

"바쁘실 텐데, 이렇게 시간을 내어 주셔서 감사합니다. 전화드렸던 최지혜입니다."

할머니 막내 딸 최지혜가 김 팀장, 김하은, 문특 쪽으로 명함을 한 장 들이밀었다. 그와 동행한 변호사도 명함을 내밀었다. 하은이 김 팀장과 문특을 둘러보더니 두 사람을 대신해서 명함을 받았다. 최지혜의 명함은 영어로 되어 있었다. 선이 굵고 시원한 외모에 훤칠한 키는 젊은 시절 링컨 할머니를 연상하기 충분했다.

빨간 원피스에 빨간 하이힐을 신은 최지혜는 영화 〈우먼 인 레드(The Woman in red)〉의 켈리 르브락(Kelly Lebrock)을 연상시켰다. 그녀는 뉴욕 월 스트리트의 대표적인 투자 회사에서 일했다. 가상 자산 부문 대표라고 되어 있었다.

"월 스트리트에서 근무하시네요. 그 유명한 자산 금융

회사!"

김 팀장이 말을 마치기도 전에 김하은이 최지혜를 보고 웃으면서, 김 팀장 다리를 툭 쳤다.

"아, 예. 예."

"저는 김하은 경위라고 합니다. 이번 사건을 담당하고 있습니다. 링컨 할머니…. 아, 저희는 그렇게 부릅니다. 아파트 주민들이 그렇게 불러서요. 링컨콘티넨탈 할머니라고."

최지혜는 표정 하나 바뀌지 않고 고개만 작게 끄덕였다. 자신의 어머니가 타던 자동차 정도는 알고 있었던 것 같았고, 왜 그렇게 불렸는지는 쉽게 연상한 듯했다.

"우선, 최지혜 씨께서 재수사를 의뢰하신 이유를 듣고 싶은데요? 말씀해 주실 수 있을까요?"

"현재 수사는 어떻게 되고 있나요?"

"네, 검토하고 있는 단계입니다. 아직까지 정식 수사는 아니고. 최지혜 씨 이야기를 듣고 저희가 지금까지 추가로 조사한 결과를 종합해서 재수사로 전환할지 여부를 최종 결정할 것입니다. 재수사라는 것이 생각처럼 그렇게 쉽게 결정되는 것은 아니거든요. 변호사님은 잘 아실 겁니다만."

변호사는 고개를 끄덕이는 것으로 답을 대신했다.

"지금까지 진행 사항을 들을 수 있을까요?"

"수사 중인 사항은 공유할 수 없습니다. 아무리 따님인 경우에도요. 양해해 주실 것이라 믿습니다. 종결된 사건 재조사를 요청하신 데는 이유가 있으실 텐데요."

"물론, 있지요. 전화로 말씀드렸던 것 같은데, 오빠 때문이에요. 오빠가 엄마가 남겨 놓은 재산도 모자라서 본인 앞으로 꽤 큰 보험까지 들었더군요. 그리고 다시 생각해 보니, 아무리 엄마가 괜찮다고 하더라도 혼자 미국으로 보낸다는 것이 상식적이지 않았습니다. 그리고, 잘 도착했는지 여부도 확인 안 했다는 것은 말이 안 돼요. 저도 처음에는 저랑 사이가 안 좋아서 그랬겠거니 했는데 보험을 그렇게나 많이 들었다는 것을 알고 나니, 도저히 오빠의 행동이 이해가 안 되었어요. 그래서 오빠를 중점적으로 다시 수사해서 엄마의 사인을 철저히 밝혀 달라고 요청드리는 겁니다."

최지혜가 잠시 숨을 멈추고, 커피 한 모금을 마셨다. 그녀는 입술을 꼭 다물었다가 이야기를 이어갔다. 동행한 변호사는 특별한 언급 없이 최지혜만 쳐다보았다.

"저희 집안 이야기를 이렇게 남 앞에서 한다는 것 자체가 부끄러운 이야기라는 것 잘 알고 있습니다. 그렇지만, 엄마가 그렇게 된 데 오빠네 부부가 관여했다면 용서할 수 없는 일입니다."

"오빠하고 전혀 연락을 안 하시나요?"

"말씀드렸지 않나요? 저랑 오빠는 사이가 안 좋다는 거? 오빠네와는 소식 끊고 산 지 오래됐어요. 그래서 이렇게 사달이 난 거지만요."

"오빠를 의심하시는 건가요?"

"네?"

"아니, 혹시 그런 게 아닌가 하고요."

"솔직히 말씀드리자면, 그래요. 저는 오빠네 부부가 의심스러워요."

"왜지요?"

"죽은 사람은 거짓말을 하지 않습니다. 산 사람이 거짓말을 하지. 오빠네 부부가 거짓말을 하고 있다고 생각합니다. 오빠네 부부가 고의가 아닐지라도 엄마의 사망에 기여한 것만은 확실한 것 같아요."

잠시 회의실 안에 적막이 내려 앉았다. 적막을 깬 건 최지혜였다.

"이상하지 않아요? 그렇게 미국에 와서 살라고, 살라고 해도 꿈쩍도 안 하시던 양반이 몸이 불편한데 미국에 혼자 오겠다는 것이? 저는 엄마가 미국에 온다는 사실조차 몰랐어요. 미국에 사는 저한테는 일언반구도 없었다는 게 말이 안 돼요. 그래요, 백번 양보해서 성치 않은 몸이지만 엄마 혼자서 미국에 온다 칩시다. 자신이 모시고 오는 것이 아니면 아무리 싫어도 최소한 저에게 연락을 하고 공항까지 배웅을 갔어야지요. 오빠라는 사람은 저에게 연락도 하지 않고, 엄마가 알렸다고 말한 것을 믿어요? 그리고, 나오지 말란다고 공항까지 배웅도 안 해 줘요? 다 좋아요! 최소한 미국에 잘 도착했는지 정도는 확인해야 하는 거 아닌가요? 걱정도 안 되나요? It's ridiculous! 엄마가 미국에 간다고 했다는 것은 모두 거짓말이에요! 믿을 수 없어요!"

문특이 최지혜에게 물 한 잔을 내밀었다. 그녀가 물을 한 모금 마시고 감정을 조금 누그러트렸다.

"엄마는 그냥 심장마비로 사망한 게 아니라고 봅니다.

과다한 약물 복용과 쇼크로 인한 심장마비예요. 엄마가 돌아가셨을 때는 생각하지 못하고 오빠 의견에 어쩔 수 없이 동의는 했습니다만, 지금 생각해 보면 오빠네 부부가 과다하게 약을 복용하게 했을 수도 있다고 봐요. 새 언니가 약사니까 이 약 저 약 많이 드시게 했을 수 있잖아요? 그 약 때문에 쇼크에 빠진 거죠."

"네, 알겠습니다. 그 부분은 다시 확인하고 있습니다. 물론, 부검을 하지 않은 상태에서 화장을 해서, 더 이상 뭐가 나올 것이 있을 지는 잘 모르겠습니다만."

"최지혜가 자기 새언니를?"

박창대와 막내가 최정원 여동생이 올케를 의심한다는 이야기를 전해 듣고, 김하은과 문특을 놀란 눈을 하고 쳐다보았다. 최정원 부부에 대한 수사진의 의심이 더욱 증폭되는 순간이었다.

"지금 단계에서 속단하기는 이르긴 하지만, 최정원 부부의 혐의가 점점 짙어지는데요."

"거 봐요. 최정원 부부라니까요!"

"재수사 정식으로 시작하시지요!"

"이미 내가 대장님한테 다 이야기해 놨지. 대장님이 벌써 청장님께 구두로 보고 다 했으니까, 걱정 붙들어매시고 하던 수사, 그냥 쭉 계속 하시면 됩니다."

"오호~ 멋지심!"

"냐옹!"

"그렇지? 팀장님 멋지시지, 짜장아? 그럼, 저희는 최정원 부부를 다시 만나고 오겠습니다."

"저는 더 이상 말씀드릴 것이 없다고 했을 텐데요? 이렇게 약속도 하지 않은 상태에서 마음대로 밀고 들어오는 것은 결례라고 생각하지 않습니까?"

예상대로 최정원은 심하게 반발했다. 첫 번째 방문 때와는 다르게 전화도 하지 않고 불쑥 찾아갔기 때문이었다. 하지만 그러면서도 주위를 살피면서 김하은과 문특을 자신의 방으로 안내했다. 방문을 굳게 닫은 최정원이 다시 한번 불만을 늘어놓기 시작했다.

"이것들 보세요! 내가 할 수 있는 이야기는 다 했지 않습니까? 사무실에 자꾸 이렇게 나타나면 나도 곤란할 것이란 생각 안 하십니까?"

"부인이 약사시잖아요?"

"제 아내는 왜요? 그 사람이 이 일과 무슨 상관이라도 있답니까?"

최정원은 이 질문을 예상하고 있었다. 그는 침착하게 대응했다. 그 때, 김하은이 막내의 전화를 받았다.

"김선혜 씨를 만난다고요? 네, 저희는 최 변호사 만나고 있어요. 네, 네."

하은이 최정원에게 들릴 만한 크기의 목소리로 막내와 통화하고, 전화를 끊었다.

"최정원 씨는 어머님 집에 자주 들르지 않으셨다고 하셨지만, 약사이신 부인께서는 어머님 집에 가끔씩 들르셨다면서요?"

문특은 김하은이 전화를 끊은 것을 확인하고 최정원에게 다시 질문을 했다.

"당신들 뭐 하는 거야! 왜 그 사람을 찾아가고 그러는 거야!"

최정원이 발끈했다. 그러면서도 유리창을 통해 사무실 직원들을 살폈다.

"당신들, 이런 식으로 나오면 나도 가만 안 있어!"

"얼마든지요. 그렇지만, 질문에 답을 하지 않으신다면 매우 불리해지실 텐데요!"

문특도 강하게 나갔다. 노련한 변호사는 감정 조절에도 능했다.

"며느리니까. 며느리니까 당연한 거 아니에요?"

"그러면, 부인이 약사시니까 몸에 좋은 약 같은 거 가져다드리고 했겠네요?"

"네? 그건 또, 무슨 말이에요?"

"아니, 약사니까 심장병, 파킨슨병에 좋다는 약들만 가져다드리고 했겠어요? 뭐 또, 다른 약들도 어머니께 좋다는 것은 다 가져다드렸겠지요. 안 그런가요?"

최정원은 즉답을 피하고 두 사람을 번갈아보았다. 그는 분명 질문에 의도가 있다고 생각하는 것 같았다. 그는 매우 조심스러웠다.

"유도심문하는 겁니까? 이건 법정에서도 금지되어 있는데요. 그것을 모르시지는 않을 텐데?"

"부인께서 어머니께 가시는 것을 변호사님도 아셨지요? 서로 이야기하실 것 아니에요?"

"질문 좀 제대로 하면 안 되겠습니까? 예고도 없이 갑자기 불쑥 찾아온 것도 그렇고. 물어본다는 것도 수준 이하로만 하고 있으니, 이렇게 시간 낭비만 할 거면 돌아가시지요!"

"부인께서 다른 약을 가져다드렸다고 이야기한 적 없었나요?"

"이것 보세요! 좀 상식적인 이야기를 하세요! "

"이야기가 없었다는 겁니까, 했는지 기억이 나지 않는다는 겁니까?"

"이 사람들이! 이상한 이야기만 늘어놓으려면 나가세요! 경찰청에 정식으로 진정서를 제출하겠습니다!"

"어머니 건강과 사망에 관한 이야기인데 별로 중요하지 않고 이상한 이야기라고 생각하시는 것인가요?"

"제가 바빠서 집에 들어가면 대화할 시간도 없고, 너무 피곤해서 기억도 안 납니다! 됐습니까? 자,이제 돌아가 주세요!"

"최정원 씨는 거동이 불편하신 어머님이 출국하시는데 배웅도 해 드리지 않았어요. 아무리 어머니께서 요구하셨다 하더라도 비상식적이지 않습니까? 그리고, 최소한 잘 도착해서 동생과 만났는지는 확인해야 하는 것 아닙니까?"

"그건, 어머님께서 너무나 강력하게 말씀하셔서 어쩔 수 없었습니다. 두 사람은 우리 어머니 성격이 어떤지 몰라서 하는 말입니다. 그리고, 그 애와는 담을 쌓고 지내서 서로 연락도 안 합니다. 당연히 잘 도착해서 그 애가 모시고 집으로 갔겠거니 했지요."

"그래요. 그럼 그게 상식적이라고 생각하시나요?"

"사실인데 어떻게 하겠습니까?"

"어머님이 출국하시기 전날 그러니까, 5월 14일 저녁 어머니와 이른 저녁을 드시고 뭐하셨습니까?"

"뭐라고요? 이 사람들이?"

최정원의 부인 김선혜가 근무하는 약국은 생각보다 평범했다. 지하철역에서 50미터 떨어진 곳에 위치한 5층짜리 빌딩 1층에 있었다. 2층에는 소아과 병원이 있었고, 3층에는 태권도 도장이 있는 건물이었다. 아픈 아이를 업은 엄마가 수시로 드나드는 목이 좋은 곳이었다. 김하은과의 통화를 마친 박창대와 막내 이준이 약국 문을 열고 안으로 들어갔다.

김선혜로 보이는 약사는 하얀 가운이 잘 어울렸다. 그녀는 생각보다 수수했지만, 웃음기가 가득한 얼굴을 하고 있었다. 약국이라 그런지 그 흔한 '안녕하세요?', '어서 오세요!' 등의 인사말은 없었고 눈짓으로만 인사하는 것 같았다.

코로나가 한창 돌던 때 설치한 아크릴 막은 아직 철거하지 않은 상태였고 그 안쪽에는 김선혜와 또 다른 약사가 있었다. 김선혜는 박창대와 이준이 예사 환자들과는 다른 무엇을 직감한 것 같았다. 그녀가 약간 움찔하는 미세한 모습이 두 형사의 눈에 잡혔다. 신원을 먼저 확인한 쪽은 박창대와 이준이었다.

"김선혜 약사님 되시지요?"

"그런데요? 누구신지요?"

"서울경찰청 강력범죄수사대 박창대라고 합니다. 이쪽은 이준 형사고요."

박창대와 이준이 신분증을 김선혜 앞으로 내밀었다. 김선혜는 두 사람이 누구일 것이라는 것은 이미 알고 있었고, 두 형사 역시 김선혜가 자신들의 방문을 이미 예견하고 있었을 것이라 생각했다. 그렇지만, 양측은 서로 모른 척했다.

강력범죄수사대라는 말을 듣고 신분증을 자세히 보는 사람은 지금까지 한 명도 본 적이 없었다. 그러나, 김선혜는 조금 달랐다. 그녀는 형사라는 것을 이미 알고 있었다는 듯이 소속과 사진을 꼼꼼히 보는 것 같았다. 실제로 현실에서 형사를 처음 접하게 되면, 백이면 백 모두 긴장하게 된다. 박창대는 그렇지 않은 사람을 지금껏 본 적이 없다. 게다가 뒤가 구리면, 긴장을 넘어 공포를 느낀다. 그렇지만 김선혜는 마음의 준비를 이미 마친 사람 같아 보였다.

"무슨 일이시지요?"

그녀는 남편으로부터 형사의 방문과 대응 방법에 대해 코치를 받았을 것이다. 질문에 답변하는 요령도 분명히 전수받았을 것이다. 그래서 그런지 김선혜는 긴장하지 않으려는 티가 났다.

"이혜선 씨 아시지요? 김선혜 씨의 시어머니 되시는 걸로 알고 있습니다만."

"네, 저희 시어머니이신데요. 왜 그러시지요?"

"네, 지금 김선혜 씨 만나고 있습니다. 네, 최정원 변호사와 만나시고 계시다고요? 알겠습니다. 네, 네."

박창대는 막내와 김하은의 통화 내용이 김선혜에게 전달될 수 있도록 대화 중 적절히 포즈를 두었다. 그녀도 지금 상황이 어떻게 돌아가는지는 충분히 판단하는 것 같았다. 남편과 자신을 분리해서 동시에 신문이 이루어질 것이라는 예상까지는 하지 못한 듯했다.

"시어머니의 사망과 관련해서 여쭈어 볼 것이 있어서요."

"그건 이미 끝난 일로 알고 있는데요?"

박창대는 김선혜가 침착하게 대응하려고 노력하는 와중에도 목소리가 미세하게 떨리는 것을 알 수 있었다.

"최지혜 씨 아시지요? 올케 되시는 분? 최지혜 씨가 재수사를 의뢰하셨습니다. 저희도 초동 수사에 문제가 있다고 판단했고요. 그래서 재수사에 들어가기로 결정되었습니다. 잠시 바깥으로 나가시는 것이 어떨까요? 여기서 이야기하기 적절치 않은 주제 같은데."

김선혜 옆에 있던 약사가 의도적으로 둘과의 대화를 듣지 않으려고 고개를 다른 쪽으로 돌렸지만, 들리는 것은 어찌할 수 없었는지 불편한 기색이 역력했다. 약국 문이 열리고 꼬마 아이를 앞세운 30대 여성이 들어오자, 약사는 과도하다 싶을 정도로 반갑게 응대했다. 김선혜는 두말하지 않고 약사 가운을 벗고 동료 약사에게 눈빛으로 인사를 나누고 밖으로 나갔다. 박창대와 이준은 가볍게 묵례하고 김선혜의 뒤를 따랐다. 아이 엄마와 아이가 약국을 나서는 세 사람을 의아한 표정으로 쳐다보았다.

"김선혜 씨가 직접 운영하시는 건가요?"

"네, 그렀습니다만."

"남편이신 최정원 씨는 바빠서 어머니께 자주 못 갔고, 김선혜 씨가 자주 들렀다고 하던데요?"

"뭐, 그렇게 자주는 아니고요. 남편을 대신해서 가끔씩 찾아 뵙곤 했습니다만."

김선혜의 말끝마다 뭐가 잘못된 거냐는 듯한 티를 냈다.

"시어머니께서 며느님이 오시면 좋아하셨겠네요. 며느님이 약사이니까, 편찮으신 시어머니에게 좋은 약 같은 거 가져다드리면 좋아하셨겠어요."

"약이요? 아니요. 아무리 약사라도 의사의 처방 없이는 함부로 약을 줄 수 없습니다. 빨리 끝내 주실 수는 없을까요? 이제 곧 바쁜 시간이 되어서요."

김선혜가 약국 쪽을 보면서 불안한 모습을 보였다. 약을 받은 아이와 엄마가 약국을 나서면서 세 사람과 눈이 마주치자 황급히 돌아서 갔다.

"몸이 편찮은 시어머니가 혼자 미국으로 가신다는데 왜 말리지 않으셨어요? 그리고, 혼자 가신다면, 최소한 배웅이라도 해 드리고, 따님을 만났는지는 확인해야 하는 거 아닌가요?"

"네? 그건··· 그건 남편이 이야기하지 않던가요? 그건···. 어머님이 완강히 반대해서 그랬어요. 아무리 아들 며느리지만, 일 때문에 피곤한데 뭐 하러 나오냐고요. 저희 어머님이 원래 그러셨어요. 남의 말을 잘 안 들으셨어요. 최근 들어서는 더욱 심해졌지요."

"그렇다면. 왜 미국에 잘 도착했는지 확인해 보시지 않으셨나요?"

"그건··· 저희와 아가씨와 사이가··· 사이가 안 좋았어요. 그래서 연락을 끊고 산 지 오래되었어요. 그래서 그랬어요."

"그러시면, 어머님에게 직접 연락할 수도 있잖아요. 그리고, 어머님이 미국 소식을 하나도 전하지 않는 게 이상하지 않았어요?"

"저희 어머님 그런 거 싫어하셨어요. 그래서 그런 줄 알았지요."

"다시 약으로 돌아가서 이야기해 보도록 하지요. 의사 처방이 있어야 하는 약품들은 철저히 관리되고 있지요? 입고와 출고가 딱 맞아떨어지겠지요?"

"그렇겠지요."

"그렇겠지요? 그렇다는 말씀입니까? 아니면, 아닐 수도 있다는 겁니까?"

"사람이 하는 일이라 실수가 있을 수 있으니까요. 원칙은 그렇다는 말씀입니다."

"그렇다면, 장부 같은 것이 있겠네요. 약품을 입출과 관련된 장부 말입니다."

"컴퓨터에 약국 경영 관리 시스템이 깔려 있어서 쉽게 파악이 가능합니다."

"저희가 볼 수 있을까요?"

"그건, 좀. 특별한 사유 없이 저희 시스템을 공개할 수는 없습니다. 정식으로 영장을 받아 오시면 보여 드릴 수 있을 것 같습니다만. 저희 남편과도 의논해 봐야 할 것 같고요.”

“영장 여부는 지금 말씀드릴 단계인지 잘 모르겠습니다. 그 문제는 저희도 더 생각해 보도록 하겠습니다. 그건 그렇고, 지난 5월 14일, 그러니까 시어머니이신 이혜선 씨가 출국하기 하루 전날 식사 후에 어디서 무엇을 하셨는지 여쭈어 보아도 되겠습니까?”

“네? 그건 왜요?”

"두 사람이 모두 함께 있었다고 진술했다고?"

“압수 수색 영장을 청구해야 할 것 같습니다, 팀장님. 김선혜 씨 약국의 약국 경영 관리 시스템을 뒤져 보면 분명히 할머니 죽음과 관련된 약의 분출 흔적을 찾을 수 있을 것 같습니다.”

"최정원 사무실이나 집 말고, 김선혜 약국만?"

“네, 최정원보다는 김선혜가 더 의심스럽고, 최정원은 국내 최대 로펌 변호사라서 부담스럽기도 해서요.”

“좋아. 그럼 김선혜 약국 압수 수색 영장 청구하고. 정재욱에 대한 수사는 어떻게 할 건데?”

“정재욱은 2년 일하고 작년에 그만뒀습니다. 과실로

동물을 고통스럽게 사망하게 했다고 해서 해고된 것이지요. 실수로 마취도 하지 않고 고양이에게 근육 이완제를 주사해서, 고통스럽게 죽게 했다고. 안락사시킬 때 말입니다. 당연히 고양이 집사가 강력하게 항의를 했고….”

“맞아! 원장!”

김하은이 막내의 말에 뭔가 생각난 듯이 말했다. 문특은 김하은이 무슨 소리를 하는지 바로 감을 잡았다.

“동물병원 병원장을 만난다 해 놓고 깜빡했네!”

“지금 가면 되지!”

“동물병원이 어디야?”

“나루 동물병원. 위치는 마포구….”

김하은이 길건을 막내에게 안기고 뒤도 돌아보지 않고 회의실을 박차고 나갔다. 문특 역시 자리에서 일어나 김팀장에게 인사를 하고 김하은을 따랐다.

“아우! 아우!”

“그래, 어서 다녀와라! 아니, 초동 수사에서는 왜 이런 게 빠져 있냐고….”

“아아아앙! 아아아앙!”

이 사람 저 사람 손으로 옮겨지는 길건이 눈을 크게 뜨고 뭐라고 의사 표현을 했지만, 무슨 말인지 알아듣는 사람은 없었다.

'이봐! 하은! 야, 특아! 내 이야기 좀 듣고 가!'

길건이 김하은과 문특을 향해 소리쳤지만 모두 이미 회의실을 나간 상태였다. 서열 꼴찌인 막내가 그를 받았지만, 곧이어 김 팀장이 막내에게서 그를 받았다.

'아니, 이 사람들은 뭐야? 됐어! 그만 쓰다듬어, 털 다 빠지겠다. 뭘 알아듣지도 못하는 사람들이 중얼대기는….'

길건을 안은 김 팀장이 길건을 계속해서 쓰다듬어 주고 있었다.

'아이, 그만해! 그만 좀 하고 나를 내려놔! 차라리 집에 가서 좀 쉴래. 어젯 밤 내내 야근했다고! 동네 아이들, 그래 동네 길고양이들하고 할머니에 대해서 탐문수사 했다고! 피곤해! 차라리 집에 들어가서 잠이라도 잘래!'

길건이 소리를 질러 보았지만, 들리는 것은 고양이 소리뿐이었다.

"으르렁! 으르렁! 으르렁!"

"뭘 그렇게 불만이 많으셔요? 우리 짜장이! 집사가 나가서 섭섭해요? 이따가 올 거야. 그 때까지 나하고 있자~"

'아! 됐다고, 됐어!'

길건은 몸을 틀어 김 팀장의 품에서 간신히 나와 당직실이라고 쓰인 자기 집 안으로 들어갔다.

"아이 참. 성질하고는. 그래, 너도 좀 쉬어라. 나도 내 일 좀 하자!"

자신의 집으로 들어간 길건은 지금까지 길고양이들에게서 들은 이야기들을 하나씩 반추하기 시작했다. 어떻게 해서든 김하은과 문특의 수사에 도움을 주고 싶었다. 고양이들의 이야기는 수사에 결정적인 영향을 미칠 것이 틀림없다고 그는 생각했다. 문제는 심한 두통과 소통 방법이었다.

가끔씩 찾아오는 심한 두통은 정말 참기 힘들었다. 하지만 두통 후 찾아오는 기억의 단절이 더 큰 문제였다. 잊을 만하면 찾아오는 두통으로 머리가 깨질 것 같았고, 먹은 것을 모두 토해 낼 정도로 속이 메스꺼웠다. 두통이 사라지면 온몸의 힘이 다 빠지지만 그나마 머리는 상쾌해졌다. 그렇지만 두통이 있을 때의 기억은 전혀 나지 않았다.

길건은 두통이 왔을 때 고통스러운 모습을 다른 고양이나 사람에게는 보여 주기 싫었다.

또 다른 문제는 인간과의 소통 문제였다. 그동안 어렵게 수집하고 분석한 정보를 어떻게 형사들에게 전달하느냐도 큰 문제였다. 두통은 몰라도 소통 문제는 당장 떠오르는 해결책은 없었다. 그렇지만, 왠지 방법은 찾을 수 있을 것만 같았다.

강력1팀을 비롯한 형사 대부분이 각자의 사건 현장으로 나간 강력범죄수사대 건물은 썰물이 지나간 것처럼 조용했다. 일부 형사들의 자판 두드리는 소리만이 규칙적으로 들려왔다. 길건의 고개 역시 자판 두들기는 소리에 맞추어 까닥까닥 위아래로 규칙적으로 흔들렸다.

'톡탁, 톡탁? 토옥 타… 악… 자아판 소… 리….'

이날 따라 새롭게 다가오는 자판 소리에서 뭔가 찾을 수 있을 것 같았지만, 길건의 무거운 눈이 살포시 감기면서 그의 혼은 잠시 그의 머릿속을 떠났다.

정재욱이 다녔다는 동물병원은 강력범죄수사대에서 차로 5분 거리에 있는 곳에 있었다. 동물병원은 하은과 특도 자주 다녔던 마포의 유명한 평양 냉면집 바로 인근에 있었고, 링컨 할머니가 살던 아파트와 그렇게 먼 거리가 아니었다. 동물병원 앞에는 나무 데크로 된 테라스가 있고 진료를 기다리는 강아지들과 견주들이 무료한 시간을 때우고 있었다.

마포나루 동물병원이라는 간판 아래 유리문에는 외과 내과 피부과 산과 안과 예방의학과 임상병리과라는 진료과목이 빼곡히 적혀 있었다. 그뿐만이 아니었다. 미용, 호텔, 용품이라는 안내 문구까지 적혀 있었다. 진료 시간은 오전 10시부터 저녁 10시까지였지만, 응급일 경우 전화만 주면 24시간 언제든지 응급 진료가 가능하다고 했다.

하은과 특이 문을 열고 들어가려고 할 때, 문이 열리면서 파란색 동물보건사 복장을 한 여성이 나와서 다음 차례 견주를 찾았다. 그리고는 동물과 동행하지 않은 하은과 특을 의아한 눈으로 봤다.

"무슨 일로 오셨는지 여쭈어 보아도 될까요?"

"서울경찰청 강력범죄수사대에서 나왔습니다. 원장님 좀 뵐 수 있을까요?"

"뭐 때문에 그러시지요? 지금 진료 중이셔서 당장은

곤란한데요."

30대 후반으로 보이는 동물 보건사는 대기 중인 견주와 묘주들을 의식한 듯 하은과 특을 그들에게서 떨어뜨리고 다소곳이 말했다. 보호자들도 하은과 특을 의아한 눈으로 봤다. 호명된 견주가 그의 강아지를 안고 그들을 지나 병원 안으로 들어갔다. 견주에게 안긴 강아지가 낯선 사람들인 하은과 특을 향해 짖기 시작했다. 견주가 달래 보았지만 멈출 기미를 보이지 않았다.

"그럼, 잠시 밖에서 기다리겠습니다. 원장님께서 시간이 나시면 알려 주십시오."

김하은과 문특은 무료한 시간을 때우기 위해 테라스에 앉아 내부를 찬찬히 둘러보았다. 입구에는 고양이 사료와 샴푸 등 관련 상품이 가지런하게 진열되어 있었다. 진료실 앞에는 동물들의 주거 구역이 강아지와 고양이 구역으로 분리되어 있었다. 고양이 구역은 벽을 따라 천장까지 선반형으로 휴식 공간이 마련되어 있었고, 강아지 구역은 아파트 같은 동일한 집 형태로 휴식 공간이 마련되어 있었다. 진료실 입구 위 두 개의 커다란 모니터에서는 동물 관련 영상이 나오고 있었다. 창 옆에서는 작은 강아지 한

마리가 하은과 특을 의식도 하지 않고 초점을 잃은 채로 바닥에 엎드리고 있었다. 무료함을 달래고 있는 듯했다.

"제가 원장인데요. 무슨 일로 오셨나요?"

30분 정도 시간이 경과한 후, 병원 문이 열리고 훤칠한 키의 호감형 남자가 파란색 의사 가운에 크록스 슬리퍼를 신고 나왔다. 그의 가운 좌측 상단에 '원장 최세창'이라는 이름표가 붙어 있었다.

"서울경찰청 강력범죄수사대 김하은 경위입니다. 이쪽은 제 파트너 문특 경위이고요. 바쁘실 것 같으니, 간단히 말씀드리겠습니다. 정재욱 씨라고 여기서 근무한 적이 있지요? 동물 보호사로."

"네, 그렇습니다. 그런데요?"

"왜 그만두었습니까?"

"사고가 있었습니다. 저희 VIP 고객의 고양이를 실수로 고통스럽게 죽게 했습니다. 주사를 잘못 놔서. 정확하게 말씀드리자면, 실수로 죽게 한 것은 아니지요. 안락사시키기로 했던 거니까요. 안락사시키기로 했는데, 마취를 하지 않은 상태로 안락사를 시켰으니 고통스럽게 죽게 한 것이지요."

"고양이를 마취 없이 안락사시켰다고 그만두었다는 것이 좀 이해가…."

"고객의 컴플레인이 워낙 강해서요. 그만두게 하지 않으면 가만 있지 않겠다고 하셨어요. 그분이 저희 병원에 기여하는 바도 워낙 컸기 때문에 어쩔 수 없었습니다."

"기여라 함은?"

"그분이 돌보시는 고양이들이 워낙 많았습니다. 근처 길고양이들이요. 길고양이들이 아프다 싶으면 저희 병원에 자주 오셨거든요. 그래서, 그분의 말씀을 무시하기 어려웠습니다."

"그분, 성함이 이혜선 씨 아닌가요?"

"네, 맞아요. 이혜선 씨. 다들 링컨 할머니라고 하지요. 그런데, 이 사건은 다 끝난 거 아니었나요?"

원장은 형사들이 왜 자신에게 왔는지 충분히 인지하고 있는 눈치였다. 그는 연신 시계를 보는 행동으로 빨리 끝내 달라는 의사 표시를 했다.

"유족의 재수사 요구도 있고, 의심스러운 것들도 추후 발견되어서 저희가 재수사하기로 했습니다."

"아, 그러시군요. 저는 말씀드릴 것은 이미 다 말씀드렸는데요?"

원장의 얼굴에는 피곤한 기색이 역력했다. 앞으로 형사들에게 시달리고, 정재욱에 대해 어떻게 어디까지 이야기해야 하는지를 머릿속으로 정리를 하는 것 같았다.

"구체적으로 정재욱 씨가 뭘 어떻게 했길래 고양이가 고통스럽게 죽었다는 건가요?"

"뭘 더 구체적으로 말해 달라고 하시는지 모르겠습니다."

"시간이 없으시고 귀찮으신 건 알겠는데, 저희가 알아들을 수 있도록 안락사 과정에서 일어난 일을 조금만 더 구체적으로 말씀해 주셨으면 좋겠습니다."

문특이 약간의 감정을 실어서 또박또박 요구했다. 그것이 먹힌 것 같았다.

"좋습니다. 그러지요. 할머니가 돌보던 고양이 중에서 병이 심해서 안락사를 시키기로 한 아이가 있었습니다. 병명까지 말씀드려야 할까요?"

원장도 감정이 남아 있었다. 김하은이 감정을 싣지 않고 무표정하게 손을 저었다.

"고양이를 안락사시키기 위해서 마취를 시키고 근육

이완 주사를 놓아야 하는데, 정재욱이 마취를 시키지 않았던 겁니다. 저는 마취가 된 상태인 줄 알고, 근육 이완 주사를 놓았고요. 사실 마취제도 제가 주사했어야 하는데, 갑자기 사람들이 몰려와서 정신이 없었습니다. 관행적으로 다 그렇게 합니다만. 그게 문제가 된다면, 저를 입건하시고요."

"그냥 계속 하시지요."

"뭐에 씐 거지요. 나쁜 일은 몰려오더라고요. 고양이가 안 움직이는 것 같아서 마취가 된 줄 알았어요. 그런데, 근육 이완 주사를 맞고 고양이가 고통스러워하면서 죽어 갔습니다. 마취가 안 된 것이지요. 할머니가 엄청나게 화를 냈죠. 이해합니다. 당연하지요. 그런데 저도 할머니가 그렇게 화를 내는 것은 처음 봤습니다."

원장은 병원문 쪽으로 시선을 돌리면서, 병원 내방객들을 신경 쓰는 눈치였다. 그러나, 그를 곤혹스러운 형사와의 면담에서 구해 줄 것이라 생각하는 동물 보건사의 모습은 더 이상 보이지 않았다.

"실수였다고 보시는 건가요?"

"네, 실수지요. 설마, 고의로 그랬겠습니까? 사실, 저희

병원에서는 그 아이를 안락사시키는 것에 반대했습니다. 저도 그렇고 정재욱도 그렇고요. 충분히 치료해서 살릴 수 있다고 했지요."

"그런데요?"

"할머니가 안락사를 강하게 주장했습니다. 그 아이가 힘들어하는 것을 보기 힘들다고요. 의외였어요. 그리고…."

"네? 그리고, 또 뭐요?"

"할머니가 저희의 선의를 오해하신 것 같았습니다. 병원이 치료를 계속해서 돈이나 벌려고 한다고요."

"할머니가요? 의외인데요. 그러실 것 같지는 않던데."

"그렇게 생각하실 겁니다. 할머니는 마음씨 좋은 할머니로 알려졌으니까요."

"사실은 안 그랬습니까?"

"아니요, 그런 뜻이 아니라. 동물 치료에 관해서만 말입니다. 다른 일은 저는 잘 모르겠고, 관심도 없습니다만. 반려동물 치료에 대해서는 생각과 달리 본인 중심이었습니다. 반려동물로 생각하시는 게 아니라 애완동물로 생각하시는 건 아닌가 하는 생각이 들 때도 있었습니다."

"그래요?"

"그날도 사실 그랬거든요. 저희는 충분히 치료해서 살릴 수 있는 애였는데, 할머니가 안락사시키라고 강하게 주장하셨거든요. 자신이 보호하고는 있지만, 사실 할머니 고양이도 아니었거든요. 그동안 할머니가 병원비를 부담하셨고 그 아이 주인도 없어서 저희가 받아들이긴 했지만."

"아, 그런 일이 있었군요."

"그래서, 그렇게 된 겁니다. 저희 모두 그날 '멘붕'이었거든요. 그래서 정신이 없어서 마취도 못 하고 근육 이완 주사를 놓은 겁니다. 명백히 저희 잘못이지요. 아무리 정신이 없더라도 그래서는 안 되는 것이거든요. 입이 열 개라도 할 말은 없습니다."

"혹시, 그 고양이가 어디가 아팠는지 알 수가 있을까요? 사람도 아니고 고양이니까 그리고 이미 죽었으니 개인정보법에 위반되지도 않을 테고, 알려 주실 수 있을 것 같은데…."

"뇌에 문제가 있었습니다. 혹이 자라고 있어요. 큰 수술이기는 하지만, 혹만 제거해 주면, 살아가는 데는 큰 문제가 없었는데 안락사를 주장하시더라고요. 옛날에는 그보다 더한 경우도 치료해 주곤 했었는데요."

"옛날이라고 하시면, 언제 어떤 경우인지 말씀해 주실 수 있을까요?"

문툭보다는 확실히 김하은이 나긋나긋했다. 김하은이 대화를 주도하면서 원장의 표정이 펴지기 시작했다.

"언제인지 정확히 기억하기 어렵습니다만, 예전에는 아픈 고양이를 정성껏 치료해 주었지요. 완전히 회복하면 입양도 보내고 그랬답니다."

"아, 그래요?"

"네, 그랬습니다. 어쨌든 할머니가 돌아가셔서 참 안됐습니다."

"정재욱 씨는 그 일로 할머니를 많이 미워했겠네요?"

"아니요. 미워했다기보다 조금 꺼렸다고 할까? 하여간 정재욱이 할머니를 좋아하지 않았지만, 미워한 건 아니었던 것 같아요. 감정에도 미묘한 차이가 있더라고요. 그리고, 그 일 때문도 아니고요. 정재욱이 할머니를 꺼렸던 건 할머니의 반려동물관 그러니까, 반려동물에 대한 생각이 저희와 많이 달랐기 때문이에요."

"그래요? 구체적으로 어떻게 달랐는데요?"

"참, 이런 것까지 말씀드려야 하나 모르겠네요. 돌아가신 분에 대해서요."

"말씀해 주셔야 할머니 사인을 정확히 밝힐 수 있으니까요. 할머니를 위하시는 일이 될 겁니다."

"저희 병원은 무조건적인 중성화 수술에 반대합니다. 그런데, 할머니는 무조건 중성화 수술을 반드시 해야 한다는 주장이었습니다. 말이야 암컷 질병을 예방한다는 그럴듯한 이유를 대긴 하지만, 꼭 그렇지만 않지요. 수컷은 몰라도 암컷은 배를 가르고 아기집을 꺼내는 수술이잖아요. 부작용도 있을 수 있고. 가끔씩 저는 중성화 수술할 때 '얘네는 이 집에서 행복할까?' 생각할 때가 있어요. 그리고, '우리가 무슨 권리로 이 아이들의 의사도 물어보지 않은 채로 배를 가를까? 진정한 행복이라는 것이 무엇일까? 얘들도 행복할 권리가 있는 것 아닐까?' 하는."

"그 정도는 다른 집사들도 마찬가지 아닌가요?"

"그 정도면 제가 말씀 안 드리지요. 심지어, 발톱 제거 수술까지 시켰어요. 미국에서도 요즘은 법으로 금지시켜야 한다는 운동이 일어나고 있습니다. 고양이를 인간 마음에 들게 다 고치려고 하는 거지요. 그런데, 실제 치료가 가능했던 그 아이의 경우에는 안락사를 선택한 거예요. 정말 이해할 수 없는 선택이었지요. 물론, 이해가 안 가는 건 아니에요. 할머니도 아프셨으니까. 지금 생각하니까, 당신이 돌아가시면 돌볼 사람들이 없어서 그랬나 하는 생각도 들긴 하더라고요. 그래도, 저희까지 장사치로 매도한 건 너무 심했어요. 그리고…."

"그리고 뭐요?"

"아, 아닙니다."

원장은 뭔가 말을 하려다 말고 말을 주워담는 듯한 행동을 취했다. 하은과 특은 뭔가 숨기는 것이 있다는 것을 눈치 챘지만 질문을 마저 이어 갔다.

"정재욱 씨도 동물들을 좋아했군요?"

"네, 그냥 좋아한 것이 아니라, 엄청 좋아했지요. 보통 저를 포함한 저희 직원들은 모두 동물들을 좋아합니다. 반려동물을 키우기도 하고요. 그러니까, 수의사, 동물 보호사가 됐고, 그래서 동물병원에서 일을 하지요."

"정재욱 씨가 그만두라는 말을 순순히 받아들였나요?"

"처음에는 반발이 심했지요. 그렇지만, 나중에는 본인

도 죄책감에 그만두려고 했습니다. 저는 병원을 계속 운영해야 하니까, 본인이 다 책임지겠다고 하더라고요. 그래서, 저도 섭섭지 않게 챙겨 주었습니다. 그리고 그 친구는 부모님이 부자여서 돈에 그렇게 민감하지도 않았어요."

"동물병원에서 동물들을 안락사시킬 때 어떤 약물을 사용합니까?"

원장은 하은의 질문에 약간 놀라면서 의아한 표정을 지었다.

"펜타바르비탈을 주로 사용합니다."

"펜타바르비탈도 과다하면 노약자 등 인간에게도 치명적일 수 있지 않나요?"

병원장은 의외라는 눈빛으로 하은을 다시 쳐다보았다.

"자세히 모르겠습니다만, 아무래도 인간에게도 좋지는 않겠지요? 저는 수의사라서 잘은 모르겠습니다."

"약품 관리는 어떻게 하고 계십니까?"

"동물 보건사들이 매일매일 관리하고 제가 확인합니다만. 왜 그러시는지요? 설마…?"

"재고가 항상 딱 떨어지게 맞았습니까?"

"아, 그럼요. 맞지 않으면 큰일납니다."

하은과 특은 질문과 병원장의 답변 사이에 존재하는 미묘한 간극이 존재한다는 사실과 병원장의 답변에 자신감이 결여되어 있다고 생각했다.

"펜타바르비탈 입고량과 출고량이 항상 맞다는 거죠?"

"항상이요…? 아… 항상 맞아야지요. 네."

"정재욱과 김선혜 양쪽 모두 의심스러운 정황은 있단 말이야."

"병원장이 아무리 정재욱을 좋게 이야기해도, 할머니가 압력을 가해서 해고당했다면 충분히 원한 관계가 성립될 수 있다고 보여지는데?"

"충분하지요. 게다가, 정재욱은 할머니가 길고양이들을 위한다는 것이 아니라 오히려, 해치는 행위라고 생각했다는 거지. 그게 핵심인 것 같아요."

"맞아! 살해 동기는 그만하면 충분하다고 봐. 그리고, 며느리 말이야. 김선혜라고 했나? 살해 동기는 불충분하다고 해도 그 부부의 의심스러운 행적이 한 둘이 아니야. 충분히 용의선상에 올려 놓을 수 있을 것 같아."

"맞습니다!"

김충길의 말에 형사들도 동의하는 것 같았다.

"그런데, 최세창 원장도 뭔가 이야기하지 않는 것이 있는 것 같았습니다."

"그게 뭔데?"

"아직 정확히 밝혀내지는 못했습니다."

"원장은 특별한 용의점은 없잖아?"

"그렇긴 한데…".

"의심스러우면 계속 파 보든가!"

"아우~"

그런데 짜장의 행동이 조금 이상했다.

"자, 그러면 정식으로 입건해서 기소해 보자고. 압수수색 영장도 신청해 보고. 정재욱이 다녔다는 동물병원과 집 그리고, 김선혜의 약국. 처방 없이 없어진 약품들은 없는지 그리고, 약품 재고가 맞는지를 확인해 보면 될 거야. 그리고 만약, 재고가 맞지 않는다면 CCTV를 확보해서 누구 짓인지 확인해 보자고."

"하악! 하악!"

"아니, 짜장이 오늘따라 왜 이렇게 우리 일을 방해하는 거야? 팀장님이 뭐라고 이야기만 하면 이러네?"

"왜 이래? 팀장님이 우리 없을 때 얘 구박했어요?"

"아우~아우~"

"그렇다는 거야, 뭐야?"

"야! 말 같은 소리를 해라. 말 같은 소리를. 너는 애가 말을 해도 꼭…."

"그럼, 뭐예요? 얘가 왜 그런데요?"

길건이 김하은에게 다가갔다. 김하은이 안으려 하자 앞발로 김하은의 두 팔을 쳤다. 그리고는 막내 쪽으로 가더니, 회의 테이블에 올려진 막내의 핸드폰을 만지기 시작했다. 길건이 김하은에게 보인 예상치 못한 광경에 모두 놀랐다.

"짜장아! 네 장난감 아니다. 만지지 마!"

막내가 오른손으로 자신의 핸드폰을 들고, 왼손으로는 길건을 가볍게 밀쳐 냈다.

"하악! 하악!"

"아얏! 뭐야, 이 놈이!"

화가 난 듯한 길건이 막내의 왼손을 할퀴면서 공격적인 자세를 취했다. 길건의 이상 행동에 대해 회의실에 있던 형사들이 영문을 몰라 모두 어리둥절해했다. 막내의 팔에 길건이 할퀸 붉은 자국이 선명하게 남았다.

"어? 뭐야, 이거?"

화가 났을 것 같았던 막내가 의외의 반응을 보였다. 그는 자신의 핸드폰을 앞쪽으로 향해 들고 팀원 모두가 볼 수 있도록 왼쪽에서 오른쪽으로 돌렸다.

"이거 뭐야?"

"이거 짜장이 지금 가지고 논 거잖아?"

"네, 저는 건드리지도 않은 겁니다."

"우르르르! 우르르르!"

길건이 만진 후, 막내의 핸드폰에는 해석이 불가능할 정도의 이상한 글자들이 난무했다. 그래도 몇 단어는 읽을 수 있었다.

"아니, 얘가 이걸 건드린 거야? 네가 만진 거 아니야? 너, 장난하지 마!"

"저 아니에요! 제가 왜 그런 짓을 해요?"

"깍! 꺄각!"

"얘도 반발하잖아요! 얘가 한 것 맞아요!"

"앙 잉강… 앙 이른… 길건… 다른 건 몰라도 몇 단어는 유추해 볼 수는 있겠는데?"

"우리도 왜 잘 안 쳐지는 글자가 있잖아요. 'ㄴ' 대신 'ㅇ' 치고, 'ㅁ' 대신 'ㄴ' 치고 그러잖아요. 그러고 보면 '난 인간… 나 이름 길건…. 그러는 거 같은데요. 핸드폰 자판 치는 것이 어렵잖아요. 그래서 우리처럼 손가락이 발달한 인간들도 오탈자 많이 내는데…. 짜장이는 앞발로 쳤는데 얼마나 어려웠겠어요. 거기다가 콩알만 한 핸드폰 자판을 쳤는데."

어학에도 일가견이 있는 김하은이 암호를 해석하듯이 문장을 만들었다.

"이건 말이 안 돼! 내 눈에 뭐가 씐 것 같아. 믿을 수가 없어. 이거 지금 내가 꿈을 꾸는 건 아닌가?"

"제가 꼬집어 드리겠습니다."

박창대가 자기 볼을 꼬집어 보고, 바로 김 팀장의 볼을 살짝 꼬집었다.

"아! 아얏! 야! 너, 지금 뭐 하는 거야?"

"뭐 하는 거긴요? 꿈인지 아닌지 확인해 드리는 거지요."

"아프지요? 제 볼도 아픈 것을 보니, 꿈은 아닌 것 같습니다."

"아무리 그래도 그렇지. 믿을 수가 없어. 영화도 아니고 말이야. 야! 막내야 너 나가서 노트북 좀 가지고 와 봐! 뭐, 밑져야 본전이지. 뭐라도 일단 해 보자! 핸드폰이 너무 작아서 오탈자가 많았을 수 있잖아. 좀 큰 자판을 주면 오탈자가 줄지도 모르지."

"냥!"

'그래! 그거야!'

길건이 자기도 모르게 손뼉을 쳤다. 물론, 두 앞발이 마주치지는 않았고 책상만 내리치는 결과를 낳았을 뿐이었지만.

'아이고, 이제야 이 인간들이 말귀를 알아먹겠네!'

"아니, 고양이가 한글을 알아? 이게 말이 돼? 이게 지금 실화야?"

"분명히, 얘가 친 거야?"

"네, 팀장님도 보셨잖아요! 오탈자가 많지만 문장이 되잖아요!"

'역시, 하은이야! 하은이 역시 똑똑하구만! 똑똑한 집

사!'

김하은이 길건이 막내의 핸드폰에 남긴 문자와 길건을 번갈아보면서 이야기했다. 사무실은 놀라움에 오히려 적막이 감돌았다. 모두가 현실을 인정하기 어렵다는 표정의 얼굴들을 하고 있었다. 길건은 어안이 벙벙한 표정의 형사들을 하나씩 찬찬히 뜯어보면서 그들의 표정을 즐기고 있었다.

"여기 가지고 왔어요!"

막내가 자신을 노트북을 길건 앞에 펼쳐 놓았다. 길건은 모든 시선이 자신에게 쏠리는 것을 충분히 느낄 수 있었다. 막내의 노트북에 전원이 들어오고 막내가 깔아 놓은 바탕화면이 나타났다.

청명한 하늘 아래 광화문을 찍은 사진이었다. 광화문 도로 옆에서 광화문과 담벼락을 옆에서 찍은 사진이었다. 좀처럼 잘 보기 힘든 구도였다. 막내가 서울 강력 범죄수사대에 오기 전, 서울기동대에서 근무할 당시 찍었다는 사진이었다.

길건도 시간 날 때마다 궁궐을 자주 찾았다. 길건은 특히 궁궐의 담벼락을 좋아했다. 길게 늘어선 궁궐의 담을 보고 있으면, 시간 가는 줄을 몰랐다. 비가 오거나 눈이 내리면 더 아름다웠다. 비가 내릴 때, 경복궁의 검은색 바닥 방전 사이로 흐르는 빗물을 좋아했다. 우산에 부딪히는 빗소리와 졸졸 소리를 내며 흐르는 빗물은 세상의 모든 스트레스를 씻어 주었다. 눈을 흠뻑 뒤집어쓴 겨울 경복궁 또한 길건이 좋아했다. 눈을 뒤집어쓴 경복궁은 그의 마음을 정화시켜 주면서 잠재된 상상력을 자극했다.

"짜장아! 뭘 그렇게 곰곰이 생각하는 거야?"

하은의 목소리에 길건이 현실로 돌아왔다. 길건이 막내가 부지런히 작업 중인 노트북에 다시 집중하기 시작했다. 막내가 입력 창에 워드 프로그램을 띄워 놓았다. 실로 감회가 새로웠다. 길건 자신이 인간으로 돌아온 느낌이었다. 막내가 노트북을 길건 앞으로 내밀었다.

"자, 짜장아! 우리가 본 것이 사실인지 확인해 줄래? 여기다 네가 타이핑을 해 봐. 믿기지 않은 일이지만."

형사들과 핸드폰 자판을 통해 소통할 수 있다는 사실에 놀라긴 길건 역시 마찬가지였다. 오히려 지금까지 그 생각을 하지 못한 것을 자책했다. 다른 사람들이 들어오지 못하도록 문틈이 회의실 문을 잠갔다. 박창대는 밖에서 회의실 내부가 들여다보이지 않게 블라인드를 쳤다. 회의실 안의 모든 눈이 길건에게 모아졌다. 길건은 목이 말랐다.

ㄹ 물!

길건은 오탈자가 생기지 않도록 나름 집중해서 타이핑을 했지만, 생각처럼 쉽지 않았다. 인간의 손가락과 다른 자신의 앞발로 자판을 두드리는 건 분명 한계가 있었다. 그는 감사할 줄 모르고 인간으로 살았던 40여 년의 세월이 미안했다. 털도 노트북 자판을 치는 것을 방해하기는 마찬가지였다. 그렇지만, 간신히 간단한 단어를 완성하기에 이르렀다.

"와!"

이를 지켜본 형사들은 외마디 감탄사 이외에 말을 잇지 못했다. 박창대가 입을 벌리고 닫지 못하고 있는 막내의 옆구리를 쳤다.

"아니, 왜요?"

"왜긴 왜야! 물, 물이라잖아!"

“아, 예! 예!”

길건은 막내가 가지고 온 컵에 반쯤 찬 물을 한 번 보고 다시 막내 얼굴을 쳐다봤다.

‘아이, 이걸 어떻게 마시라는 거야?’

“왜, 안 마셔?”

“막내야! 컵에 물을 가득 담아 오든가 아니면, 평평한 그릇에 담아 오든가 했어야지. 어떻게, 사람처럼 들고 마실까?”

“제가 다녀오겠습니다.”

하은이 두 사람의 대화가 끝나기 무섭게 자릴 박차고 나갔다. 잠시 후, 그녀는 외부인 접대용 커피잔 받침을 가지고 들어와 짜장이 물을 핥을 수 있도록 해 주었다. 길건이 혀로 접시에 담긴 물을 먹고 다시 자판으로 돌아왔다. 그리고, 조심스럽게 자판을 응시했다. 회의실에 모인 형사들도 다시 짜장에게 집중하기 시작했다. 그는 첫 글자를 타이핑하기 전에 머릿속으로 문장을 다듬어 보았다. 그리고 앞발을 내밀었다.

길건은 고양이 소리가 입 밖으로 새어 나가지 않게 하기 위해 조심하면서 우선 머릿속으로 문장을 작성했다.

그리고, 앞발을 들어 자판을 누르기 시작했다.

"에이, 뭐라고 쓰는 거야? 온통 오타네!"

"잠깐만! 조용히 좀 해 봐요!"

'아! 쓰바! 뭐 이렇게 자판이 누르기가 힘들어! 자꾸 옆 자판이 쳐지네. 털 때문에 노트북 자판이 잘 먹히지도 않아!'

"캬! 캭!"

"얘도 지금 자기 뜻대로 자판이 안 눌러져서 골이 난 것 같은데? 그래도. 뭐라고 문장을 쓰려고 하는 것 같긴 한데…. 이것만으로도 엄청난 것 아니야?"

"그렇지. 짜장이 발을 봐! 우리처럼 자판을 누르게 되어 있지 않잖아? 데스크탑 키보드가 차라리 낫지 않겠어?"

"그래! 그래. 야! 막내야! 자판 좀 바꿔 봐!"

어느새 막내가 데스크탑 키보드를 들고 회의실로 들어왔다. 문특이 문을 잠그는 것을 잊지 않은 것은 물론이었다. 길건은 데스크탑 키보드에 앞발을 올렸다. 다시 한번 머릿속으로 문장을 만들어 나갔다. 노트북 자판보다는 훨씬 용이해 보였다.

내 이름은 길건. 원래 사람.

길건은 효과적으로 타이핑을 하기 위해 가급적 간결하게 문장을 만들어 나갔다. 맞춤법 오류나 오타가 나면 지워 나가면서 문장을 만들었다. 타이핑을 하고 지우기를 반복하면서, 한 문장을 완성하는 데 3분은 족히 걸렸다.

"뭐라고? 인간이었다고? 이게 말이 돼?"

"조용! 조용! 계속 타이핑하게 놔둬 보자고!"

길건이 다음 문장을 완성하고 잠시 숨을 골랐다. 문장 하나 완성하는 것이 이렇게 힘든 일인지 미처 몰랐다. 손을 사용할 수 있게 된 직립보행을 처음 시도했던, 그들의 조상에 대해 인간들은 고마워해야 할 것이었다.

길건이 커피잔 받침에 담긴 물을 다시 혀로 핥아 먹었다. 물을 핥아 먹는 와중에도 자신을 신기하게 바라보는 시선을 느낄 수 있었다. 아무리 물을 많이 먹어도 갈증이 해소되는 것 같지 않았다. 물 한 컵을 벌컥벌컥 한 번에 마시던 그 시절로 돌아가고 싶은 마음이 굴뚝 같았다.

"목이 말랐나 보네. 엄청 마시네."

받침에 남아 있던 물 한 방울까지 모두 마신 길건은 다음 문장을 정리하면서 서서히 앞으로 나아갔다. 그리고, 자신이 누구였는지, 고양이로 깨어났던 일들을 하나씩 타이핑하기 시작했다. 광고 회사 기획자답게 그의 이야기를 이해하기 쉽게 타이핑해 내려갔다.

"툭! 탁! 툭탁! 툭탁!"

지우고 다시 쓰기를 반복하면서 시작된 타이핑은 시간이 지나가면서 오탈자의 양이 눈에 띄게 줄어들었다. 회의실 안은 길건이 타이핑하는 소리와 각자의 숨소리 이외에는 아무것도 들리지 않았다.

"따르릉!"

회의실 밖, 사무실 유선 전화가 울려도 아무도 받으려 하지 않았다. 전화를 당겨 받는 2팀 형사들의 짜증이 회의실까지 들렸다. 회의실 밖의 소란스러움이 길건의 타이핑을 막을 수는 없었다. 본인이 김 팀장의 집으로 들어가게 된 데에 이르러 길건은 잠시 타이핑을 멈추었다. 그리고, 하은이 가져다준 커피잔 받침에 남은 물을 다시 한번 핥았다.

"아…."

김충길이 길건이 자신의 집에 들어온 때를 떠올리며

눈을 가늘게 떴다. 길건의 일이 단순한 우연이라고 보기에는 여러 가지 의문점이 들었다. 그의 마음속에는 늘 이세기 박사가 남아 있었다. 세계 최초로 디지털 뇌 다운로드에 성공했던 그 이세기 박사와 연관이 있지 않을까 하는 우려가 있었다. 그는 이번 일이 우연이 아닐 것이라는 것을 직감했다. 그뿐만 아니라 강력1팀 형사들은 모두 직감했을 것이다. 그러나, 아무도 그것에 대해 입을 여는 사람은 없었다.

잠시 쉬는 시간을 이용해서 미라클컴 홈페이지에 들어간 막내가 놀란 눈을 하고서 미라클컴 홈페이지의 길건 팀장을 사람들에게 보여 주었다. 문특 역시 길건의 실종에 관련된 기사를 찾아 모두가 볼 수 있도록 했다.

'그래! 그게 내 사진이야, 이 사람들아! 내가 길건이라고!'

"너 우리가 하는 이야기 알아듣는 거지?"

'당연하지!'

길건이 자판기로 돌아와서 노트북에 다시 글을 올리기 시작했다.

"그러면, 그 동안 우리가 하는 이야기 다 알아들었겠

네?"

'네!'

"그런데, 그 조그만 머리 속에 인간 길건의 기억이 다 들어갈 수 있나?"

'생긴 것답게 참 무식하기도 하네…. 뇌에 사용하지 않는 공간이 얼마나 많은데?'

길건은 아무도 듣지 못하게 속으로만 이야기했다. 말을 하더라도 어차피 고양이 울음소리만 나올 테니 의미도 없었다.

"그럼, 너는 앞으로 어떻게 되는 거지?"

김하은이 가장 길건에게 가장 예민한 문제를 던졌다. 길건은 잠시 생각에 잠겼다. 하루도 생각해 보지 않은 날이 없던 문제였다. 그렇지만, 뚜렷한 해답을 찾을 수 없는 문제였다.

솔직히 나도 몰라….

"오오…."

회의실에 참석한 모든 이의 입에서 동시에 탄식이 흘

러나왔다. 아무도 더 이상 말을 잇지 못했다. 길건의 커다란 눈에 눈물이 가득한 것 같았다. 길건도 강력1팀 형사들과 눈을 마주하기 싫어서 고개를 떨구었다. 흥분의 도가니를 기대했던 길건의 예상과 달리 분위기는 무거웠다. 아무도 언급은 하지 않았지만, 길건을 고양이로 만든 사람에 대해 모르는 사람은 없었다.

"자, 우리 이러면 어떨까?"

길건을 포함한 회의실 내 모든 이의 시선이 김 팀장의 입에 모아졌다.

"이렇게 하자! 우선, 지금 길건 팀장의 이야기는 모두 우리만 아는 비밀로 하는 거야. 그리고, 길건? 짜장? 뭐라고 불러야 하지?"

"비밀로 하려면, 짜장이로 해야지요. 길 팀장님! 이렇게 불러요? 그리고 존댓말 하고? 그러다 보면 다른 사람들의 관심을 사게 되니까 그냥 고양이 이름으로 불러요. 그게 맞는 것 같아요."

"저도 박 형사님 말씀이 맞는 것 같아요."

"저도요."

박창대의 이야기에 김하은과 문특도 공감했다. 막내

역시 그러자고 하여, 사무실에서의 이름은 짜장이로 다시 결정되었다.

'이럴 때 보면 또 머리가 잘 돌아가네.'

길건 역시 박창대의 의견을 수용하기로 했다.

"좋아! 그럼, 짜장이 일은 우리만의 비밀로 하고, 일단 코앞에 떨어진 링컨 할머니 사건을 우선 처리하고 나서, 어… 길건의 실종 사건과…. 아…."

김 팀장은 말을 이어가지 못하고 그답지 않게 주변의 눈치를 살폈다. 그리고, 한 템포 쉬고 조심스럽게 입을 열었다. 강력1팀 형사들 모두 김 팀장이 왜 그렇게 뜸을 들이는지 아는 것 같았다. 길건만 모르는 것 같았다.

"이기석 박사 행적은 그 후에 다시 추적하는 걸로…. 이기석 박사 사건은 지금 위에 보고하면 복잡해지니까, 우리 팀 내에서만 조용히 진행하는 걸로 하자고. 이기석 박사가 지금 어디서 무엇을 하고 있는지 모르겠지만, 수사를 하다 보면 무슨 단서가 나올 수도 있으니까. 그렇게 되면 길건 팀장 건도 해결의 실마리를 찾을 수 있을지 몰라."

"네."

강력1팀 형사들이 김 팀장의 말에 낮게 대답했다.

'이기석? 어디서 들어 본 이름 같기는 한데? 누구지? 그리고, 해결 실마리라는 건 또 무슨 이야기지?'

길건은 형사들이 무슨 이야기를 하는지 이해하기 어려웠으나, 자신의 문제에 대해서도 해결의 실마리를 찾을 수 있을 것이라는 말에 귀가 쫑긋했다. 길건은 좀 더 적극적으로 나서기로 했다. 그리고, 다시 문장을 이어갔다.

할머니 수사 적극적으로 돕겠습니다.

길건의 타이핑이 확실히 전보다 훨씬 좋아졌다.

"링컨 할머니 수사를 적극적으로 돕겠다고? 당연하지! 너도 우리 팀인데!"

주변 길고양이들에게 듣는 게 있어요. 동네 고양이들과 친분을 넓히고 있습니다. 가지고 있는 정보와 지식 그리고, 먹을 것으로 환심을 사서 친분을 쌓아 가고 있어요.

"와~ 마포 골목대장 고양이네? 아니, 강력팀 고양이

형사인가?"

"당직실 형사 고양이요!"

"당직실 형사 고양이?"

"그러잖아요? 김 경위가 외근으로 못 들어오면 여기 당직실에서 지내잖아요."

"아, 그렇구나. 당직실 형사 고양이, 당직실 고양이 짜장이! 하하하!"

아니. 강력팀 형사 고양이든, 당직실 고양이 짜장이든 됐고요. 들어 보세요. 고양이는 알다시피 집단 생활과는 거리가 멀어요. 그렇지만, 대장 같은 길고양이는 있지요. 내가 그 고양이와 친하게 되었어요. 사실, 원래 제 몸의 주인이 마포 길고양이 지도자였나 봐요. 한때 이 동네 길고양이 세계를 주름잡았던 모양이에요.

"톡! 탁! 톡탁!"

길건이 다시 타이핑을 시작하자 모두 그를 주목하기 시작했다.

서울시 길고양이 세계 전체를 놓고, 마포 길고양이파가 강남 길고양이 패거리와 한판 승부를 앞두고 있었는데, 마포 길고양이파 지도자가 갑자기 사라졌대요. 그래서, 서울시 길고양이 패권이 강남으로 넘어갔고요. 아, 참 이상하게 마포 길고양이들의 수도 점차 줄었던 것도 패권을 잃게 된 원인이라고 하더군요. 이상하게 마포 길고양이 수가 줄었던 그 이유를 모르겠다고 하더라고요. 또, 희한한 게 지금은 또 얼마 전부터는 감소세가 멈추고 이제는 약간씩 늘고 있다더군요. 참, 무슨 조화인지.

한 번에 너무 많은 양을 타이핑한 길건은 잠시 멈추고 김하은이 다시 채워 준 물을 마셨다. 그리고, 타이핑을 이어갔다.

"톡! 탁! 톡탁!"

하여간 그런 연유로, 제가 그들에게 영향을 미칠 수는 있지요. 그들이 보고 들은 것을 수집할 수도 있고요. 물론, 고양이들이 우리처럼 말이 있어서 말로 소통하는 거는 아니잖아요. 서로 눈빛, 몸짓 그리고, 울음소리 같은 거로 소통하는 것이라서 정확한 의사소통은 어려워요. 실제로 전체적인 맥락에서 판단하는 수밖에 없어요. 그런 것은 감안해서 읽어야 해요.

"그럼, 그럼. 당연하지. 어쨌든 대단하네!"

그리고. 길고양이들이 보고 들은 것들 중에서 링컨 할머니 수사와 관련된 내용을 한번 정리해 볼게요.

여럿으로 쪼개진 CCTV속 화면에서는 하얀 가운을 입은 연구원들이 실험 도구들 속에서 부지런하게 움직이고 있었다. 다른 모니터에서는 연구소 분위기와는 사뭇 다른 영상들이 흘러가고 있었다.

이기석 박사는 첫 번째 디지털 인간 결합형 고양이 디지캣1이 보내 오는 정보를 실시간으로 받아 보고 있었다. 지금까지 성과는 예상했던 것 이상이었다. 그러나, 그는 끝까지 긴장의 끈을 놓을 수가 없었다. 아직은 완전히 검증되지 않은 상태에서, 실전에 투입된 상태이기 때문에 언제 어디서 오류가 날지는 아무도 몰랐다.

만약, 디지캣1이 다른 나라나 다른 연구소 손에 들어간다면 모든 연구 결과가 송두리째 넘어가게 되는 것이다. 뿐만 아니라 경찰이 눈치를 챌 경우 시끄러워질 수도 있었다. 한국 경찰을 높이 평가하지는 않지만, 김하은과 문특은 지금까지 만나 본 경찰과는 차원이 달랐다. 김하은과 문특이라면, 그 고양이가 일반 고양이와는 다르다는 것을 지금쯤 파악했을 수 있을지도 모른다.

생각하기도 싫은 상황이지만 만약에 고양이가 자신이 아닌 다른 인간과 소통하는 방법을 깨우치는 일이 발생한다면 몇 년에 걸친 그의 노력이 송두리 채 무너질 수도 있는 일이었다. 그리고 만약 언론에서 눈치를 챈다면 경찰은 이번 프로젝트에 자신이 개입되었다고 판단할 것이 틀림없었다.

이기석은 우려스러운 점이 한두 가지가 아니었다. 다시 김하은과 문특과 쫓고 쫓기는 싸움을 해야 하는 것이 부담스러웠다. 가능성은 높지 않지만, 최악의 상황을 고려한 대책을 수립해야만 했다. 만약을 대비해서, 길건 뇌를 내려받은 디지캣1이 오히려 경찰에 넘어가는 경우까지도 고려해야 했다. 디지캣1인 경찰과 한 편이 되어서 자신을 찾아 나설 것에 대비해야 했다.

경찰서에 불려오면 누구든지 위축되기 마련이다. 더구나, 자기가 지은 죄가 있다면 더욱 위축되고 심지어 두렵기까지 하다. 단순 시비나 폭행과는 차원이 다르다. 인간이 두려움을 느끼는 때는 자신이 알 수 없는 것이 생겼을 때일 것이다.

정재욱이 딱 그랬다. 강력1팀 형사들이 왜 이번에는 찾아오지 않고, 강력범죄수사대로 자신을 불렀는지 알 수 없었기 때문이었다. 상대방 패를 알아야 대처가 가능한데 지금 정재욱은 상대방의 패를 전혀 볼 수 없었다. 밀폐된 공간이 주는 중압감은 말로 표현하기 어려웠다. 그리고, 경찰은 그 밀폐된 공간에 몇 시간이나 그를 혼자 있게 함으로써 중압감을 더욱 배가 시켰다.

"카카칵!"

조사실 옆에서 창문을 통해 조사 과정을 지켜보던 길건이 정재욱을 보고 흥분해서 울기 시작했다. 이제는 형사들은 이제 어느 정도 길건의 울음소리를 감 잡을 수 있었다. 감이 안 오면 자판 앞에 놓고 자판을 두드리게 하면 된다. 형사들이 길건이 취조실을 잘 볼 수 있도록 컴퓨터 본체를 유리 앞에 바짝 가져다 놓았다. 취조실의 이야기는 스피커를 통해 관찰실로 흘러 들어왔다.

"정재욱 씨. 정재욱 씨가 병원에서 근무할 때, 약품 관리를 담당하셨지요?"

정재욱이 슬슬 지칠 때 즈음 박창대가 나타났다. 다정한 목소리로 도움이 될 것처럼 다가갔다.

"네, 그랬습니다. 그런데요?"

정재욱은 약품 관리에 관한 질문이 나오자, 자세를 고쳐 앉았다. 긴장하는 모습이 역력했다.

"병원 약품 관리 시스템을 보니, 일부 약품의 입출고 내용이 다르더라고요."

"어떤 약품을 이야기하는 건가요? 병원 약품 입출고 내용은 사실과 다른 경우가 실제로 많이 있습니다. 현실이 그래요. 다른 병원에 한번 물어보세요. 실제로 그런가, 안 그런가."

정재욱은 민감한 반응을 보였다.

"정재욱 씨가 병원에서 약품을 빼돌린 것 아닌가요?

빼돌린 약품으로 할머니에게 근육 이완제를 주사한 거 아닙니까? 자신을 해고하도록 만든 할머니가 원망스러워서 그런 거 아니냐는 말입니다. 다니던 동물병원에서 근육이완제인 염화석시닐콜린, 석시닐콜린, 썩시팜을 조금씩 빼내서 할머니한테 사용한 것 아니에요?"

박창대도 정재욱의 혼을 빼놓을 만큼 강하게 밀어붙였다. 정재욱은 자신에게 왜 이렇게 가혹하게 하는지 정말 알 수 없었다. 혼란스러웠다.

"아니에요, 말도 안 됩니다! 무슨 말을 그렇게 합니까? 아닙니다! 그리고, 그렇게 말씀하시는 무슨 증거라도 있습니까? 그래요! 약품 입고와 출고가 안 맞을 수 있지요! 그렇지만, 제가 가져가서 그랬다는 증거가 있습니까? 그리고, 제가 그걸 가지고 가서 할머니에게 사용했다는 증거가 있습니까? 그건 말도 안 되는 이야기입니다."

"지금 정재욱 씨가 약품을 빼돌리는 것을 부정하는 건가요? 아니면, 할머니에게 사용했다는 것을 부정하시는 건가요?"

정재욱은 처음에 강하게 부정하던 것과 달리, 부정도 긍정도 하지 않았다. 오히려 자신의 진실된 마음을 몰라 주고 몰아붙이는 형사가 야속하게 느껴졌다. 그의 답변이 애원조로 바뀌기 시작했다.

"그렇다면, 이것은 어떻게 설명할 건가요? 약품 보관함의 약품이 장부와 맞지 않는 것 말입니다."

신문을 받는 피의자는 억울하다며 애원을 하지만, 신문을 하는 형사의 입장은 또 달랐다. 누구나 자신이 저지른 죄를 부정한다. 방식만이 달랐다. 화를 내는 사람, 애원하는 사람, 아무런 감정 표현이나 말을 하지 않는 사람. 형사의 눈에는 조사실에 들어온 모두가 잠재적 범죄자였다.

"약품을 그렇게 빼내서 할머니에게 사용한 겁니까?"

정재욱이 극도로 불안정한 감정 상태에 있을 때, 박창대가 날이 선 직구를 날렸다.

"아니에요. 아닙니다! 저는 할머니를 죽이지 않았습니다!"

"그럼 그 약을 어디다 쓴 겁니까?"

정재욱은 할머니를 죽일 사람이 아니에요! 아니, 그럴 위인이 못 돼요!

정재욱이 취조를 마치고 돌아가자 길건이 취조실 옆에서 태블릿에 자신의 주장을 타이핑했다. 아직까지는 오탈자가 많았지만, 문맥으로 이해하는 데에는 큰 무리가 없었다.

"뭐라고? 모든 정황이 그를 가리키고 있잖아? 살해 동기, 도구 모두 다 그가 강력한 용의자라고 말하고 있어. 아니라고 하는 근거가 대체 뭐지?"

'참, 뭐라고 말해야 하나? 답답하네! 아, 머리야! 또 머리가 아파 오기 시작하네!'

"자, 일단 밖으로 좀 나가자! 숨이 막힌다, 여기는."

회의실에 다시 모인 강력1팀 형사들은 정재욱이 할머니를 살해했을 가능성이 높다는 데는 대체로 이의가 없는 것 같았다. 길건의 뇌에서 작동되는 영상 이미지는 정재욱이 할머니에게 근육 이완제를 주사하는 장면을 연속적으로 보여 주었다. 그러나, 길건은 정재욱은 아니라고 자신의 가슴 깊은 곳에서 울려 나오는 작은 목소리를 들었다. 정재욱이 할머니를 죽이는 장면과 고양이들이 정재욱은 죽이지 않았다고 이야기하는 장면이 혼합되면서 길건의 머리를 조여 왔다.

'아니야!!!!'

길건이 앞발로 자판기를 강하게 내리쳤다.

"뭐야? 왜 그래?"

"김선혜 씨! 시어머니인 이혜선 씨가 우울증 증세가 있으신 건 알고 계셨지요? 부정맥에, 파킨슨병까지. 특히, 파킨슨병 때문에 스트레스가 심하셔서 우울증 증세까지 있으셨다는 것, 알고 계셨지요?"

김선혜는 아무런 답변을 하기 않고 변호사로 동행한 남편 최정원만 쳐다봤다. 이 질문에 대한 대답을 어떻게 하느냐에 따라서, 형사들의 신문이 방향이 결정되는 아주 중요한 순간이었다. 최정원에게 대응을 요구하는 눈빛이었다.

"약사인 김선혜 씨가 시어머니에게 우울증 치료제인 플루옥세틴을 의사 처방도 없이 수시로 복용하게 하셨나요?"

"그건 아니에요!"

최정원이 대응하기도 전에 김선혜가 먼저 대답하면서 남편 눈치를 보았다.

"아무런 근거도 없이 그렇게 막 이야기하시면 곤란하지요. 무슨 근거로 그런 말씀을 하시는 겁니까?"

"플루옥세틴 입고량과 재고량에 차이가 있었지 않습니까? 그것은 김선혜 씨가 시어머니인 이혜선 씨에게 가져다줘서 재고량이 모자란 것 아닌가요?"

"그것은 재고 정리에 문제가 있어서 그랬던 겁니다. 나중에는 다 맞추어졌지 않습니까?"

"그건 김혜선 씨가 제약사 직원에게 전표 처리 없이 추가로 받아서 그런 것 아닙니까? 제약 회사와 세금계산서 발행 없이 처리야 가능할 수 있겠지만, 제약 회사에는 내부 자료가 다 남아 있습니다."

김하은이 제약 회사 내부 자료 복사본을 김선혜와 최정원 앞으로 내밀었다. 내부 자료에는 김선혜와 제약 회사 간의 플루옥세틴 거래 내역이 엑셀로 정리되어 있었다. 김선혜와 최정원은 아무 말도 없이 서로 쳐다봤다.

"부정맥 같은 심장질환이 있는 분이 의사의 처방도 없이 파킨슨 약에다 우울증 약까지 마구 복용하면 부작용이 일어날 수도 있지 않을까요?"

"아니에요, 정말 아니에요! 저는 몰랐습니다. 그리고

어머니가 우울증 때문에 잠을 못 주무신다고 약을 요구하셨어요. 정말이에요. 어머니는, 어머니는, 흐흑!"

이번에도 최정원이 말릴 틈도 없이 김선혜는 김하은의 신문에 대해 남편에 앞서 대답했다. 그리고, 말을 잇지 못하고는 울음을 터트리고 말았다. 남편이자 변호인인 최정원이 부인을 감싸 안았다.

"무슨 의도로 저에게 플루옥세틴 이야기를 하셨는지는 알겠는데, 플루옥세틴을 복용한다고 심장마비가 오고 그러지는 않습니다. 그리고, 저를 너무 그런 식으로 몰아세우지는 마세요."

김선혜는 울음을 멈추고 김하은을 똑바로 쳐다보며 말했다.

"저희 시어머니는 다른 사람들한테는 아주 다정하고 밝은 사람이었지요. 고양이도 사랑하고. 그래서, 주인이 없는 길고양이들을 사실상 기르고 있었어요. 그런데, 파킨슨병이 문제였어요. 점점 사람들 앞에 나서는 것을 힘들어하셨어요. 그 스트레스가 점점 쌓여서 우울증이 온 거예요. 잠도 못 주무시고. 그리고, 참 이런 말까지 해야 할 지 모르겠지만 우울증에 치매 증상까지 생기셨어요.

그러면서 조금씩 달라지셨어요. 과거의 온화하고 다정한 모습보다는 짜증이 심해지시고 남을 의심하시기 시작하셨어요."

"김선혜 씨를 의심하셨나요?"

"저도, 이이도 그리고, 어머님을 도와주시는 요양 보호사와 가사 도우미까지요. 결국에는 모두 떠나 버리셨지요. 최근에는 어머니가 모든 일을 스스로 해내실 수밖에 없었어요. 일은 더 안 좋게 되었지요. 그래서, 제가 가끔 가서 도와드렸지만요."

최정원이 아무 말하지 않고 손수건을 건넸다.

"그리고, 동물병원 사람들을 의심하기 시작하셨어요. 길고양이들이 아픈데 동물병원에서 자기들 잇속만 챙기려 한다고 속상해하셨어요. 돈 되는 치료만 하려고 들고, 안 되는 치료는 하지 않으려 한다고 말이에요."

"그 정도면 병원에 모시고 갔어야 하는 것 아닌가요?"

"왜 안 그랬겠어요? 저희도 병원에 가시라고 했지요. 모시고 가겠다고요. 그랬는데, 저희 어머님은 싫다고만 하셨어요. 병원에 가는 것도 창피하다고. 그냥 약을 달라고만 하셨어요. 저도 안 된다고 했지요. 그렇지만 소용없었어요. 약만 먹으면 다 낫는 병이라고요. 저에게 나쁜 년이라고까지 하셨어요. 악사라는 며느리가 그것도 못 해주냐고. 미국에 있는 딸에게 흉이나 보시고…. 그래서, 혼자 미국에 가시겠다고까지 하셨어요. 저희는 아가씨하고 이야기가 다 된 줄 알았지요. 확인도 못 했으니 변명의 여지도 없다는 거 잘 알아요."

"김선혜 씨! 지금 플루옥세틴을 불법으로 이혜선 씨에게 처방해 주신 것은 인정하시는 건가요?"

"무슨 말씀이세요? 그건 인정하지 못합니다!"

옆에 있던 최정원이 강하게 부인하고 나섰다.

"그리고 그렇다고 쳐도, 저희 어머니가 플루옥세틴 부작용으로 돌아가셨다고 할 수는 없잖습니까? 아까도 말씀드렸다시피 인과관계가 성립되지 않아요."

다시 김선혜가 말을 이어갔다.

"물론, 장담할 수는 없지요. 그렇지만 저희는 부인께서 처방하신 플루옥세틴이 심장에 영향을 미쳤을 수도 있다고 봅니다. 물론, 더 조사해 봐야겠지만요."

"그건 과도한 추측입니다! 무슨 의학적 근거도 없이 그렇게 주장하는 겁니까?"

"그럼, 홀로 사망한 어머님이 발견되었을 때 왜, 부검을 거부하신 거지요?"

"몇 번을 말씀드려야 합니까? 그때는 이미 돌아가신 지 꽤 지나서, 정확한 사인을 밝히기 어렵다고 판단해서이고요. 평소 심장질환을 앓고 계셔서 심장질환으로 돌아가셨다고 생각했다니까요!"

"플루옥세틴이 검출될 것이 두려웠던 것이 아닙니까?"

"아닙니다!"

"그럼, 왜 그렇게 많은 보험을 들었습니까? 어머님도 모르게?"

"그때는 정말 목돈이 많이 필요했습니다. 가상 화폐에 투자한 것이 휴지 조각이 되었기 때문에 목돈이 필요했습니다."

"그래서, 어차피 돌아가실 어머니가 좀 일찍 돌아가셨으면 하신 건가요?"

"이 사람이 뭐라는 거야? 이 사람 뭡니까? 어떻게 그렇게 막말을 할 수 있지요?"

"합리적 의심이지요."

"합리적 의심? 합리적 의심이라는 말을 함부로 사용하

지 마세요!"

"사실, 두 사람 모두 살해 동기도 충분하고 의심은 가지만, 살해했다는 확실한 단서가 없는 것도 사실이에요. 할머니에게 치명적일 수 있는 약품에 대한 접근성이 높다지만, 투여했다는 확실한 증거나 그 투여한 사실이 할머니를 죽음에 이르게 했다는 인과관계 성립 여부가 불투명해요. 입증할 수도 없고요."

박창대가 취조실 옆방에서 반투명 유리를 통해 취조실 이야기를 듣고 김 팀장에게 말했다.

"왜, 부검을 안 해가지고."

"죽은 자식 뭐 만지기지. 이제 와서 뭘 어쩌겠어? 안 그러냐, 짜장아?"

"야옹! 야옹!'

"네, 의견은 어떤데? 뭐 수집된 정보라도 있는 거야?"

"뭐야? 길건, 아니 짜장이가 자판에 뭐를 열심히 치는데요?"

두 사람에 대한 길고양이들의 생각은 우리랑 많이 다른 것 같아요. 물론, 길고양이들이 하는 이야기가 다 믿을 건 못 되지만요.

길건은 머리가 깨질 듯한 두통을 참아 가면서 자판을 두드리기 시작했다. 정재욱과 김선혜가 할머니와 다투는 낯선 장면을 배제하고, 자신의 내면에서 말하는 이야기에 귀를 기울였다. 그리고, 그는 링컨 할머니가 돌보던 길고양이들에게서 수집된 정보를 바탕으로 경찰이 용의선상에 올린 사람들에 대한 이야기를 풀어 놓기 시작했다.

"톡탁! 톡탁!"

고양이 발을 가진 길건의 타이핑 실력이 아무리 늘었다 해도 한계는 분명이 있었다. 광고 회사 AE로 살아갈 때도 형편없었던 타자 실력이 나아졌을 리가 없었다. 그러나, 강력1팀 형사들의 시선이 자신에 쏠려 있음을 온몸으로 느끼면서 사건 내용을 최대한 이해하기 쉽게 정리하면서도 오탈자도 없도록 한 자 한 자 최선을 다해 타이핑했다. 온 정신을 집중하는 바람에 털이 곤두서는 느낌이고, 식은땀이 흐르는 것 같았다.

제가 최근 할머니가 돌보던 고양이들과 많은 이야기를 나누었습니다. 물론, 고양이들은 자기네끼리도 잘 어울리지 않는 집단입니다.

"톡! 탁! 톡탁!"

그렇지만 전에도 언급한 바 있습니다만, 길고양이들과 링컨 할머니에 대한 이야기를 나누다 보면, 이상하게 이들의 눈에 비친 할머니와 우리가 알고 있던 할머니가 참 다르다는 생각을 지울 수 없었어요.

길건은 모니터를 통해 자신이 하고 있는 이야기에 몰입하고 있는 강력1팀 형사들과 실제로 대화하는 것 같은 느낌이 들었다. 잠시나마 다시 인간으로 돌아온 듯했다.

그때 또 다시 두통이 시작되었다. 이번은 지난 번과는 비교할 수 없을 정도로 심했다. 마포나루 동물병원장 모습이 떠오르고 할머니 입에 무언가를 넣는 것 같았다. 그리고, 속이 메스꺼워 참을 수가 없었다. 길건이 꾸역꾸역 토할 것 같은 모습을 하니 하은이 물컵으로 대용했던 커피잔을 대 주었다. 길건이 먹은 것을 토해 내자 문특이 냉큼 들고 밖으로 나갔다. 김하은이 길건을 안고 쓰다듬어 주었다.

"안 되겠네요. 잠시 쉬어 가지요."

길건이 눈을 떠보니 김하은의 집이었다. 김하은이 책상에서 노트북에 무언가를 작성하고 있었다. 방의 불은 꺼진 상태였고, 책상 스탠드에 의존하고 있었다. 통창에서 내려다본 한강의 야경은 아름다웠다. 도심 야경 위에는 오랜만에 초승달이 떠 있었다.

"어? 깼네! 이제는 좀 괜찮아요?"

김하은이 인기척을 느끼고 뒤를 돌아보고 말했다. 그녀는 그의 과거를 알고부터 존댓말을 섞어서 말하기 시작했다. 그렇지만 영 어색하기 이를 데 없었다. 두통은 사라졌지만 길건은 울음소리를 낼 기운조차 없었다. 그녀는 책상에서 일어나 자신의 침대에 걸터앉았다. 그리고 길건을 자신의 무릎 위로 올려놓았다. 길건의 눈에 비친 그녀의 눈은 말할 수 없이 맑았다.

"괜찮아요? 얼마나 걱정했다고요! 사료가 잘못된 건가? 사료가 입에 안 맞나요?"

'아니, 아니라니깐! 맨날 먹는 이야기만….'

"노트북 가져다줄까요? 노트북으로 이야기해 보실래

요?”

‘아니, 아니! 잠시 좀 쉬고….’

“아니다, 잠시 좀 쉬시지요! 잠시 쉬면 좀 나아질 겁니다. 속이 안 좋을 때는 굶는 것도 방법이지요!”

‘그래. 좀 그대로 좀 놔둬 줘…. 아니, 음악이나 좀 들으면 좋겠는데….’

“우리, 음악이나 들을까요? 뭘 들려 드릴까….”

‘베토벤, 월광 소나타!’

“베토벤 어때요? 베토벤 월광 소나타 좋지요?”

‘좋다니까! 이럴 때는 참 잘 맞네!’

그녀가 베토벤의 월광 소나타 LP를 꺼내 턴테이블에 올렸다. ‘비창’ 다음 곡이 ‘월광 소나타’였다. 바늘이 내려오면서 LP 홈을 파고들었다. 드디어 시작되었다. 월광 소나타의 메인 테마가 한강 도심 위의 초승달 아래 울려 퍼졌다.

김하은이 좋아하는 곡이고 길건도 요즘 좋아하기 시작한 곡이었다. 김하은이 침대로 돌아와 앉아 길건을 다시 무릎 위에 올려 놓았다. 어둠 속 앰프와 이퀄라이저의 불빛이 월광 소나타에 맞추어 춤을 추었다. 그녀도 거기에 맞추어 목을 움직였다. 따뜻했다. 그녀도, 그가 받고 있는 대우도 따뜻했다. 이 정도만 하면 만약, 인간으로 돌아갈 수 없더라도 받아들일 수 있을 것 같았다.

"제가 이야기했던가요? 전에는 몰랐는데, 베토벤이 음악가로서 그렇게 엄청난 난관을 극복하고 악성이 된 거잖아요? 거기에 비하면 우리는 정말 아무것도 아닌 것 같아요."

'…'

"아, 참. 팀장님! 제가 너무 아는 척을 했네요. 미안합니다."

김하은이 겸연쩍은 웃음을 짓고는 길건은 무릎에서 내려 놓고, 자신의 옷매무새도 매만지기 시작했다.

"저희 팀장님이 오늘은 푹 쉬시고 몸이 괜찮아지는 대로 다시 시작하면 어떠냐고 그러시더라고요? 어떠세요? 괜찮지요?"

가장 유의해서 봐야 할 용의자는 바로 마포나루 동물병원장입니다.

길건은 전날 몸이 안 좋아 회의가 지연되어 미안하고, 정성을 다해 돌봐 준 데에 대해 고맙다는 문장을 남겼다. 그리고, 다시 타이핑을 이어 갔다.

"뭐라고? 동물병원 원장을?"

"그럼, 정재욱이랑 김선혜는? 그들은 어떻게 하고?"

"자, 자! 다들 흥분을 가라앉히고 좀 더 보자고! 먼저, 정재욱과 김선혜를 왜 용의선상에서 제외하는지를 이야기 해 줄래…요?"

그들은 살해 동기도 있고, 피해자와의 접촉 가능성 그리고, 살해 도구에 대한 접근성까지 좋아서 강력한 용의자 같지만, 사실 그 반대라는 생각입니다. 정재욱은 사람을 해칠 위인이 못 된다고 생각합니다. 고양이를 그렇게까지 좋아하는 사람이 사람을 해친다는 것은 있을 수 없는 이야기 같아요. 약품 관리가 부실했다고, 고양이 근육 이완제로 할머니를 사망케 했다는 것은 너무 논리의 비약인 것 같아요. 근거도 없고요.

"길고양이들이 그렇게 생각한다는 건가?"

고양이들은 정재욱이 할머니보다 낫다고 생각한다 그런 이야기예요. 그가 사람을 해칠 그럴 사람이 아니다 뭐, 그런 이야깁니다. 결정적으로 길고양이들이 정재욱하고 할머니가 그 사건 이후 만난 것을 보지 못했다는 것이지요. 정재욱 이야기가 맞아요. 길고양이들도 그 사건 이후에는 정재욱을 오해해서 줄곧 그를 감시해 왔거든요. 저는 길고양이들 이야기에 일리가 있다고 보여지더라고요.

"고양이들이 정재욱을 쭉 감시했다고?"

네, 그랬다 하더라고요.

"정재욱이 할머니가 데리고 온 고양이를 마취도 없이 안락사시켰잖아? 안락사가 아니라 그냥 폐사시킨 거지."

말씀드렸다시피, 길고양이들은 꼭 그렇게 생각하지 않는 것 같아요. 치료를 하자는 정재욱과 원장의 말을 안 듣고 할머니가 안락사를 주장했다는 것이지요. 할머니가 자기 편하자고 말이에요. 계속 애정을 갖고 치료하고 돌봐 주었다면, 그 아이는 살 수 있었다는 것이 중론이었거든요. 그런 와중에 정재욱이 실수로 마취제를 놓지 않은 거고. 정재욱이 잘했다는 거는 아닌데 할머니의 생각이 못마땅하다는 의견이 더 크다는 거지요.

"할머니가 왜 그러셨을까? 그렇게 다정하시고 사랑이 넘치던 분이?"

"제 생각에는 자신의 병 때문이 아닐까 생각돼요."

의과대학을 중퇴한 김하은이 자신의 의견을 내놓았다.

"병 때문에?"

"네. 일단, 자신이 아프면서 모든 것이 귀찮아졌다고 봐야 하겠지요. 부정맥에 파킨슨병, 거기다 우울증에 치매까지. 남 보기 창피했겠지요. 주변에서 무슨 죄를 저질렀기에 그런 병에 걸리나 하는 생각에 잠도 안 오고. 자신이 저주받았다는 자책감에 빠졌을 수 있어요. 나름 그렇게 좋은 일도 많이 했는데, 왜 자기에게 이런 시련을 주냐고 하나님께 불평도 많이 했을 거라고 봐요. 그러니, 신경질도 나고 짜증도 나고…."

"으음…."

"게다가, 아마 자신이 오래 살지 못할 것이라는 생각도 들었을 것 같아요. 그러니, 자신이 죽고 나면 불쌍한 길고양이들을 누가 돌볼 것인가 하는 생각에 이르게 됐고 그래서, 편안하게 안락사시키려 한 것은 아닌가 싶네요. 우리도 가끔씩 그런 뉴스 보잖아요. 부모가 자식들 먼저 앞세우고 자신들도 삶을 마감하는 거. 물론 절대로, 절대로 해서는 안 되는 짓이지요."

"물론, 절대 안 되지. 그런데 그렇다고 정재욱이 할머니를 살해한 범인이 아니라고 단정할 수는 없는 거 아니야?"

"아, 그렇지요. 정재욱은 고양이들을 죽일 수 있는 약품에 손댈 수 있는 위치에 있었습니다. 그리고, 할머니와 관계도 사실 좋은 편은 아니었지요. 그렇지만 오히려, 바로 그 점 때문에 할머니를 해코지 못 한 것 같습니다. 남들이 가장 의심할 수 있었으니까요. 물론 길건 팀장님 말처럼 기본적으로 사람이 선해서 누구를 해코지할 인물이 못 되고요. 실제로 그는 그 이후로 할머니와 마주친 적이 없다는 것도 확실한 것 같습니다. 그건 CCTV에서도 확인된 거잖아요. 길고양이들도 정재욱의 동선을 파악하고 늘 감시하곤 했으니까 아마 맞을 겁니다."

김하은이 길건을 대신해서 이야기했다. 그녀는 길건의

건강에 또 다시 문제가 생길까 노심초사하고 있었다.

"그래? 그럴 수 있겠네. CCTV 영상 입수해서 정재욱에 대해 확인할 게 더 있는지 보도록 하고. 그럼, 김선혜는?"

"김선혜 역시 다음 두 가지 이유로 용의선상에서 제외하는 것이 좋을 것 같습니다. 그녀는 물론 피해자와의 접근성이 가장 좋고, 살해 도구인 약품 역시 주변에서 쉽게 구할 수 있는 위치에 있었지요. 그렇지만, 살해 동기가 약간 애매합니다. 물론, 남편인 최정원이 생명 보험 10억을 최정원 본인 앞으로 들었다는 점이 의심스럽긴 한 건 사실입니다. 그리고, 시어머니와 사이도 그렇게 좋지는 않은 편이라고 알려져 있고요. 그렇지만, 국내 최고의 로펌 변호사인 남편과 약국을 운영하는 약사가 돈 때문에 시부모를 살해한다? 그리고, 좋지 않은 고부관계 때문에 시어머니를 살해한다? 이건 좀 너무 나간 건 아닐까요? 고부관계 때문에 살인을 벌인다면, 남아날 우리나라 시어머니들이 몇이나 되겠습니까? 물론, 최정원이 듣보잡 가상화폐 투자에 실패한 사실이지만요."

이번에는 문특이 길건을 대신해서 의견을 개진했다.

문특은 김하은이 무엇을 걱정하는지 알았다.

"으음."

최정원과 김선혜 부부의 살해 동기를 너무 평범한 경찰 공무원 시각에서만 좁게 본 건 아닐까요? 저는 김하은 경위님과 문특 경위님 생각에 동의합니다. 그들은 우리나라 1퍼센트 안에 드는 사람들입니다. 그들이 돈 문제로 할머니를, 그것도, 자기 어머니를 그랬다고 보기는 힘든 것 아닐까요? 실제로 김선혜가 다녀간 이후로도 종종 할머니는 밖으로 외출하곤 했습니다. 며느리가 다녀간 후에도 아무 이상 없이 외출했다는 이야기죠. 물론, 아파트 CCTV는 30일에서 60일 정도밖에 녹화가 안 되지만, 길고양이들은 다 보았답니다. 최근 들어, 할머니가 파킨슨병을 앓으면서 낮에는 잘 다니시지 않았답니다. 물론, 낮에도 고양이들 사료나 물을 주기 위해서는 가끔씩 나와야 했지만. 대부분, 해가 지고 사람들 왕래가 잦아든 시간에 왕래가 많았답니다.

"그렇다면, 왜 플루옥세틴 재고가 빈 거지? 할머니에게 복용하게 한 거 아닌가?"

그건 모르겠어요. 김선혜가 할머니를 찾아올 때마다 뭘 주고 간 건 맞다는 것 같은데, 그게 뭔지를 고양이들한테 알아낸다는 것은 불가능한 일이겠지요. 아, 물론 집밖에서 고양이들과 함께 있을 때 김선혜가 찾아와 뭘 주었을 때가 있기는 있었답니다. 그런데, 할머니가 그걸 드시고 나서도 별 이상은 없었다고는 합니다. 몇 번 고양이가 있을 때 왔었나 봐요. 그렇지만, 그게 뭔지는 알 길이 없는 거고요.

길고양이들에게서 들은 이야기를 정리해서 집중해서 자판을 쳐서 그런지 길건은 땀이 주룩주룩 흐르는 것 같았다. 그렇지만, 아무도 길건이 땀을 흘리고 있다는 것을 알지 못했다. 자판을 두드리는 발, 입술과 턱 그리고, 민망하지만 항문 쪽에서 땀이 흐르고 있었기 때문에 길건조차도 실제 땀을 흘리고 있는지 사실은 알지 못했다. 단지, 느낌으로만 땀이 흐르는 것 같았다. 너무 오래 모니터를 봐서 그런지 눈까지 다 침침했다. 다시 머리가 아파지기 시작했다. 길건은 자기도 모르게 앞발을 들어 마른세수를 했다. 마치 자신이 사람인 것처럼 말이다.

아마, 길고양이들의 이야기를 종합해 볼 때, 김선혜 씨가 왔을 때 할머니는 건강한 상태를 유지했던 것 같아요. 할머니도 길고양이들의 관찰 대상이었거든요.

길건은 이를 악물고 두통을 참아가면서 타이핑을 이어갔다. 아무도 그가 두통에 시달리고 있다는 사실을 알지 못했다. 그 두통의 원인 또한 아무도 알지 못했다.

"그럼, 김선혜도 그렇다고 치고, 그럼 왜 나루동물원장이지?"

자세한 내막은 알 수 없지요. 고양이들에게서 더 이상 무엇을 바라겠어요. 그렇지만, 병원장이 할머니를 만나고 나서부터 할머니 건강이 급속히 나빠지기 시작한 것 같아요. 최근 들어, 병원장이 할머니를 자주 만난 것 같아요. 병원에서뿐만 아니라, 밖에서도요. 특히, 사람들 눈에 잘 안 띄는 공원에서. 아마 CCTV는 없는 곳에서 만난 것 같아요. 제가 고양이들 이야기를 듣고 한번 가 봤는데, 정말 CCTV 같은 것은 없더라고요. 누가 거기서 만나자고 했는지는 모르겠지만, 남의 눈에 띄기 불편한 사람이 장소를 거기로 정하지 않았을까요?

"어딘지 알겠어?"

이름까지는…. 무슨 조그만 어린이 공원이었던 것 같기는 한데… 전에 무슨 일로 한 번 가 본 곳인데….

"토청 어린이 공원?"

그건가?

"도화소 어린이 공원?"

맞아요! 도화소라고 쓰여 있던 것 같아요!

"병원장과 할머니가 그곳에서 무엇을 했는지 들은 것이 있어?"

병원장이 할머니에게 뭘 주는 거 같았다고 해요.

"그게 뭐였대?"

그걸 고양이들에게 기대하는 건 좀….

"아! 그렇겠군. 혹시, 할머니가 길고양이들을 집으로 데리고 가진 않았나?"

할머니는 고양이를 집에 들이지는 않았던 거 같아요.

"정재욱이 자기는 절대 약품에 손댄 적이 없다고 했잖아요! 물론, CCTV에 잡힌 적도 없었고?"

"그럼, 그게 원장?"

그럴 수도 있겠네.

"도화소 어린이 공원 인근 CCTV 모두 확인하고, 정재욱이 그만두고 나서부터 마포나루 동물병원 내부 CCTV 확보하고! 어서!"

2023년 5월 초

"갸악! 갹!"

"여사님! 어서 오십시오! 이 아이는 어디가 불편해서 왔나요?

"갸! 아옥!"

"원장님! 이 녀석 좀 봐 주세요. 이 녀석이 요즘 통 먹지를 않아요. 무슨 문제라도 있는 걸까요?"

정재욱 퇴사 요구 후에, 뜸하다가 오랜만에 나타난 링컨 할머니는 인사도 생략한 채 자신의 이야기만 일방적으로 쏟아냈다. 할머니가 돌보고 있는 길고양이는 원장이 보기에도 문제가 있었다. 며칠 동안 사료를 전혀 먹지 못했는지, 해쓱한 모습이었다. 계속 기침을 하고 사료를 먹지 못한 고양이는 할머니 눈에는 몸이 반쪽이 된 것 같이 보였을 것이다.

"갸악! 갸!"

"어디 볼까요?"

원장은 할머니와 고양이를 진료실로 안내했다. 원장은 할머니를 통해 간단히 문진을 진행하고는 할머니로부터 고양이를 받아서 처치대에 뉘였다. 원장은 청진기와 손으로 고양이 배를 촉진하고 다시 입을 벌려 자세히 살펴보기 시작했다. 그리고, 혹시 배에 문제가 있는지 보기 위해 엑스레이 촬영도 마쳤다. 그러는 동안 고양이는 계속 발버둥을 쳤고, 동물 보호사와 할머니가 고양이를 진정시켰다. 고양이는 최근 사료를 전혀 먹지 못했는지 아주 해쓱해 보였다. 할머니가 정기적으로 고양이들을 데리고 와서 원장은 할머니 아파트 인근의 웬만한 길고양이는 다 안면이 있었다. 원장이 엑스레이 사진을 보고 할머니에게 다가왔다.

"여사님! 크게 걱정하실 일은 아닌 것 같습니다."

진찰을 마친 원장의 말에 할머니는 얼굴에 화색이 돌고 한숨을 놓았다.

"구내염입니다. 여기 보세요. 입안이 빨갛지요? 바이러스 감염이 되어서 그런 것 같습니다. 흔히들 있는 경우입니다. 그래서 입안이 붓게 되고 입안이 부어서 아프니까 사료를 먹지 못한 것이었어요. 주사 좀 맞고 약을 먹이면 좋아질 겁니다. 이 녀석 많이 배가 고팠을 겁니다. 일단, 오늘은 수액을 좀 맞고 가는 것이 좋을 것 같습니다."

"네, 알겠습니다. 감사합니다. 이 녀석 건강하게 자라야 하는데…. 그래야 연구소에서 받아 줄 게 아니니? 이제 약 먹고 다시 건강 회복하자. 아니고, 이 녀석."

"아니, 여사님! 뭐라고요? 연구소요?"

"네? 제가 뭐라고 그랬는데요? 아! 아닙니다! 별일 아닙니다. 내가 쓸데없는 소리를 했군요. 감사합니다. 가 보겠습니다. 이 녀석아! 원장님한테 고맙습니다 해야지!"

"미야옹! 미야옹!"

"아! 여사님! 이 아이 수액을 맞고 가는 게 좋을 것 같은데요!"

"아, 아닙니다. 제가 유동식으로 뭐 좀 먹여 볼게요! 감사합니다, 원장님!"

할머니는 더 이상 원장과 대화를 원하지 않았다. 그녀는 속히 계산을 마치고 병원을 나서려 했다.

"아, 여사님. 그러시면, 그렇게 하시지요. 이제 약이랑 밥이랑 잘 먹고, 할머니 말씀도 잘 들어라! 그리고, 이제는 여기 오지 말고."

원장이 고양이를 쓰다듬으면서 말했다. 그리고 할머니에게 고개를 돌렸다.

"아, 여사님, 아까 이 아이를 연구소로 보내신다고 하지 않으셨나요? 무슨 연구소를 이야기하시는 건지요?"

카드 결제를 하는 중에 원장이 마지막으로 한 번 더 물어보았다. 그렇지만, 그녀의 답변은 한결같았다.

"연구소는요, 무슨. 아무것도 아닙니다. 수고하셨습니다. 감사합니다."

할머니는 계산을 마치고 황급히 병원 문을 나섰다. 원장은 할머니의 의심스러운 행동이 계속 신경이 쓰였다. 원장의 눈에는 할머니의 길고양이들에 대한 애정이 좀 남달랐다. 길고양이에 대한 애정이 뭐라고 딱 꼬집어 이야기할 순 없지만 뭔가 독특한 면이 있었다. 그녀는 예전과 달랐다.

"미야옹! 미야옹!"

"왜 이렇게 울고 그러니? 그만! 그만!"

할머니 품에 안긴 고양이는 계속해서 무언가를 호소하고 있는 것 같았다. 할머니는 고양이를 달래면서 고양이와 함께 원장으로부터 멀리 떨어지려고 평소와는 다르게 빠른 걸음걸이로 집으로 돌아가고 있었다. 종종걸음으로 가급적 병원에서 멀어지려는 자신을 예의주시하며 보고 있는 원장의 눈길이 등에서 느껴졌다.

원장은 불편한 몸을 이끌고 집으로 서둘러 돌아가는 할머니의 뒷모습을 눈으로 따라갔다.

2023년 7월

아직까지 세상은 그가 4년 전 세상을 떠들썩하게 했던 이세기 박사의 업적을 계승한 사실을 모르고 있었다. 이제는 이세기 박사 역시 세간의 기억에서도 사라졌다.

그리고, 한국 정부는 물론, 세계 언론 역시 그가 인간의 뇌를 디지털화하여 컴퓨터와 연결한 사실 그리고, 고양이와 인간의 뇌 연결에 성공했다는 사실도 알 수가 없었다. 당연히 이것이 무엇을 뜻하는지도 세상은 아직 모르고 있었다. 이것이 완전하게 성공으로 판명된다면, 인터넷에 있는 모든 정보와 기술이 인간의 뇌에 저장된다는 이야기였다.

그렇게 되면, 굳이 학생들이 학교에서 공부하지 않아도 뇌에 모든 수업 내용을 입력할 수 있게 된다. 언어가 다른 외국인과의 소통이 가능하게 되고, 개와 고양이를 비롯한 다른 개체와의 소통도 가능한 날이 도래하게 될 것이었다.

더 나아가서, 디지털화된 인간의 기억과 정보는 컴퓨터에 저장되어, 영원히 소멸되지 않고 지속될 수 있을 것이다. 이것은 다시 인간이 젊고 건강한 몸을 가진 젊은이의 뇌에 저장되어 죽지 않고 영원히 삶을 지속할 수 있게 된다는 뜻이 된다. 즉, 인간은 죽지 않고 영생할 수 있게 되는 것이다.

'디지캣1'에 이어 진행될 두 번째 프로젝트인 '디지휴'를 생각하니 가슴이 벅차 올랐다. 하지만, 만족하지 않았다. 오히려 초조하다고 말하는 것이 맞을 것이다. '디지휴1'까지 성공해야만, 최종 단계인 바디 시프트가 가능하게 된다. 바디 시프트를 성공한다면 영생의 길이 열리게 되는 것이다. 그는 바디 시프트가 가능하기까지는 아직 갈 길이 멀었다는 것을 잘 알았다.

그는 자리에서 일어나 창밖을 보았다. 매년 6월이 되면, 그가 미국 실리콘밸리의 뜨거운 태양 아래에서 고생고생하면서 디지털 뇌 프로젝트를 진행한 과정을 잊을 수 없었다. 그가 미국 본뉴럴에서 포유류의 뇌를 컴퓨터에 연결하는 데 성공한 날을 어찌 잊을 수가 있겠는가.

비록 핸슨 박사가 프로젝트의 총괄 책임자였지만, 그는 자신이 사실상 프로젝트 리더였다고 자부했다. 그러나, 이 박사가 아무리 연구 성과가 뛰어나도 그는 태평양을 건너온 유색인종이었다. 핸슨 박사는 학식도 충분했지만, 순수 미국 출신의 명망 있는 백인 학자라는 점이 프로젝트를 총괄하는 가장 큰 요인이었다.

2015년 6월

"그 놈의 피부색이 뭐가 그렇게 중요하다고?"

이기석의 입에서 나지막한 소리가 새어 나왔다. 이기석은 프로젝트 성과를 남과 공유한다는 것, 아니, 다른 사람에게 빼앗긴다는 것을 참을 수 없었다. 이기석은 침팬지의 뇌에 칩을 심어 포유류 뇌를 컴퓨터에 연결하는 작업에 몰두했었다. 침팬지 뇌에서 발생하는 오류를 잡는 일이었다. 그날 핸슨 박사가 갑자기 이기석의 연구실에 들어왔다. 핸슨은 매우 심각한 얼굴을 하고 있었다.

"이 박사! 이제 프로젝트 완성된 거지요?"

"네, 박사님. 이제 거의 다 되었습니다. 다 박사님 덕분입니다. 감사합니다."

"그래요. 이제 연구 결과를 정부에 제출해야 하니, 모든 데이터를 나에게 주세요."

"네? 무슨 말씀이신지? 아직 검토해야 할 것이 더 남아 있는데요?"

"그건 걱정하지 마시고. 내가 다 알아서 하겠습니다."

"완성되는 대로 박사님께 검토 의견을 받아서, 학회에 발표하려고 합니다만."

"그건 내가 알아서 하겠습니다. 그것은 발표해서는 안 됩니다. 정부와 이야기도 다 되었고요."

"정부와요? 정부 누구와요?"

"그것까지는 알 필요 없습니다. 정부에서도 비밀을 요하는 것이라서요. 이해해 주기 바랍니다."

그는 며칠을 고민했다. 그래도 핸슨 박사는 이기석의 장래성을 믿어 준 몇 안 되는 사람이었고, 본뉴럴에 스카우트까지 해 준 장본인이었다. 그뿐만 아니라, 자신을 믿고 모든 기초 연구 자료를 제공해 준 인물이기도 했다.

어떻게 보면, 연구 데이터를 요구하고 성과를 핸슨 박사 본인과 정부의 몫으로 돌리려는 것이 당연한 일인지도 모르는 일이었다. 이기석 자신은 그냥 고용된 월급쟁이 연구자일 수도 있었다. 당연히, 학회에 발표할 성질의 건도 아니라는 점도 잘 알았다. 그것은 홧김에 그냥 해 본 말이었다. 그러나, 연구 성과가 의미하는 바가 무엇이며, 그 결과가 어떻게 미래를 바꾸어 나갈지 정확히 알고 있기에 쉽게 결정할 수 없는 일이었다.

고민 끝에 그는 연구에 차질을 빚을 수 있는 방안을 생각하게 되었다. 처음에는 그냥 연구가 지연되거나 에러가 나는 정도로만 생각했다. 그 자신도 그것이 그렇게까지 큰 파장을 몰고 올지는 전혀 예상하지 못했다. 그는 단지 침팬지 뇌에 심은 칩에 트러블만 일으킬 수 있도록 데이터를 약간 수정하여 입력했다. 데이터 값은 자신만이 알고 있는 것이어서 아무도 알 수 없었고, 누구도 파악하려고 시도조차 못 하는 작업이었다.

결국, 침팬지와 컴퓨터 저장 장치와의 연결은 알 수 없는 이유로 계속 에러가 났다. 에러의 원인과 수정 방법은 이기석 박사만이 알고 있었다. 계속 에러가 나자 침팬지는 짜증을 냈고, 어느 날 갑자기 발작을 일으켰다.

침팬지의 발작이 그렇게 엄청난 일로 확대될 줄은 정말 아무도 예상하지 못한 일이었다. 침팬지가 연구용 가

위로 사람을 해칠 줄은 정말 몰랐다. 침팬지가 그렇게 사나울 수 있다는 사실을 연구소 직원들 그 누구도 알지 못한 예측불가의 사고였다. 그것도 핸슨 박사를 사망에 이르게 할 줄은 정말 아무도 몰랐다. 그것은 사실이었다. 그는 지금도 그렇게 생각하고 있었다.

FBI와 현지 경찰은 핸슨 박사의 사망에 이기석이 깊숙이 관여되어 있을 것이라는 추측을 하고, 집요하게 그를 물고 늘어졌다. 그렇지만, 이를 밝혀 낼 전문가는 미국 내에는 이기석 자신 말고는 아무도 없었다. 결국, 프로젝트는 실패로 최종 판명되었고, 모든 데이터는 성공하지 못한 채로, 미국 정부의 손으로 넘어갔다. 그리고, 핸슨 박사의 사망은 사고로 결론 나면서 이기석은 풀려나게 되었다. 이기석은 자의 반 타의 반으로 미국을 떠나 조용히 한국으로 돌아왔다. 모든 데이터와 성공 방정식은 그의 머리 속에 고스란히 남아 있었다.

2023년 4월

이기석은 한국으로 돌아와 비밀리에 침팬지를 대상으로 실험을 다시 재개했다. 침팬지의 오류는 의도한 바와 달리 잡히지 않았다. 많은 침팬지가 죽어 나갔고, 동물보호단체와 정부에서 의심의 눈초리를 거두지 않고 있었다.

결국 이기석은 커다란 결정을 하게 되었다. 실험 대상을 침팬지에서 고양이로 바꾸는 것이었다. 처음에는 고양이 역시 엄청나게 오류를 일으켰다. 그렇지만, 고양이 수요는 침팬지에 비해 풍부한 편이었다. 계속되는 오류에도 불구하고 그분의 경제적 지원으로 결국 오류가 잡히면서 프로젝트는 성공을 눈앞에 두고 있었다.

결국, 고양이를 대상으로 뇌를 디지털화한 이기석은 고양이의 울음소리 및 행동을 컴퓨터에 입력하는 데 성공했다. 컴퓨터를 통해 고양이와 소통할 수 있게 된 것이다. 그러나, 인간과 고양이의 뇌를 서로 직접 연결하지 못해 애를 태우고 있었다. 연결에 성공한다면, 일차적으로 인간의 지능과 지식을 가진 고양이가 탄생하는 것이다. 이차적으로는 고양이의 민첩성을 가진 인간도 탄생될 수 있는 것이었다. 그것은 이기석이 꿈에 그리던 바디 시프트 가능성을 대폭 높이는 것을 의미하기도 했다.

그 행운은 어느 날 갑자기 그에게 운명처럼 찾아왔다. 이기석이 가장 좋아하는 꽃인 라일락 향이 절정에 오르던 4월 말의 어느 날이었다. 갑자기 뇌사 판정을 받은 사람의 뇌가 그에게까지 오게 되는 예상치 못한 일이 생겼다. 한밤중 술에 취해 길을 잃은 한 남자가 과도한 음주로 뇌사 상태에 빠진 것이었다. 그 남자의 뇌사 원인은 정확히 밝혀진 바 없었고, 그가 어찌 어찌해서 그의 연구소에까지 오게 되었다. 물론, 정상적인 과정은 아니었다.

부소장은 뇌사 상태자의 상의에서 꺼낸 신분증과 명함을 소장에게 보여 주었다. 신분증에는 그가 활발한 사회활동을 하는 40대 중반의 남성이라는 것을 인증했다. 더구나, 그의 명함은 그가 가장 머리를 많이 사용하는 광고 회사의 기획 팀장이라는 것을 보여 주었다.

“앞으로도 이러한 실험 대상은 구하기 어려울 겁니다. 소장님! 물론, 저희가 윤리적으로나 법적으로 하자가 없는 대상을 선별해야 한다는 것 물론, 잘 알고 있습니다. 그렇지만, 저희가 뇌사 상태에 빠뜨린 것도 아니잖습니까?

그리고, 저희가 실험 후에 정상으로 돌아갈 수 있도록 의학적인 지원을 해 줄 것 아닙니까? 지금 당장은 이 사람이 깨어날 가능성은 없습니다."

이기석은 말은 없었지만, 부소장의 말에 공감한다는 듯이 고개를 끄덕였다. 그는 수술용 침대에 누워 있는 남자를 가만히 내려다보았다. 그냥 눈을 감고 잠을 자고 있는 것 같았다. 물론 이기석은 연구소에서 아무 짓도 하지 않았다는 부소장의 말을 신뢰하지 않았다. 그가 그렇게 도덕적인 사람이 아니라는 것은 이기석도 알았다.

"고양이와 인간의 뇌를 연결해 볼 수 있다고요! 그 동안 실험을 할 수 없어서 얼마나 애를 태웠습니까? 인간과 고양이 그리고, 컴퓨터를 동시에 연결할 수 있는 절호의 기회입니다. 이렇게 훌륭한 사람을 앞으로 어떻게 구할 수 있단 말입니까? 성공해서 이를 바탕으로 다음 단계로 가야 합니다, 소장님! 저희가 이론적으로 검토하고 또 검토해 봤지 않습니까? 실험은 성공할 겁니다."

"아주 좋은 케이스라는 것은 저도 잘 압니다. 그렇기는 한데, 만약에 말입니다. 만약에 이 사람이 죽기라도 한다면 어떻게 합니까?"

"절대 그런 일은 없을 겁니다. 그건 걱정하지 마십시오, 소장님. 제가 의사이지 않습니까? 그리고 저희 연구소에는 전문의들이 상주하고 있습니다. 이 사람이 사망할 확률은 없습니다. 그리고 모든 실험이 끝이 난다면 바로 일상으로 돌아가게 될 겁니다. 물론, 실험 중 발생한 일에 대해서는 아무것도 기억하지 못하게 될 겁니다."

그가 최선을 다해 이기석을 설득하려고 했다. 이기석 역시 이번 기회가 어떤 의미인지 모를 리가 없었다. 이기석은 처음부터 이미 결정을 내린 상태였다. 이번 프로젝트에 모든 것을 걸었다.

이기석의 얼굴에는 잔잔한 미소가 떠올랐다. '디지캣1'이 성공했을 때, 이기석은 무선 조정 장치를 입력할 것을 주문했다. 기본적으로 위치 추적기를 집어넣고, 자신의 명령을 이행케 하는 무선 조정 기능을 추가하라고 지시했다. 물론, 이기석의 지시는 곧 이루어졌다.

그러나 그 고양이를 특정한 사람에게 보내라고 한 이기석의 지시는 연구소를 발칵 뒤집어 놓았다. 잘못하면 모든 것이 노출되고 연구 성과를 빼앗길 수 있었기 때문이었다. 그러나, 이기석은 뜻을 굽히지 않았고, 결국 연구원들은 이기석의 뜻을 꺾지 못하고 그가 원하는 곳으로 보내 주고 말았다. 김충길 서울경찰청 강력수사대 강력1팀장의 집으로.

2023년 5월 초

서둘러 집으로 돌아온 링컨 할머니는 병원장에게 하지 말았어야 할 말을 한 것이 계속 마음에 걸렸다. 눈치 빠른 원장이 자신이 무심코 뱉은 말을 꼬치꼬치 캐물을 때는 정말 식은 땀이 다 났다. 병원장과 동물 보호사였던 정재욱은 반려동물에 대한 사랑이 아주 극진한 인간들이었다. 자신은 그들에 비하면 정말 속물 중 속물이었다. 그들을 대할 때면 늘 자신이 부끄럽다는 생각이 들었다.

그렇지만, 할머니는 자신의 건강 상태를 생각하면 어쩔 수 없는 선택이라고 스스로를 달랬다. 자신의 뒤를 캐고 있는 것 같은 정재욱은 운이 좋아 병원에서 쫓아낼 수 있었지만, 병원장의 경우는 달랐다. 그는 쫓아낼 수 있는 사람이 아니었다. 병원을 통째로 문 닫게 할 수는 없었다. 그것이 문제였다. 그들에게 병원장을 좀 어떻게 해 달라고 몇 번이고 말을 해 보았지만 아직까지 진전은 없었다.

아파트 통창으로 들어온 저녁노을이 진하게 깔렸다. 저녁노을을 보며 할머니는 끊임없이 흘러내리는 눈물을 주체할 수 없었다. 그녀에게는 평생을 펑펑 쓰고도 남을, 다른 사람들은 상상도 하지 못할 만큼의 어마어마한 재산이 있었다. 자신의 아들과 딸도 가늠하지 못할 정도의 재산이었다. 그녀는 그 재산을 바탕으로 좋은 평판을 만들었다. 여유 있는, 항상 웃음과 유머가 가득한, 이웃에게 늘 베푸는, 말 못하는 고양이에게도 사랑을 베푸는 할머니로 평가받았다. 그래서, 링컨 할머니라는 별명도 생겨났다. 그 나이에도 불구하고 멋지게 사는 할머니의 대명사였다.

그런데, 모든 것을 다 가진 그녀에게 찾아온 것은 뜻하지 않은 병이었다. 부정맥에 이은 파킨슨병 그리고, 우울증과 치매였다. 그녀는 받아들일 수가 없었다.

세상은 그녀에게 너무 매정했다. 세상이 그녀에게 그럴 수는 없었다. 사람답게 살기 위해 그 동안 어떻게 살아

왔는데. 그렇게 많은 돈을 기부했는데, 하나님은 왜 그녀에게 이렇게 큰 시련을 또 다시 준단 말인가? 젊어서 그렇게 고생했으면 됐지. 부정맥까지는 그렇다 쳐도, 파킨슨병과 우울증과 치매는 다른 문제였다. 제세동기 삽입 수술을 하면서 의료기기와 기술을 믿었고 의사들을 믿고 살면 큰 문제는 없다고 생각했다.

그러나 파킨슨병이 생기고 나서부터 그녀의 생활은 달라졌다. 파킨슨은 주변 사람들 눈에 너무나 잘 띄었다. 제대로 걷기조차 힘들었고, 아무리 돈이 많아도 좋은 식당에서 밥조차 제대로 먹지 못했다. 모두가 자신만 쳐다보는 것 같았다. 못된 짓을 하다가 죗값을 치른다고 눈치를 주는 것 같았다. 점점 집을 나서는 횟수가 줄어들었다. 병원에 가는 것조차 정신적으로 힘들었다.

그로 인해 잠을 이루지 못하고 날을 꼬박 새는 경우가 점점 늘어났다. 병을 고치고 싶은 마음은 굴뚝 같았지만, 생을 조용히 마감하고 싶은 생각도 없는 것이 아니었다. 가끔씩 깜박깜박한다는 생각이 들었고, 가까운 사람들의 눈초리가 이상하다는 망상도 커졌다.

일하는 아주머니가 자꾸 자신의 물건에 손을 대는 것

같았다. 그리고, 아주머니가 밥도 안 차려 줘 놓고, 자꾸 밥을 줬다고 거짓말까지 했다. 틀림없었다. 자신의 눈은 못 속인다고 생각했다. 그래서, 아줌마를 바꾸고 또 바꿨다. 그런데 점점 그녀와 가까운 사람들이 하나둘씩 멀어져 갔다. 이제는 아들 녀석마저 발길을 끊었다. 이제 믿을 놈들은 고양이들밖에 없다고 생각했건만, 고양이들조차 점점 자신에게서 멀어져 가는 것 같았다. 이 모든 것이 너무 서러웠다.

최근 들어 길고양이들에게 사료를 준 사실을 깜빡하곤 했다. 그런데 이상하게 길고양이들은 몸집이 불어나기 시작했고, 결국에는 더 이상 사료 먹는 것을 포기했다. 할머니는 길고양이들이 이상하다고 동물병원에 데리고 가곤 했다. 눈치 빠른 동물병원장이 이상한 눈으로 보기 시작했다. 믿고 싶지 않지만, 인터넷 검색으로는 치매 증상이 의심된다고 했다. 청천벽력 같은 소리였다.

그래도 할머니가 기댈 곳은 있었다. 그들을 위해 자신의 재산을 엄청나게 기부해 왔다. 그녀의 몸을 치료하고 수술을 해 준다는 그들의 말을 철석같이 믿었다. 그래서 그녀는 아무도 몰래 그들에게 그렇게 많은 돈을 기부했던 것이었다. 몸이 불편했던 길고양이도 치료해서 회복하면 하나 둘씩 보냈다.

처음에는 고양이를 보내라는 그들의 요구를 거부했지만, 결국 할머니는 그들의 조건을 거절하지 못했다. 할머니 자신뿐만 아니라 길고양이에게도 좋은 일이라는 그 사람들의 이야기를 믿었다. 아니, 믿고 싶었다. 하지만 그들은 할머니의 수술과 치료를 무슨 이유에서인지 차일피일 미루기만 했다.

그런데 현재 자신의 상태를 안 좋게 보고 있는 병원장에게 언급해서는 안 될 이야기를 해 버린 것이다. 이제 멀지 않아 그들이 파킨슨병과 우울증, 치매까지 모두 치료해 줄 것이었다. 그런데, 일이 잘못되기라도 하면 모든 것이 수포로 돌아간다. 그렇지 않아도 일부 길고양이들의 행방에 대해 꼬치꼬치 캐묻는 병원장이었다. 할머니는 정말 조심해야겠다고 다시 한번 스스로를 다그쳤다.

나루동물병원 원장은 냉장고에서 맥주를 꺼냈다. 최근 반복적으로 마시는 브랜드였다. 타티아나 니콜라예바의 피아노 선율이 오늘 오후 병원에 들렀던 링컨 할머니의 모습과 중첩되었다. 링컨 할머니는 정상이 아니었다. 파킨슨병은 더욱 악화되고 치매까지 온 것이 분명했다. 몸집이 비대해진 길고양이를 데리고 왔을 때 그는 할머니가 치매를 앓기 시작했다는 사실을 눈치챘다. 물론 그는 모른 척했다.

처음 그의 병원을 찾았던 할머니는 애정으로 길고양이들을 돌보았다. 동물을 아끼고 사랑하는 병원장은 단번에 그런 할머니를 알아봤다. 그러던 할머니가 언제인가부터 조금씩 달라지기 시작했다. 처음에 할머니가 보여 줬던 무조건적인 사랑은 찾아보기 힘들어졌다. 대신 뭐라고 형용할 수 없는 무엇인가가 할머니를 사로잡았다.

그리고, 오늘 할머니는 이상한 소리를 해 댔다. 연구소로 길고양이를 보낸다는 말을 한 것이다. 그게 무슨 의미인지 재차 물어도 할머니는 이상한 소리만 해 댔다. 할머니가 그 동안 데리고 온 길고양이들 몇 마리가 치료를 받고 사라졌다. 안부를 물으면 다 잘 지낸다고, 건강하다고만 이야기했었다. 사라진 길고양이들은 연구소와 관련이 있는 것일까? 원장은 곰곰이 생각해 봤다.

타티아나 니콜라예바의 연주가 끝이 났다. 원장은 레

코드 재킷에 있는 타티아나 니콜라예바의 모습과 링컨 할머니의 모습이 묘하게 비슷한 구석이 있다는 생각을 하고 웃음 지었다. 하얀 머리에 마음씨 좋게 생긴 푸근한 얼굴이 비슷하게 느껴진 걸까. 타티아나 니콜라예바로 할머니가 연상된 이유를 알 것 같기도 했다. 그는 취했다는 생각에 따지 않은 맥주를 냉장고에 도로 집어넣었다. 그리고 빈 맥주캔을 구겨 분리수거통에 넣고 침대로 들어갔다.

가벼운 숙취를 이겨 내고 출근한 원장은 당일 예약 반려동물 명단을 훑어보았다. 오후 예약 명단은 별로 없었다. 평소와 달리 많이 마시지 않아 컨디션도 나쁘지 않은 아침이었다.

서울 종로구 통인동 단골 카페에서 산, 브라질 세하도 베이스에 콜롬비아 수프리모를 브렌딩 한 원두를 커피머신에 넣었다. 20그램 정도가 갈리도록 세팅하고 작동 버튼을 눌렀다. 에스프레소 원액이 90도의 뜨거운 물로 가득한 커피잔에 다 떨어지기를 기다렸다. 수프리모 향이 온 병원 안으로 퍼져 나갔다. 모든 것이 그에게 맞추어진, 그가 가장 좋아하는 시간이다. 자리에 앉아 첫 모금을 마셨다. 고소한 커피가 온몸으로 퍼져 나갔다. 온 몸의 노폐물과 피로 그리고 근심을 다 쓸어 내는 것 같았다. 핸드폰이 그의 눈에 들어왔다.

그는 핸드폰을 들어 링컨 할머니를 검색했다. 할머니 전화번호가 떴지만 원장은 잠시 생각에 잠겼다. 할머니의 치매 상태가 지금 어떠한지 예상할 수 없었다. 상태가 좋아 어제 일을 모두 기억하고 있다면, 그의 전화를 매우 의아하게 생각할 것이다. 그러나 그 반대로 어제의 일을 기억하지 못한다면 그를 전혀 의심하지 않을 것이다. 원장은 그의 본능을 믿고 따르기로 했다. 버튼을 눌렀다. 할머니의 목소리가 조금 어눌하게 들렸다. 원장의 예상대로, 할머니의 상태는 좋은 것 같지 않았다. 어제 일을 제대로 기억하지 못하는 것 같았다.

"할머니! 구내염 앓는 그 고양이는 좀 어떤가요?"

"그 고양이? 약 먹고 좀 좋아진 것 같아요. 고마워요."

"다시 한번 검진해 봐야 할 것 같은데, 병원까지 나오기 힘드시면 제가 들르겠습니다."

"원장님이요? 나야 고맙지요!"

"제가 오늘 오후에라도 들를까요?"

"오늘? 아니, 아니에요! 괜찮아요. 바쁘신 분이 어떻게…. 아니야, 아니에요!"

"저는 괜찮은데요."

"그건 폐를 끼치는 거라서. 안 돼요."

"괜찮습니다. 할머니!"

"아니에요. 아니야!"

"정말 괜찮은데요."

"그럼, 나중에. 나중에, 내가 정 필요하면 원장님한테 연락드리겠습니다!"

2023년 5월 중순

그 후, 왕진을 요청받은 것은 할머니의 치매 증상을 확인하고 며칠이 지나고서였다. 그는 왕진 가방에 진료 도구와 약간의 약품을 넣고 할머니의 집으로 향했다.

문을 연 할머니의 모습은 평소와는 확연히 달랐다. 정갈한 평소의 모습은 온데간데없고 흐트러진 머리에 휑하게 비어 있는 눈동자로 그를 맞았다. 할머니의 집은 생각보다 넓고 화려했다. 현관에서 거실로 이어지는 벽면에는 이름 모를 작가의 그림이 황금빛 액자에 쌓여 걸려 있었다. 한눈에 봐도 최소 몇천만 원씩은 할 것 같았다.

거실은 앤티크 가구로 한껏 고풍스러운 분위기를 연출했다. 프랑스 루이15세 시대 궁정 양식을 연상시키는 카브리올 레그의 S자 다리 테이블과 의자가 눈에 확 들어왔다. TV가 놓여진 벽면 위에는 가구들과 어울리는 19세기 인상주의 풍의 그림이 걸려 있었다. 할머니의 높은 안목과 부가 느껴지는 대목이었다.

할머니는 고양이가 사료를 안 먹는다며 무슨 일인지 모르겠다고 했다. 고양이가 또 다시 입에 무슨 병이 난 게 아니냐며 걱정을 했다. 고양이를 집에는 들이지 않는다던 할머니가 집에 고양이를 들여 놓은 것부터 이상했다. 원장은 파킨슨병이 심화되면서 밖을 나서기 힘들어서일 거라 생각했다.

원장은 그동안 살이 부쩍 찐 고양이를 할머니로부터 받아서 진찰하기 시작했다. 입에 병이 나서 할머니가 병원에 데리고 온 그 녀석이었다. 입을 벌려 보았지만, 구내염 증상은 더 이상 보이지 않았다. 원장은 할머니와 몇 마디 이야기를 나누어 보았다. 하루에 사료를 얼마나, 몇 번 주는가 그리고, 언제 주는가 등.

할머니는 횡설수설하며 나름대로 답을 하려고 노력하는 모습을 보였다. 원장은 할머니가 치매를 앓고 있다는 것을 확신했다. 그리고, 하루하루 심해지고 있다고 판단했다. 할머니는 고양이에게 사료를 주고, 그 사실을 잊고 또 다시 고양이에게 사료를 주곤 한 것이었다. 고양이는 주는 대로 받아 먹었지만, 한계가 있었다. 아무리 사료가 맛있어도 그걸 다 먹지는 못했을 거다. 할머니를 도와주는 도우미 아주머니도, 요양 보호사도 더 이상 집에는 없는 것 같았다.

'인연이라고 하죠~'

탁자 위에 있던 할머니의 핸드폰에서 인연이 흘러나오기 시작했다. 할머니는 전화가 온 것도 알지 못했다. 핸드폰에는 발신 번호 제한이라는 글이 떴다. 발신 번호 제한에 눈이 간 원장은 며칠 전 이야기한 연구소가 아닐까 하는 생각이 들었다. 원장은 할머니에게 준비해 간 신경 안정제를 전해 주었다. 할머니는 별 의심 없이 알약을 삼켰다. 할머니는 잠시 후 잠시 선잠에 든 것처럼 눈을 반쯤 감았다. 원장은 할머니를 흔들어 깨웠다. 할머니가 뭐라고 이야기하면서 횡설수설했다. 원장이 간단한 것을 물었고, 할머니는 물음에 간간히 대답하였다.

원장은 몽롱한 상태의 할머니에게 연구소가 무엇이고 지금까지 자신이 치료해 주었던 길고양이들에 대해 물어보았다. 할머니는 무슨 말인지 횡설수설했다. 그렇지만, 병원장은 할머니가 무슨 이야기를 하는지 눈치를 챌 수 있었다. 병원장은 중간 중간 비어 있는 할머니의 이야기를 전체적인 맥락으로 이해하려고 했다. 할머니 입에서 나온 이야기는 이해할 수 없는 것들이었다. 전혀 현실적이지 않은 이야기가 할머니로부터 나왔다.

자세한 것은 할머니도 모르는 것 같았지만, 연구소는 몇 년 전 세상을 떠들썩하게 했던 그 연구소인 것 같았다. 연구소 관계자가 할머니와 인척 관계인 것 같았고, 할머니는 자신의 병을 고쳐 주겠다는 감언이설에 넘어간 것 같았다. 할머니는 자신의 재산의 상당 부분을 연구소에 기부했고, 자신이 돌보던 길고양이들도 연구 도구로 제공했다. 자신의 병인 파킨슨병과 치매 치료를 약속받고 재산과 돌보던 길고양이를 연구소에 넘긴 것이었다.

원장은 할머니가 길고양이들을 사랑으로 돌보는 것이 아니라, 자신을 위해 길고양이들을 이용하는 게 아닌가 하는 생각까지는 했었다. 그래서, 할머니에게 따지고 응징을 하기로 했었다. 그런데, 할머니의 약한 모습을 보고 나서 원장의 마음이 흔들린 것도 사실이었다.

원장은 공상과학영화 같은 할머니의 말을 믿을 수가 없었다. 그냥 한쪽 귀로 흘려 들은 것으로 했다. 이제 모든 것이 끝났다. 원장은 마음이 홀가분해졌다. 집을 나서면서 자신의 손이 닿은 물건을 손수건으로 모두 닦아 흔적을 지웠다.

2023년 7월

"뭐, 최세창 원장이?"

회의실에 있던 강력1팀 형사들 사이에 조용한 동요가 일기 시작했다. 길건은 할머니 살인 사건이 형사들의 예상과 달리 전혀 다른 방향으로 가고 있는 데에 대한 당연한 동요라 생각했다. 길건은 지금까지 자신이 듣고 파악한 일들을 조목조목 타이핑하였다.

그런데, 뭔가 이상했다. 자신이 타이핑한 문서가 자신이 한 것 같지 않았다. 타이핑 중 두통이 왔고, 두통을 참으며 타이핑하면서 뭔가 이상한 문장이 삽입된 것 같았다. 또 다시 알 수 없는 힘에 의해 자신의 의지와 다른 행동을 한 것이 틀림없는 것 같았다.

문제는 뭐가 잘못되었는지 파악할 수 없을 정도로 온몸에 힘이 빠졌다. 너무나도 긴 이야기를 타이핑하다 보니 온몸에 담이 걸린 것 같았다. 정신이 집중되지 않았다. 문특이 물과 간식, 사료를 가져다주었다. 길건은 우선 목이 말랐다. 너무 많은 에너지를 쓴 관계로 당 충전이 필요했다. 일단 잘못된 부분은 나중에 잡기로 했다.

달달한 것 좀 없나요? 달달한 게 먹고 싶은데?

"나 초콜릿 있는데, 여기!"

막내가 주머니에서 초콜릿을 주섬주섬 꺼내 길건 앞에 내어 놓았다.

"안 돼! 고양이 초콜릿 먹으면 큰일나!"

"네?"

'무슨?'

"고양이한테 초콜릿은 절대 안 돼! 초콜릿에 들어 있는 테오브로민 성분이 고양이의 심장과 신경중추에 영향을 미쳐 심하면 사망에 이를 수 있어! 물론, 개도 마찬가지고!"

집사인 김하은이 기겁을 하고 초콜릿을 책상에서 치워 버렸다.

"팀장님! 당분간 절대 당분이 있는 거는 먹으면 안 돼요! 알았어요?"

아이, 씨! 그러면 나는 달달한 거 당길 때 어떻게 하란 말이야?

"고양이는 단맛을 느끼지 못해요! 그렇지만, 당겨도 할 수 없어요! 당분을 잘못 섭취하게 되면 생명에 위험이 될 수 있으니 조심해야 한다고요! 절대로 안 돼요! 팀장님은 인간의 뇌 구조를 가졌지만, 몸은 고양이 몸을 가졌기 때문에 달달한 것은 안 돼요!"

과일도 안 되나?

"과일도 종류에 따라 다른데, 어떤 거는 소화불량, 심하면 장 폐색까지 일으키고. 또, 어떤 거는 심부전까지 일으킬 수 있다고 나와 있어요! 복잡하니까, 일단 달달한 거는 포기하세요!"

일장 연설을 마친 김하은이 길건 앞에 고양이 간식을 한 줌 내려놓았다. 짜 먹는 참치와 연어 츄르였다.

"자, 고양이 간식과 물로 만족하는 수밖에 없어요. 다시 인간 몸으로 돌아가고 나서 달달한 거 찾으시고요!"

"이거 우리 길건 팀장에게는 참 미안하게 되었네."

팀장님까지 그러실 필요는 없지요, 뭐.

"길건 팀장이 좀 쉬는 동안 우리도 담배 피우고 올 사람은 피우고 오고, 화장실 다녀올 사람은 다녀오지 그래?"

길건의 휴식이 끝나고, 팀원들이 돌아오자 김 팀장은 회의를 속개했다. 길건이 모니터의 커서가 깜박이는 것을 쳐다보면서 생각을 정리했다. 그리고 회의를 이어갔다.

"최세창 씨! 링컨 할머니, 그러니까 이혜선 씨가 사망한 채로 발견되기 한 달 전 즈음에 할머니 집에 가신 적이 있으시지요?"

화가 잔뜩 난 얼굴을 한 최세창이 즉답을 피했다. 용의자로 지목되어 경찰서에 불려온 데에 대한 강한 불만의 표시였다. 그는 그럼에도 불구하고 침착함을 잃지 않고 있었다. 그리고, 형사들의 질문 의도도 잘 파악하고 있는 것 같았다. 그리고는 입을 열었다.

"네, 있습니다."

"왜, 가셨습니까?"

"할머니께서 고양이가 통 사료를 안 먹는다고 해서 두어 번 간 거 같습니다."

"할머니 건강은 어떠셨나요?"

"할머니 건강이요? 저는 고양이 때문에 간 겁니다."

"네, 할머니 건강이요. 고양이야 뭐 원장님께서 알아서 치료해 주셨겠지요."

"할머니는 그렇게 건강해 보이지 않았습니다."

"그래서, 원장님께서 혹시 약을 처방해 주시지 않으셨나요?"

"네? 제가요? 무슨 말씀을 하시는지요? 저는 수의사입니다. 할머니에게 약 처방을 해 드릴 수 없습니다. 해드리고 싶어도 할 능력도 안 되고요."

"혹시, 동물에게 처방하는 근육 이완제를 할머니에게 드리시지는 않았나요? 석시닐콜린, 썩시팜 같은 종류의 약 말입니다."

최세창의 눈동자가 커졌다. 화가 난 건지, 당황한 건지는 확실하지 않았다. 물론, 하은과 특도 최 원장이 동물에게 투여하는 근육 이완제를 할머니에게 투여한 건지에 대해서는 확실한 증거는 없었다. 그렇지만, 최 원장의 반응을 떠보기 위해서 물어본 것이다.

"무슨 말씀이십니까? 제가 왜 그런 약을 할머니에게

처방합니까?"

최세창은 강하게 부인했다. 그러나, 형사들이 생각한 만큼 흥분하지 않았다.

"무슨 근거로 그렇게 말씀하시는 겁니까?"

"아니, 혹시 고양이에게 처방할 것을 할머니에게 잘못 드렸는지 모르지 않습니까?"

최세창은 두 형사의 눈 뒤에 감추어진 패를 볼 수 없었다. 그러나, 형사들이 무엇 때문에 이렇게 하는지는 잘 알았다. 이 문제는 할머니 집을 몰래 방문한 것과는 차원이 다른 문제였다. 할머니의 사망과 관련된 문제였다.

"그런 적 없습니다! 무슨 근거로 그런 말씀을 하시는 거지요? 제가 동물들에게 투여할 약을 사람에게 줄 정도로의 사람으로 보입니까?"

"묻는 말에나 대답하세요!"

"무슨 말 같은 이야기를 해야 대답을 하지요? 할머니 몸에서 그런 약 성분이라도 나왔답니까? 금시초문이네요!"

"물론, 나온 건 없었습니다. 그렇지만, 원장님은 정재욱이 근육 이완제를 몰래 빼돌렸다는 의혹에 대해 전혀 설명이 없었습니다. 물론, 정재욱은 할머니 고양이를 마취도 하지 않은 상태에서 안락사시켜서 동물 학대 건으로 퇴사하게 한 것이지만요. 그래도 정재욱은 좀 억울한 면이 없지 않았어요. 약품을 빼돌렸다는 억울한 누명까지 썼으니까요. 그런데 말입니다. 그는 약품을 빼돌리지 않았습니다. 사실은 그 약을 빼돌린 것은 원장님 자신이었어요. 왜 그랬을까요?"

최세창은 아무런 말도 하지 않았다. 그냥 문특을 쳐다보면서 이야기를 듣고 있었다. 최세창이 고민하는 것 같았다. 형사들의 질문이 의미하는 바는 명확한 것 같았다. 많은 정황과 증거가 자신을 향해 있다는 것을 의미했다. 최세창은 모든 것을 다 털어놓을 것인가를 심각하게 고민했다. 그러지 않으면, 진실이 밝혀지지 않을 것 같았다.

"아니라고요! 난, 아니에요! 내가 그러지 않았어요!"

"최 원장님이 할머니 댁에 가셨다는 것을 굳이 숨겨야 할 이유가 있었나요? 원장님의 지문을 급히 지운 흔적들이 몇 군데 남아 있더군요."

"네? 그건 또 무슨…?"

"최 원장님 지문 일부가 무엇에 의해 지워진 흔적들이

남아 있더군요. 그러니까, 다시 말씀드리면 지문을 지우려고 했지만 완벽히 지우지 못했다는 이야기도 되지요. 쪽지문이라고 있어요. 지문인데 특정인을 파악하기에는 부족한 쪼개진 지문이지요. 누가 의도적으로 지우려고 하다 이렇게 된 것이지요."

문특이 최세창의 지워진 지문이 프린트된 종이를 최세창에게 내밀었다. 문특의 말처럼 지문의 일부가 칼로 베어진 것처럼 날카롭게 지워져 있었다.

"헉!"

최세창은 더 이상 버티기가 힘들었다. 밀폐된 공간에서 몇 시간 동안 신문을 받는다는 것은 아무리 젊은 사람이라 하더라도 엄청나게 힘든 일이었다. 정신적인 피로감이 상당했다. 아무리 멘탈이 강한 사람도 더 이상은 힘들었다. 최세창은 제대로 앉아 있을 힘도 남아 있지 않은 것 같았다. 그는 긴 한숨을 내쉬고 고개를 들었다. 눈동자는 이미 풀려 버린 상태였다. 형사들은 최세창이 말을 할 때까지 기다렸다. 긴장감을 의도적으로 고조시켰다. 조사실에는 적막이 흘렀다. 그리고 몇 분이 흘렀다.

"커피 한 잔 할 수 있을까요?"

드디어 최세창이 입을 열었다. 원 웨이 창(One-way mirror)을 통해 조사실을 볼 수 있는 옆방에서는 작은 환호가 일었다. 조사실에 있던 젊은 남녀 형사들은 흥분하지 않으려고 최대한 노력했지만, 최세창이 입을 연다는 말에 자신들도 모르게 환호가 나온 것이다.

"저희는 커피믹스밖에 없는데. 괜찮으시겠어요?"

"네, 아무거나 주십시오. 두 봉지를 타 주실 수 있을까요? 좀 진하게 마시고 싶은데."

원 웨이 창을 통해 조사 장면을 보고 있던 길건은 이성적으로는 원장이 가장 강력한 용의자라는 사실에 동의했다. 그런데, 가슴 한가운데에서부터 또 다른 목소리를 부인할 수는 없었다. 갑자기 찾아왔던 두통 뒤에 사라진 기억 그리고, 자신이 작성한 문장 중 알 수 없는 생소한 부분과 관련하여 의문은 계속되었다. 길건은 일단 최세창의 자백을 들어 보기로 했다.

이제 최세창은 어떻게 되나요?

"어떻게 되기는. 현장 검증하고 조서 작성해서 검찰로 송치해야지. 그러면 우리 일은 끝나는 거지. 일단 최세창의 이야기를 들어 봐야지. 뭐라고 하나. 또 자신이 한 일이 아니라고 우길 수도 있잖아?"

김 팀장이 길건을 왼손으로 안고 오른손으로 쓰다듬었다. 길건은 김 팀장의 품에 안긴 상태로 최세창의 이야기를 담담하게 들었다.

"제가, 할머니가 미국으로 출국하기 이틀 전에 댁으로 찾아 뵌 것은 맞습니다."

최세창 원장이 천천히 입을 열기 시작했다. 모든 것을 내려놓은 듯한 모습이었다. 그런데, 김충길의 예상처럼 그의 입에서 예상 외의 이야기가 튀어나왔다.

"할머니는 이틀 뒤, 그러니까 미국으로 출국한다는 그날, 한 연구소에서 뇌 수술을 받기 위해 입소하기로 되어 있었습니다. 뇌 수술을 받으면 파킨슨병과 치매를 치료할 수 있다고 했습니다. 할머니는 그 수술에 모든 것을 건 것 같았습니다. 그 동안 할머니는 엄청난 액수의 기부를 했고, 제가 치료해 준 길고양이들을 일부를 실험용으로 연구소에 제공해 주었던 것 같습니다."

"뭐라고? 그게 무슨…?"

"할머니는 그 연구소를 운영하는 세계 최고의 뇌 과학자와는 친척 관계라고 했습니다. 그래서, 수술과 치료에 걸리는 약 한 달 동안 미국에 다녀온다고 아들 부부와 이웃에게 이야기한 것이고요. 딸이 있는 미국에 간다는 것은 거짓말이었습니다. 파킨슨병과 치매를 앓고 있는 노인이 혼자서 미국에 간다는 것은 말도 안 되는 이야기지요. 배웅도 없이 더구나, 미국에 있는 딸에게 알리지도 않고요?"

"할머니는 최세창 씨가 죽인 것이 아니란 말씀이신 건가요? 그러면, 왜 댁에서 숨진 채로 발견되었습니까? 그럼, 누구란 말입니까? 할머니를 죽인 사람은?"

"그거야 저도 모르는 일이지요. 그것이야말로 앞으로 경찰에서 밝혀야 할 일 아닐까요?"

"저희 일은 저희가 알아서 할 테니까 하던 이야기나 더 해 보시지요."

"아! 전화가 왔었어요. 제가 할머니 집에 있을 때요. 부소장이라는 사람인 것 같았어요. 발신 번호 제한이라고

뜨더라고요. 이 무슨 연구소 부소장이라고 했더라? 아무튼, 할머니는 매우 화가 난 상태였어요. 왜 수술이 지연되냐고. 기, 뭐라더라? 이기 뭐라고 하던데, 조카라고 했어요. 연구소장이. 할머니가 부소장하고 말이 안 통하니까 이기 뭐라고 하는 소장을 바꾸어 달라고 했어요."

순간 조사실에 있던 강력1팀 형사들은 얼음장처럼 얼어붙었다. 그 연구소장이 이기석이라는 것쯤은 막내 이준 형사도 알았다.

"왜들 그러시나요? 제가 무슨 잘못이라도?"

"아, 아닙니다! 이야기 계속하시지요."

"그 부소장이라는 사람이 문제가 생겼다고 하더라고요. 프로젝트 완성 단계에 있던 디지캣1? 그들이 그런 표현을 쓰더라고요. 그 디지캣1이 아직 완성 판명이 안 돼서 조금 더 기다려야 한다고 하더라고요. 그 말에 할머니가 갑자기 발작을 하기 시작했습니다. 자기는 지금 죽어가고 있다고요. 언제 할 거냐고. 자기가 죽은 다음에 할 거냐고. 할머니는 막무가내였습니다. 그런 모습은 처음 봤습니다. 제가 신경 안정제를 주어서 정신이 몽롱한 상태여서 제가 옆에 있는지도 몰랐던 것 같아요."

"그랬더니? 그쪽에서 무슨 반응을 보이던가요?"

"그랬더니, 그쪽에서 수술을 위해서 이틀 후에 연구소로 오라고 한 것 같았습니다. 그래서, 갑자기 미국에 가는 걸로 이야기된 것 같습니다. 다른 사람들한테는 그 전부터 미국에 갈 준비를 다 해 놓았다고 하고서요."

"그럼 왜 지금까지 그것을 이야기하지 않고 지금 이야기하는 겁니까?"

"그때는 할머니 이야기를 믿지 않았어요! 그리고, 저는 할머니가 진짜로 사망한 것으로 알았습니다. 환자 이송용 침대에 실려 나오는 할머니의 모습을 확인도 했으니까요. 저는 할머니가 치매뿐만 아니라 과대망상 증세까지 보인다고 생각했습니다! 형사님은 할머니 이야기를 믿을 수 있겠습니까?"

최 원장은 한숨을 내쉬었다. 그리고, 말을 이어갔다.

"그런데, 지금 와서 생각하니 할머니가 이야기한 것은 모두 사실인 것이었던 거지요."

사건은 완전히 전혀 다른 방향으로 전환되고 말았다. 최세창이 말한 그 연구소는 바로 이기석 박사가 설립한 뇌 과학 연구소였고, 그가 할머니 죽음과 깊게 관련이 되어 있는 것 같았다. 물론, 길건 역시 그 사건과 무관하지 않아 보였다. 지금까지 강력1팀은 완전히 수사 방향을 완전히 180도 전환해야 할 시점이었다.

"그렇다면, 최세창 원장 역시 용의선상에서 제외해야 한다는 말인가요? 그럼, 대체 누가 할머니를 살해한 것이지요?"

"그런 거지. 우리를 끊임없이 괴롭히는 그 놈의 뇌 과학 연구소가 가장 유력한 용의자가 되는 거고."

"기죽을 필요 전혀 없어! 우리 예상대로 가고 있는 거야! 우리가 할머니 살인 사건 해결하고 이기석 사건 다시 시작하자고 했잖아? 할머니 사건 해결하고 이기석 수사하는 게 아니라, 동시에 하는 거지. 대장님하고 청장님께 보고해서 이기석 사건, 본격적으로 파헤치는 거야! 오히려 잘된 거지, 안 그래?"

"맞아요! 우린 지금까지 이기석 주변 수사를 한 것이지요. 이제 모든 의문점은 이기석에게 향하고 있어요. 안 그래요, 팀장님? 이제 팀장님 사건이 되는 겁니다!"

김하은이 능숙한 솜씨로 길건을 부드럽게 끌어당겨 안

았다. 그리고, 아주 숙달된 솜씨로 엉덩이를 받쳐 들고 천천히 들어 올렸다.

"꾸륵! 끄릉!"

길건은 김하은의 숙달된 스킨십에 만족하면서 김 팀장과 김하은의 이야기에 동의했다.

"그럼, 이제부터 수사 방향을 완전히 틀어야 하겠네. 자, 이제 무엇부터 시작할까요?"

차석 박창대가 김 팀장을 보고 물었다.

"으음."

"할머니의 지난 행적을 점검해 봐야지요. 연구소와 접촉한 흔적이 어디선가 남아 있을 겁니다. 핸드폰은 물론, 대포폰이 있는지도 확인해 보고, 카드 영수증, 기부금, 자동차 내비 등 뭐든 더 찾아봐야지요."

"일단, 할머니 집을 다시 점검하고 혹시 연구소와 연결된 단서가 있는지 알아보자고. 그리고, 아들 부부를 비롯해서 이웃들 그리고, 길고양이들 탐문 조사해 보도록 하고. 연구소 관련은 문특 경위랑 김하은 경위가 맡아 주고, 아들 부부와 이웃들은 박 형사와 막내가 좀 맡아 주지. 그리고, 제일 중요한 길고양이들은 우리 길건 팀장님께서 맡아 주시겠어요?"

"야옹! 야옹!"

"예상보다 빠르게 파악했군요. 최세창이라는 자를 살려 두는 것이 아닌데 그랬어요."

이기석과 부소장은 디지캣1호에서 송신되어 오는 영상과 오디오를 보고 있었다.

"디지캣1이 이제 명령을 거부도 다하네요. 길건의 무의식이 저렇게 살아남아 있을 줄은 몰랐습니다. 부소장님. 앞으로는 무의식까지 완전히 제거해야겠어요. 그래야 원격 조정이 완벽해질 것 같습니다."

"길건이라는 사람은 생각보다 훨씬 자기 의지가 강한 사람인 것 같습니다. 사전 스크린도 미흡했습니다. 죄송합니다. 소장님!"

"그게 왜 부소장님 탓입니까? 우리 모두가 예상치 못한 것이고, 대비도 미흡했던 것이지요. 앞으로 보완하면 됩니다."

"할머니와 관련된 모든 것은 다 폐기했습니다. 저희가 심어 놓은 경비원이 할머니 집을 모두 깨끗하게 치웠습니다."

"그것보다도 문제는 고양이 뇌에 심어 둔 배터리가 예상보다 빨리 방전되는 것도 문제군요. 디지캣1 뇌 자체에서 발전하는 전기로는 역시 한계가 있네요."

"최근 디지캣1이 고도의 정신 작용을 워낙 많이 하느라 예상보다 에너지를 너무 많이 쓴 것 같습니다. 이제 통신이 자주 끊기는 현상이 발생하기 시작했고요. 저희가 명령을 내리는 중에도 끊김 현상이 자주 발생했습니다. 그래서, 가끔씩 저희 명령에서 벗어나 디지캣1이 아닌, 길건 팀장으로서 판단했던 것 같습니다."

"방법을 찾아봅시다. 디지캣1이 경찰과 함께 우리 연구소를 찾아오는 일은 없어야겠지요. 만일 그렇게 된다면 최후의 수단을 쓰는 수밖에 없습니다. 그리고, 혹시 모르는 일이니 할머니 집을 다시 한번 점검해 보도록 하시지요. 우리가 놓친 것이 있을 수 있으니까요."

"네, 알겠습니다. 다시 경비를 투입하도록 하겠습니다."

2023년 4월

거의 치사랑에 가까운 술을 마신 길건은 직원들의 배웅을 받으며 택시에 올랐다. 길건은 그들에게 다음 날 오후에 출근하라고 호방하게 지시를 내렸다. 다음 날 오후 암봇과의 첫 실무 상견례가 잡혀 있어 출근은 해야 했다. 직원들의 환호를 뒤로 하고 길건은 잠시 침침한 눈을 감았다.

길건은 잠시 후 감았던 눈을 간신히 떴다. 얼마의 시간이 흘렀는지는 가늠할 수 없었다. 그리고, 내부에 미세한 변화가 감지되었다. 자신이 탔던 택시와 내부에 변화가 있었고, 운전기사도 모습의 미세한 변화가 있었다. 그리고, 주변은 가로등 하나 없이 칠흑같이 어두웠고, 무엇보다도 그를 태운 차는 전혀 알 수 없는 곳을 향해 달리고 있었다. 뭐라고 말을 하려고 했지만 목소리가 나오지 않았다. 그의 머리는 빙빙 도는 것 같았고 속은 금방이라도 토할 것같이 메스꺼웠다. 그리고 눈꺼풀은 억만금만큼 무거워 다시 감겼다.

낮은 웅성거림에 그가 다시 눈을 떴을 때 마스크를 끼

고 하얀 가운을 입은 사람들이 그를 내려다보고 있었다. 그들 머리 위에는 커다란 조명이 켜져 있었다. 소리를 지르려 했지만 그의 입에서는 아무런 말도 나오지 않았다. 무슨 냄새가 났다. 병원 수술실에서 나는 그 독특한 냄새.

"냐옹!"

그가 몸을 일으키려 했지만 전혀 움직일 수 없었다. 길건이 누워 있던 침대 옆에서 고양이 울음소리가 들렸다. 한 사람이 그의 입에 무언가를 씌우고 무엇이라고 말을 하는 것 같았지만, 무슨 소리인지 알 수는 없었다. 고양이 소리도 잠잠해졌고, 길건은 다시 깊은 잠에 빠졌다.

2023년 7월

하은의 아파트는 강남에서도 요지로 알려진 곳에 있었다. 부모 덕에 그녀는 한강이 내려다 보이는 최고가의 아파트에서 살 수 있었다. 그러나 그녀는 전혀 티를 내지 않았다. 그녀의 방에서 내려 본 한강의 야경은 언제나 장관이었다. 새벽녘까지 길게 이어지는 자동차 불빛은 다른 곳에서는 볼 수 없는 장면이었다. 한강의 야경을 보고 있자면 시간 가는 줄을 몰랐다.

그녀의 업무용 수첩은 펼쳐져 있었고, 노트북은 켜진 채였다. 그녀가 조금 전까지 사용했던 것 같았다. 길건은 그의 집사가 늦은 시간까지 열중하고 있던 것이 무엇이었는지 궁금해졌다. 그는 그녀의 업무용 수첩을 한 장 한 장 넘겨 보았다. 그리고, 그녀가 아래 한글로 작성한 수사 기록도 처음부터 살펴보기 시작했다.

길건은 점점 그녀의 업무 수첩과 노트북에 빠져들기 시작했다. 회의실에서 최세창 원장이 언급한 뇌 과학 연구소 이야기와 이기석이라는 사람에 대해 이야기가 특히 눈에 띄었다. 그 역시 몇 해 전 세상을 떠들썩하게 했던 뇌 과학자 이야기를 들어 본 적이 있었다. 그 사람이 최세창 원장이 이야기했던 이기석 바로 그 사람이었다. 이제야 띄엄띄엄 산재되었던 것들이 서로 연결되는 것 같았다. 강력1팀과 이세기, 이기석 박사의 악연 역시 그에게는 놀라운 사실이었지만, 무엇보다도 길건 자신에 대한 언급에 너무나 놀랐다.

강력1팀 형사들은 이기석이란 자가 길건의 뇌 안에 든

모든 기억을 고양이의 뇌에 접목했을 것이라고 강력히 의심하고 있는 것 같았다. 그 자를 찾아내면 길건의 원래 몸을 찾을 수 있을 것이고 그렇게 되면 그가 인간의 모습으로 되돌아 갈 수도 있을 것이라고 봤다. 물론, 링컨 할머니 살인 역시 그들의 소행으로 보고 있었다.

길건은 몸을 가누기조차 힘들었다. 자신을 이렇게 만든 이기석이라는 자에 대한 분노가 치밀었기 때문이었다. 반면에 그가 인간으로 돌아갈 수 있을 것이라는 희망이 생겨 힘이 나는 것 같기도 했다.

그런데, 왜 수사팀은 이러한 사실을 자신에게 이야기해 주지 않았을까? 길건은 이 생각 저 생각을 하다가 혹시, 형사들이 자신이 이기석이라는 자와 내통하고 있다고 생각하는 것은 아닐까? 하는 생각에 이르게 되었다. 갑자기 형사들이 야속하다는 생각까지 하게 되었다. 그렇지만, 길건은 다시 한번 냉정하게 생각했다. 형사들의 입장에서 생각해 보기로 했다.

길건은 이기석이라는 자가 지금 자신과 같은 인간형 고양이를 만들었다면, 이기석 본인을 위해 일하게 만들지 않았을까? 하는 합리적인 의심을 해 보았다. 그렇다면, 형사들이 자신을 이기석의 첩자로 볼 수도 있겠다는 생각에 몸서리가 쳐졌다. 길건은 자신이 가끔씩 정신을 잃고 기억도 못 하는 것이 이기석에 의해서 조정되었던 것은 아닐까? 하는 생각에 자신도 모르게 소리를 질렀다.

"하칵!"

"짜장아! 아니, 길 팀장님! 왜 그러세요…?"

김하은이 잠결에 길건을 향해 손을 뻗었다. 길건이 숨죽이고 아무런 행동을 취하지 않자, 하은이 다시 잠을 자기 시작했다.

'그렇다면, 내가 이기석이라는 자의 스파이 노릇을 했을 수도 있다는 이야기? 어떻게?'

길건은 지금까지 자신의 행동이 이기석의 뜻에 의해 이루어졌을 수도 있다는 생각에까지 이르게 되자, 다리에 힘이 풀려 책상 위에 털썩 주저앉고 말았다. 최근에 일어난 일들을 반추하면서 그들이 자신을 조정하고 있었다는 확신이 들었다. 다행히 최근 들어 자신에 대한 그들의 원격 조정의 힘에 맞서는 다른 자아가 존재한다는 느낌이 들었다.

'무슨 방법이 없을까? 그들의 손아귀에서 벗어나야만

하는데…. 이번 기회를 놓치면 다시는 오지 않을 거야!'

길건은 자신을 향해 오는 기회를 직감할 수 있었다. 암봇 광고 대행을 따낼 때도 비슷한 느낌이었다. 몸이 붕 뜨고 호흡이 가빠지기 시작했다. 할머니 살인 사건의 진상을 밝히고, 자신의 몸을 찾아 인간으로 되돌아 갈 수 있을 것 같았다.

길건은 눈을 감았다. 지금까지 김하은의 수첩과 노트북에 적힌 내용이 눈과 귀를 거쳐 이기석에게 전해졌을지도 모른다는 생각에 식은땀이 났다. 다만, 모두 잠들어 있을 새벽이라는 점에서 아무도 보지 않았기만을 기도했다. 그는 그의 장기를 살리기로 했다. 이기석을 속이고 그들 모두 소탕할 수 있는 계획이 필요했다. 광고 기획을 하듯이 이번 작전을 짜기로 했다.

길건은 눈을 감았다. 눈을 감은 상태에서 지금까지의 과정을 하나씩 정리해 보았다. 그리고, 사건 이면을 하나씩 벗기어 인과관계를 따져 보기 시작했다. 하나의 사건이 발생한 것에 대해 실체가 보일 때까지 '누가?', '왜?', '어떻게?'라는 질문을 이어갔다. 하나의 사건이 원인과 유력 용의자 그리고, 도구 및 방법이 정리될 때까지 질문을 이어갔다.

결국, 계속된 질문으로 드디어 사건의 인과관계가 보이기 시작했다. 인과관계가 보이니 '누가', '왜', '어떻게'가 보이기 시작했다. 그리고, 이번 작전의 '키 인사이트(Key Insight)'가 떠올랐다.

길건은 키 인사이트를 따라 작전을 구상하기 시작했다. 그는 눈을 감은 상태로 김하은의 노트북 자판을 쳐보았다. 눈을 감고 자판을 치는 것은 무리에 가까웠다. 그는 오탈자와 상관없이 치고 또 쳤다. 눈을 감은 상태에서 작전 계획을 작성하기 시작했다. 작전명, 목표, 문제와 기회, 타겟, 콘셉트, 실행 계획, 역할, 일정 등을 차례로 기술해 나가기 시작했다.

드디어 작전 계획이 완성되었다. 그는 작전 계획이 이기석에게 노출될 것을 우려하여 눈을 뜨지 않았다. 오탈자를 확인하지도 않았다. 그리고, 계획에 이어 김하은에게 전하는 메시지까지 작성했다. 저장을 하고 노트북을 닫았다. 엄청난 에너지를 사용한 길건은 땀이 비 오듯이 쏟아졌다. 남아 있던 한 조각 에너지마저 그의 몸에서 빠져나가자 그 자리에서 쓰러지고 말았다.

"탈진한 것 같네요. 어디 특별히 아픈 곳은 없는 것 같습니다. 그런데, 여기 머리 부분에 뭔가가 있는 것 같은데요. 여기 보이시지요."

책상에 쓰러진 길건을 보고 놀라, 아침 일찍 달려온 김하은에게 최 원장이 길건의 엑스레이를 보여주었다. 하은도 최 원장이 가리키는 곳을 유심히 보았다. USB 같기도 한 칩이 머리에 박혀 있었다.

"이게 뭔가요? 원장님?'

"글쎄요. 누가 짜장이에게 전자칩 같은 것을 심어 놓은 것 같습니다. 머리가 꽤나 아프지 않았을까요?"

"아! 그런 거였군요. 이제야 알겠네요. 왜, 길건 팀장이 자주 정신을 잃었는지. 저는 잠을 자는 것으로만 알았는데…. 정말 제가 무심했네요. 얼마나 힘들었을까요?"

"길건 팀장이라니 누구를 말씀하시는 것인지요?

"아! 아닙니다. 원장님. 조만간 모든 것을 다 이야기해 드릴 날이 올 겁니다."

"아, 네. 그럼, 이것은 제거해야 하지 않을까요?"

"아닙니다. 원장님. 좀 있다가 제거하는 것으로 하지요. 일단 길건, 아니 짜장이 기력을 회복하고 깨어난 후에 결정하시지요. 저희도 의논할 일이 있어서요."

"무슨 말씀이신지?"

"원장님! 정말 죄송한데요, 곧 모든 사실을 아시는 날이 올 것입니다. 그 때까지만 조금 참아 주시기 바랍니다."

"아, 네."

2023년 8월 1일

"디지캣1호는 아직인가요?"

"네, 그렇습니다. 며칠 전부터 무슨 이유에서인지 송수신에 장애가 생기더니 이제는 아예 송수신이 안 되고 있습니다. 에너지가 방전돼서 지금은 자체 충전 중인 것 같습니다. 자체 충전이 완료되면 송수신이 재개될 것으로 판단됩니다."

"재충전을 완료되면 이제 연구소로 복귀하도록 명령하세요. 길 찾기 회로를 작동하면 복귀 방법이 나올 겁니다. 시간은 좀 걸리겠지만요. 아무래도 리뉴얼을 하고, 다음 프로젝트에 필요한 데이터를 회수해야 할 것 같습니다."

"재충전이 완료되면 우선, 현재 할머니 살인 사건 진행 사항을 먼저 파악하고 회수하는 방향으로 하도록 하겠습니다."

"그럼, 그렇게 하시지요. 나도 지금 어떻게 돌아가고 있는지 궁금하군요. 디지캣1에게 명령한 대로, 최세창 원장이 가장 강력한 용의자로 부각되는 것까지 수신되었지요?"

"네, 그렇습니다. 그 이후로 수신 상태가 너무 안 좋아서 정확하게 어찌 돌아가고 있는지 판단이 안 되고 있습니다. 에너지가 충전되면 수신 상태가 좀 좋아질 것으로 보여집니다."

"디지캣1이 경찰에게 원장이 범인이라는 확실한 정보를 제공하게 해서 사건이 종료될 수 있도록 합시다. 아파트 관리 사무소에 심어 놓은 우리 사람에게 연락하시지요. 병원장에게 치명적인 증거를 경찰이 입수할 수 있도록 조치하라고."

"이미 조치해 두었습니다. 소장님!"

2023년 8월 2일

"현장 비주얼이 들어오고 있습니다. 소장님!"

부소장이 소장실로 급히 들어와 모니터를 켰다. 모니터에는 회의실에 모인 형사들의 모습이 잡히고 GPS 자료에는 마포구 강력범죄수사대라는 자막이 떴다. 고양이의 감각 기관인 눈과 귀를 통해 현장 정보가 속속 들어오고 있었다. 코를 통한 냄새 정보 개발은 계획 대비 늦어지고 있었다. 올해 안에 현장 냄새 정보도 조만간 받아 볼 수 있을 것이라고 이기석은 생각했다.

'할머니는 최세창 원장이 공원에서 전달한 약품을 먹고 집에 돌아가는 길에, 자주 쇼크가 와서 중간중간 쉬었다 가기도 했다고 합니다. 그리고, 한번은 쇼크가 왔는지 쓰러지시기까지 했다고 합니다. 동선을 파악해서 CCTV를 찾아보시지요.'

디지캣1호가 현장에서 자판으로 회의를 진행하는 내용이 자동적으로 음성 전환되어 이기석의 모니터로 전달되었다.

"그렇다면, 할머니 집에 원장이 할머니에게 전달한 약

품 일부가 남아 있을 수도 있잖아? 가서 다시 수색해 봐!”

“부소장님! 이 참에 최 원장 확실하게 구속될 수 있도록 해 줍시다! 할머니 살해범으로 완전히 굳혀 주자고요. 형사들이 들이닥치기 전에 원장 관련 증거 만들어서 할머니 집에 가져다 놓읍시다. 형사들이 반드시 찾고 말 겁니다.”

“이미 지시해 놓았습니다. 소장님! 오늘 밤에 할머니 집에 들어갈 예정입니다.”

“역시! 하하하!”

“지금 길건 팀장 송수신기로 역추적해서 이기석 연구소로 추정되는 지역 위치 파악 완료했습니다.”

막내가 길건 뒤로 김 팀장을 불러내고 귀에다 대고 속삭였다. 경기도 양평 일대였다. 군용을 제외하면 GPS는 10미터정도의 오차가 존재했다. 김 팀장은 회의 중 박창대와 막내를 주소로 급파했다. 일단 강력범죄수사대장과 서울경찰청에는 알리지 않고 탐색만 하고 돌아오게 했다. 당장 덮치기에는 파악할 것이 너무 많았다. 김 팀장은 남아서 김하은과 문특과 회의를 이어갔다.

내비게이션이 데려다준 장소에 도착한 박창대와 막내는 혼란스러웠다. 아무리 오차가 있다고 해도 도저히 연구소 같은 것이 있을 곳이 전혀 아니었다. 전원주택만 몇 채 덩그러니 있었다. 사람이라고는 없을 것 같은 폐기물 하치장만 있을 뿐이었다. 막내가 전화기 통화 버튼을 누르려 하자 박창대가 그를 막아섰다.

"카톡으로 먼저 통화 가능한지 파악하고 통화해라. 길건 팀장이 옆에 있으면, 정보가 새어 나갈 수 있으니까."

막내가 카톡으로 지금 상황을 김 팀장에게 보고했다. 잠시 후, 숫자가 지워지더니 김 팀장으로부터 전화가 왔다. 막내가 현재 상황을 보고했다. 막내는 팀장 지시대로 사진과 동영상 촬영을 마치고 차에 올랐다.

"뭐래?"

"그럴 줄 알았다고 그러시네요. 어쩐지 저도 쉽게 풀리나 했어요. 그러면, 재미없지요, 안 그래요?"

"그래, 그건 그렇지. 또 뭐래, 팀장님이?"

"할머니 집에 가서 잠복 근무하라고 하시네요."

"지금?"

"네, 지금요."

"야! 또 햄버거? 넌 지겹지도 않냐?"

저녁 무렵 마포 할머니 아파트에 도착한 박창대와 막내는 차 안에서 햄버거로 저녁을 때우고 있었다.

"그럼, 뭐 어떻게 하겠어요. 교대로 나가서 저녁 먹고 올까요?"

"아이, 알았어. 에어컨도 못 트는데 창문이라도 좀 열어 둘 수 없을까? 곧 입추인데 아직도 더위가 기승이니 원."

"그럼, 한마디도 안 하실 거지요? 먹는 소리까지? 여름 저녁, 말이 얼마나 멀리 퍼지는지 아시지요? 그리고, 아직 말복도 안 지났어요."

"그런가? 말복이 언제인데? 다음 주인가? 하이고, 이거 무슨 한여름 밤 찜질이냐?"

"잠깐만요! 아파트 경비 바뀌었나? 저 사람 못 보던 사람 아니에요?"

"교대로 근무하니까. 아니면 최근에 바뀌었나?"

경비 복장을 한 낯선 40대 중후반으로 보이는 남자가 주변을 둘러보고 할머니 아파트 동 현관으로 들어갔다. 뭔가 자연스럽지 못한 동작은 언제나 형사의 눈에 띄게 마련이었다.

"아파트 경비 일 하기에는 이번에도 좀 젊은 거 아니야?"

"네, 그렇네요."

"게다가, 눈치를 살피면서 엘리베이터도 타지 않고 걸어서 올라가네?"

경비가 계단을 올라갈 때마다 한 층씩 불이 켜지고 꺼졌다. 더군다나 할머니가 살던 층에서 경비의 발걸음이 멈추어 섰다. 박창대와 막내가 햄버거를 씹는 것을 멈추고, 눈을 크게 뜨고 서로를 쳐다보았다.

"이건 뭐지? 팀장님의 뜻이 이거였어?"

"나가시지요!"

막내가 먼저 한 입 베어 먹은 햄버거를 내려 놓고 문을 박차고 뛰어나갔다. 박창대 역시 채 먹어 보지도 못한 햄버거를 내려 놓고 문을 박차고 나갔다. 누가 이야기하지도 않았지만, 박창대는 엘리베이터를 탔고, 막내는 계단으로 뛰어올라갔다. 먼저 도착한 박창대가 38구경 권총을 꺼내 들고 막내가 올라오기를 기다렸다. 기다리는 동안 탄창을 확인했다. 규정대로 공포탄 한 발과 실탄 세 발이 장전되어 있었다.

"헉! 헉!"

가쁜 숨을 쉬며 도착한 막내도 38구경을 꺼내 들었다. 박창대가 손잡이를 잡고 살짝 돌려보았다. 예상대로 문은 잠겨 있지 않았다. 두 사람은 숨을 죽이고 어둠에 익숙해지기 기다렸다. 뛰어와서 그런 것인지 몰라도 가슴이 방망이질하듯이 두근거렸고 이마에는 땀이 비 오듯이 내렸다. 안방에서 뭔가 소리가 났다. 조심조심 안방까지 가는데 성공한 두 사람은 하나, 둘, 셋을 세고 안방 문을 제치고 불을 켰다.

"꼼짝 마! 경찰이다!"

"헉!"

예상대로 조금 전에 보았던 그 젊은 경비였다. 그가 깜짝 놀란 모습으로 다음 행동을 결정하기 위해 0.5초 정도 멈칫하는 것 같았다. 생각을 정리한 경비는 들고 있던 플래시를 박창대에게 던지고 플래시를 피하는 두 형사 사이로 생긴 공간으로 몸을 날려 도주하기 시작했다.

"거기 서! 잡아!"

박창대는 그 와중에 웃음이 나왔다. 이런 상황에서 누가 거기 서라고 한다고 설 것이며, 잡으라고 소리를 지르지 않으면 안 잡을 형사가 어디 있겠나. 그리고, 잡으라고 소리치면, 잡힐까 하는 의문이 들기도 했다. 그와 동시에 박창대는 들고 있던 권총 방아쇠에 걸친 검지에 힘을 주었다. 굳이 정조준할 필요는 없었다.

'탕!'

총소리가 울리는 동시에 경비가 깜짝 놀라 잠시 멈칫했다. 그 사이 막내가 몸을 날려 그의 다리를 잡았다. 그가 계단 앞에서 넘어지자 막내가 엎어진 그를 올라타고 손을 뒤로 꺾어 수갑을 채웠다. 정확도가 엄청 낮은 38구경에서 발사된 공포탄이었지만, 커다란 총소리만으로도 충분히 효력을 발휘했다.

2023년 7월 31일

"다들 어떻게 생각해?"

김하은이 길건 대표가 작성한 작전 계획과 자신에게 쓴 글을 읽은 것은 그녀가 길건을 최세창의 병원에 입원시키고 사무실로 돌아온 후였다. 처음에는 자신이 작성해 놓고 잠이 든 것인 줄 알았지만, 자신에게 쓴 길건의 글을 읽고 길건이 작성한 것임을 알게 되었다. 길건의 작전 계획을 읽고 나서 김 팀장에게 보고했고, 김 팀장은 1팀 회의를 소집하여 계획을 공유한 것이다.

"정말 광고 회사 최고의 기획 팀장답네요. 저희가 생각하지도 못한 사건 원인과 배경 그리고, 인과관계까지 모두 정리했네요. 그리고, 작전 계획은 저희의 사고 틀을 넘어서는 것들인데요? 대반전입니다!"

"그래, 그렇네! 참, 그건 그렇고, 길건 팀장은 어디에 있어?"

"네, 기력이 회복될 때까지 좀 쉬어야 할 것 같아서 동물병원에 맡겨 놓고 왔어요. 그리고, 길 팀장 말처럼, 당분간 중요 회의에는 참석시키지 않으려고요. 정보가 새어 나갈 수 있을 것 같아 서요. 기력이 회복된 후, 본격적인 작전이 시작될 때 함께 하는 것이 좋겠습니다."

"그래, 그게 좋겠군. 그럼, 우리 무엇부터 해야 하지?"

"작전 계획대로 미끼를 던져야지요. 이기석이 덥석 물 미끼요. 그의 연구소가 어디에 있는지 알아낼 수 있게요. 그리고, 할머니 살인 용의자로 체포해야지요. 그리고 나서…"

"오케이! 일단 거기까지. 일단 미끼부터 끼우자고!"

"박 형사와 막내는 짜장, 아니 길건 팀장 머리에 있는 송수신기를 추적해 보고, 할머니 집으로 이기석 일당을 유인해 줘! 그들은 할머니 집에 한 번은 반드시 나타날 거야!"

"네!"

"참, 박 형사! 서울경찰청 정보통신운영계에 도움을 청해서 지원을 받아 보는 것이 어떨까?"

"네, 그러지요. 그런데, 팀장님! 최세창 원장은 어떻게 하지요?"

"어떻게 하긴 뭘 어떻게 해?"

"길 팀장이 말한 것처럼 최 원장이 고양이에 대해 전문

지식이 있고, 고양이를 정말 사랑하는 사람이잖아요? 우리에게 필요한 사람이긴 사람인데….”

“민간인이면 어때? ‘백묘흑묘론’도 몰라? 쥐를 잡기 위해서는 특단의 조치가 필요할 때도 있는 거 아닐까? 길건 팀장 제안처럼 우리와 함께 이기석 일당을 잡아 넣는 거지!”

“백묘흑묘론? 뭔가 좀 이상한데요? 흑묘백묘 아닌가요?”

“야! 인마!”

“아니, 고양이도 합류하는 판에 왜 민간인은 안 돼?”

김충길은 웃음을 참으면서 동요하지 않고 자신의 이야기를 이어갔다.

“회의는 어떤 식으로 하시려고요?”

“일단, 길 팀장 계획대로 해 보자고. 최 원장을 유력한 용의자로 신문하면서 역정보를 흘려 보자고. 최 원장에 대한 결정적인 증거가 없어 수사팀이 고민하고 있는 것처럼 역으로 정보를 흘리면, 그들이 최 원장에게 불리한 결정적인 가짜 증거를 우리에게 제공하게 될 거야. 그렇게 되면 우리는 이기석의 관련성과 관련된 증거를 확보할 수 있겠지. 그리고, 그의 위치도 파악할 수 있을 거야!"

"좋습니다! 멋집니다! 길 팀장 계획대로 한번 해보지요!"

2023년 8월 4일

"다시 한번 묻겠습니다! 할머니 댁에는 왜 들어간 겁니까?"

"아니, 몇 번이나 말씀드려야 합니까? 지난 장마 때, 하도 비가 많이 내려서 물이 새는 데는 없는지 알아보려고 갔다고 하지 않았습니까? 아랫집 민원이 하도 심해서 가 봤다고요. 아랫집에서 베란다에 물이 샌다고 얼마나 난리였는데요."

잠시 나갔던 막내가 들어오면서 핸드폰을 경비에게 내밀었다.

"아랫집에서는 그런 적이 없다고 하던데요? 사진은 그 집 베란다를 찍은 겁니다."

경비는 사진을 외면하면서 아무 말도 하지 않았다.

"그리고, 우릴 보고 왜 도망친 겁니까?"

"아니, 깜짝 놀라서 그랬지요. 할머니를 살해한 사람들이 왔다고 생각했어요. 그래서, 무서워서 일단 도망치려고 한 겁니다!"

"그러니까 왜 밤에 그 집에 갑니까? 무섭다면서…. 아무도 모르게 집에 들어가려고 한 것 아닙니까!"

"그건…."

"그리고, 이게 뭔지 아시지요? 사람이 이 약을 먹으면 어떻게 되는지 모르지 않으실 텐데요."

"아니요. 모릅니다. 그리고, 그게 왜 저에게 있었는지도 잘 모르겠습니다."

"여기 지문들 보이시나요? 왜 최세창 원장 지문이 잔뜩 묻어 있는 약들이 선생 주머니에서 나왔는지 설명 좀 해 보시지요."

"변호사 불러 주세요! 저는 변호사가 올 때까지 아무 말도 하지 않겠습니다."

"정말 죄송한 말씀입니다만, 경비 월급이 그렇게 많은 것 같지 않은데…. 변호사는 국내 최고 로펌 변호사를 선임하셨네요?"

"…."

"좋습니다! 변호사 오면 다시 시작하시지요. 최세창 원장을 범인으로 몰려고 이 증거를 몰래 할머니 집에다 갖다 놓으려고 한 것 아닙니까! 아무리 국내 최고 변호사라고 하더라도 무죄를 받아 내기 어려울 겁니다. 할머니 살인죄, 혼자 다 뒤집어쓰실 생각인가요?"

"…."

"게다가 최세창 원장에게 죄를 뒤집어씌우려고 한 죄까지 모두 혼자 뒤집어쓸 겁니다. 그 변호사들이 선생님을 무죄로 만들어 드릴 것 같습니까? 그들은 단지 선생님에게 증거 인멸을 교사한 자들에게 불똥이 튀지 않게 하는 데 주력할 겁니다. 두고 보세요!"

"…."

"이 사건은 선생님이 생각하는 그런 사건이 아닙니다. 엄청난 음모가 도사리고 있어요. 나중에라도 잘 생각하시고 현명한 판단을 하시기 바랍니다. 그럼, 변호사 올 때까지 쉬고 계시지요."

"…."

"쾅!"

박창대와 막내가 문을 세게 닫고 나갔다. 40대 후반 근육질의 경비는 아무 말도 하지 않고 변호사를 간절히 기다리는 모습이었지만, 갈등을 하는 모습을 숨기지는 못했다. 변호사를 기다리는 와중에도 초초한 모습으로 연신 물만 들이켰다.

아무리 중요한 클라이언트라 하더라도, 아무리 수임료가 많더라도 그렇게 쉽게, 변호사가 늦은 밤에 짠하고 나타나지는 않는다. 영화나 드라마에서나 그렇다. 금요일 늦은 밤 특히, 여름 휴가철에 형사 관련 최고의 변호사를 찾아, 바로 접견하는 것은 불가능에 가까웠다. 국선 변호사도 그러기 쉬운 것이 아니었다. 변호사를 기다리는 시간에 비례해 초초함만 더욱 가중될 것이다.

"여기 뭐 하는 곳인지 아시지요?"

다시 조사가 재개되었다. 박창대가 서울경찰청 정보통신운영계의 도움으로 다녀온, 이기석의 연구소로 추정되는 곳의 사진이었다.

"…."

그는 대답은 하지 않았지만, 눈동자가 흔들리는 걸 숨

길 수는 없었다.

“대답하기 싫으시면, 안 하셔도 됩니다. 그렇지만, 곧 이기석 소장을 비롯한 연구소 직원들은 모두 체포될 겁니다. 그 동안 이곳에서 저질러진 온갖 불법 범죄는 낱낱이 밝혀질 겁니다. 그래서 모두 죗값을 치르게 될 거고요. 설마 그 시설이 인류 발전에 기여하는 과학 시설이라고 믿는 것은 아니겠지요? 그렇다면 우리가 이렇게 수사하고 나서겠습니까?”

“….”

“물론, 인류 과학 발전에 일부 기여한 것도 아주 없다고 할 수는 없겠지만, 이기석 박사와 그 일당은 엄청난 불법을 저질렀습니다. 납치, 살인 및 살인 교사, 불법 시술 등등. 죄목만 수십 가지입니다. 아시겠어요?”

“….”

“선생께서 입을 다물고 계시게 되면, 그들이 저지른 많은 범죄를 선생 혼자 뒤집어쓰게 될 것입니다. 그뿐만 아니라, 일망타진한 후에는 선생에 대한 선처도 없게 될 겁니다. 일망타진하기 전에 저희에게 협조를 해 주신다면, 저희는 법의 한계 내에서 최선을 다해 선처해 드릴 수 있을 겁니다."

"…."

"아, 참! 관리사무소 소장도 지금 이곳에서 조사받고 있습니다. 그분도 의심스러운 부분이 많아서. 아시지요? 그분이 어떤 분이신지? 그분이 먼저 협조하신다면 선생께서 나중에 협조하신다 하더라도 저희는 선처를 베풀 수 없게 됩니다. 이해하시지요?"

"…."

박창대는 그렇게 말하고 생수 하나를 내려놓고 다시 문을 닫고 나갔다. 그리고, 조사실 옆방에 마련된 관찰실에서 유리를 통해 그를 지켜보았다.

그가 갈등하는 모습이 유리창을 통해 세세히 전해졌다. 그는 갈등을 지속하다가 화가 치밀었는지 박창대가 놓고 나온 생수를 바닥에 내동댕이쳤다. 그래도, 분이 풀리지 않자, 책상을 내리치고 의자를 발로 차기까지 했다. 그의 변호를 맡을 변호사는 아직 도착도 하지 않은 상태였다. 창도 없는 밀폐된 사무실에서 들리는 소리란 자신의 숨소리와 전등에서 나는 소리밖에 없었다. 박창대는 역할을 바꾸어 이번에는 굿캅으로 나서기로 했다.

"선생님! 왜, 이러세요? 괜찮으세요? 막내야! 응급 세트 좀 가지고 와!"

박창대는 과장되게 호들갑을 떨었다. 막내가 들어와 경비의 손을 살펴봤다. 막내는 박창대보다 한 술 더 떴다.

"다행히 큰 부상은 없는 것 같네요. 왜, 어디 안 좋으신 데라도 있으신가요? 의사라도 불러 드릴까요?"

"흑! 흑!"

경비의 감정이 복받쳐 올랐다. 박창대의 굿캅 역할이 먹힌 것 같았다.

"최세창 씨! 당신을 이혜선 씨 살인사건 피의자로 긴급 체포합니다! 당신은 묵비권을 행사할 수 있으며…."

김하은와 문특이 제복 경찰 몇 명과 함께 최세창의 동물병원으로 진입하여 최세창을 체포했다. 최세창과 20여 년 함께 해온 동물 보호사는 눈을 동그랗게 뜨고 놀란 입을 다물지 못했다. 다행히 내방객은 아무도 없었다. 길건은 김 팀장의 품에 안겨 이 광경을 고스란히 보고 있었다. 김 팀장은 주변 시선은 아랑곳하지 않고 길건을 안고 범인 체포 작전을 지휘했다. 동물병원 밖 도로에는 수사대

밴과 지원 나온 제복 경찰들의 차량으로 혼란스러웠다. 지나던 행인들은 가던 길을 멈추고 호기심 어린 눈으로 모든 광경을 지켜보았다.

길건이 기력을 회복하고 동물병원에서 퇴원한 후에, 오랜만에 만난 건우를 비롯한 마포 길고양이들도 오랜만에 모여 이 장면을 하나, 하나 자세히 지켜보았다. 길건은 건우를 비롯한 마포 친구들에게 반갑게 인사하는 것을 잊지 않았다.

"야옹~ 야옹~"

건우를 비롯한 길고양이들도 오랜만에 만나는 길건을 향해 인사를 했다.

"야옹~ 야옹~"

모자를 눌러 쓰고 고개를 숙인 최세창이 김하은과 문특에게 잡혀 형사 밴에 올랐다. 주민들의 웅성거림이 들렸다. 주민들은 형사에 체포되어 나오는 사람이 최세창인지 누구인지 알 수는 없었다.

강력범죄수사대에 도착한 김 팀장은 최세창에게 감사 인사를 전하고 일단 숙직실로 보내 쉬게 했다. 그리고, 김하은, 문특과 함께 박창대와 막내를 지원하기 위해 차량에 올랐다. 박창대와 막내는 김 팀장 일행이 최세창을 체포하러 동물병원으로 출동할 때, 이미 양평 연구소 주소지로 출발한 상태였다. 박창대 일행은 양평 도착 후 경비가 밝힌 출입구를 감시하는 임무를 비밀리 수행하고 있는 중이었다. 비밀 유지를 위해 양평경찰서에도 연락하지 않았다.

8월에 들어서면서 날이 짧아지기 시작했다. 저녁 8시도 안 되었는데 벌써 땅거미가 내려앉았다. 서울을 벗어난 46번 국도는 더욱 어두웠다. 김 팀장은 각 기동대 중대장들에게 기동대 버스 내 전등을 모두 소등해 줄 것을 요청한 상태였다. 양평으로 출발하기 전에 김 팀장은 기동대 중대장들과 중대별 진입 방법, 역할 그리고, 유의사항을 이미 전달한 바 있다.

김 팀장은 양평으로 가는 도중 수시로 박창대와 연락을 취했다. 다행히 이기석의 연구소는 별다른 움직임은 보이지 않았다. 강원도로 이어지는 46번 국도는, 강릉으로 이어지는 고속철과 고속도로로 휴가객이 분산되었음에도 여전히 막바지 휴가를 즐기려 서울을 탈출하는 휴가객들로 꽉 막혔다. 김 팀장은 마음이 급했다. 이기석이 연구소에 있다는 확신이 들었지만, 만에 하나 그가 도망치기라도 하면 큰 낭패가 아닐 수 없었다. 그를 잡지 못하면, 그의 불법적인 연구는 어디서든지 계속될 수 있었기 때문 이번에 반드시 생포해야만 했다. 김 팀장은 여기서 매듭짓고 싶었다.

이기석은 디지털브레인 프로젝트 2차 라운드 돌입을 앞두고 산 아래 46번 도로를 내려다보고 있었다. 주말을 끼고 막바지 여름 휴가를 가는 자동차 행렬이 꼬리에 꼬리를 물고 이어졌다.

이기석은 디지털브레인 프로젝트 첫 라운드에서 만든 디지캣1이 몇 가지 점을 제외하고는 예상 밖의 성과를 거두었다고 자평했다. 그는 첫 라운드의 성과를 바탕으로 하루라도 빨리 다음 라운드에 돌입하고 싶었다. 부소장을 비롯한 연구원들은 그 동안의 문제점을 보완하는 휴지기를 가지기를 원했지만, 이기석은 그럴 여유가 없었다. 이곳도 영원할 수는 없었다. 세인의 눈으로부터 언제까지 안전할 수는 없었다. 곧 경찰의 손길이 미칠 것이라는 불안함을 감출 수 없었다. 그들이 발견하기 전에 다음 프로젝트를 진행해야 했다.

이기석이 부소장을 호출했다. 2차 라운드 준비를 점검하기 위해서였다. 부소장은 조금만 더 기다려 달라고 했다. 숙주 뇌의 다운로드와 업로드 작업이 조금 늦어진다는 보고였다. 어쩔 수 없는 일이었다. 다른 것은 몰라도 실험체와 숙주체의 디지털 작업과 다운로드 및 업로드 작업에서 문제가 생기면 프로젝트 전체에 영향을 줄 수 있었다. 시간이 좀 걸리더라도 심혈을 기울여 준비해야 했다. 그것은 그 동안 수많은 실패를 거치면서 체득한 바였다.

기다리는 동안 그는 부소장을 위해 커피를 준비하기로 했다. 꼼꼼한 여성 취향인 부소장이 유독 좋아하는 에티오피아 예가체프 원두를 커피 머신에 넣었다. 예가체프 에스프레소 향기로움이 방에 가득했다. 이기석은 살면서 에스프레소 투샷을 한 번에 들이키는 사람은 부소장을 빼고는 본 적이 없었다. 커피를 그렇게 좋아하는 그도 에스프레소 투샷은 무리였다. 부소장에게 예가체프 에스프레소를 건넨 이기석은 리모컨을 들어 모니터를 켰다. 디지캣1의 눈과 귀를 통해 들어오는 경찰 동향을 파악하기 위해서였다.

"으응?"

뭔가 이상했다. 모니터는 어떤 영상도 음성도 토해 내지 않았다. 지금 시간이면 강력범죄수사대 사무실이 엄청 바쁜 시간일 것이라고 생각했었다. 링컨 할머니 살인범 최세창을 잡았으니, 지금은 조사하느라 시끌벅적해야 했다. 그리고, 강력1팀 사무실에 벽에 걸린 모니터에서는 연신 그에 관한 뉴스로 넘쳐 나야 했다. 아무것도 정보가 안 들어오고 있다는 것은 디지캣1의 눈이 감겼다는 것이고, 주변에는 아무도 없다는 의미였다. 디지캣1 집사가 그를 데리고 벌써 퇴근했을 리도 없었다.

뭔가 잘못되었다. 이기석은 인터넷 포털 뉴스를 검색했다. 이상했다. 체포 기사도 전혀 검색되지 않았다. 링컨 할머니 기사는 한참 발생 시점의 기사와 더딘 경찰의 수사를 비난하는 기사만이 있을 뿐이었다. 할머니 살해범을 잡았다는 기사는 눈을 씻고 봐도 없었다.

"부소장님! 이것 보세요! 뭔가 이상한데요?"

"네? 뭐가요?"

에스프레소를 한 번에 털어 넣고 입안과 커피잔에 남은 커피 향을 음미하던 부소장이 급히 잔을 내려놓았다.

"디지캣1이 송출해 오는 정보가 전혀 검색되지 않고 있어요. 더구나, 할머니 살해범으로 최세창 원장을 잡았다는 기사가 하나도 없어요!"

"네? 그럴 리가요."

부소장이 급하게 모니터 리모컨을 받아 들고 이것 저것을 만져 보면서 이상 유무를 확인했다. 그리고, 이기석의 노트북에서 '링컨 할머니', '최세창' 등의 키워드를 입력해 보았다. 몇 달 전 기사 이외에 살인범 검거 기사는 없었다.

"이게 어떻게 된 일이지요? 소장님? 이럴 리가 없는데! 분명히 디지캣1이 최세창을 검거하는 장면을 송출해 왔잖아요?"

이기석은 자리에서 꼼짝하지 않고 골몰히 생각에 잠겼다. 할머니 살해범이 검거된 것이 사실이 아니라면, 디지캣1이 보내온 영상 자료의 정체는 분명했다. 페이크, 가짜였다. 경찰이 자신에게 보낸 역정보였다. 그것은 경찰이 자신의 존재를 이미 파악하고 있다는 것을 의미했다.

경찰이 자신에게 오는 동안 시간을 벌기 위해서 역정보를 흘린 것이라고 밖에 볼 수 없었다.

"연구소 CCTV를 켜 보세요!"

"네? 네!"

"여기는 엄마 고양이! 아기 고양이들, 위치 보고하라! 반복한다! 여기는 엄마 고양이! 아기 고양이들, 위치 보고하라!"

김충길 팀장이 아파트 경비로부터 입수한 정보를 토대로 이기석의 연구소 입구로 추정되는 곳에서 서울경찰청 소속 제1기동단 세 개 중대장들의 위치를 확인했다. 서울경찰청 정보통신운영계가 길건의 송수신을 역추적하여 밝혀 낸 주소지와 동일한 주소였다. 다만, 이번에는 박창대와 막내가 파악하지 못했던 연구소 입구 앞에 경찰들이 에워싸고 있었다.

연구소 주소지인 양평으로 출발하기 전, 김충길과 기동단은 충분한 도상 연습을 했음은 물론이었다. 항공대의 도움으로 낮에 드론 촬영이 진행되었다. 강력1팀과 기동 중대장들은 드론 촬영을 바탕으로 연구소 주소지의 지형을 충분히 숙지하고 출발했다. 세 개 중대가 만약의 경우를 대비하여, 이기석의 퇴로까지 염두에 두고 각자의 지역을 할당받았다. 오늘 동원된 세 개 중대는 서울경찰청 소속 최정예 기동 중대였다. 김 팀장은 서울경찰청장의 전격적인 지원에 만족했다.

김충길은 무전이 들어오는 와중에 손목시계를 보았다. 다행히 모든 기동 중대가 제 시간에 정 위치에 도착했다. 이제부터 작전에 돌입해야 할 시간이었다. 김 팀장이 무전기를 다시 켰다.

“쥐덫 작전 개시! 쥐덫 작전 개시!

언뜻 보기에 CCTV 속 연구소 주변은 평소와 같이 평온해 보였다. 폐기물 처리장으로 위장된 연구소 입구와 뒷산 과수원 움막으로 위장된 뒷문 CCTV는 어둠 속에서 별 움직임이 보이지 않았다.

“잠깐!”

“네?”

“여기를 확대해 보세요!”

이기석이 CCTV를 뚫어지게 노려보면서 손가락으로 한 장면을 가리켰다.

"네?"

"하나씩 확대해 보세요!"

부소장이 이기석의 명령대로 정문과 후문을 차례로 확대했다. 검은 옷과 헬멧 그리고 마스크로 온몸을 어둠 속에 숨긴 기동대원들의 모습이 CCTV에 잡혔다. 헬멧에 반사된 빛이 희미하게 보였다. 경찰이 정문과 후문 그리고, 예비로 활용하는 북문에서 진입을 시도하고 있었다.

"아니, 어떻게 이런 일이!"

부소장이 놀라 엉덩방아를 찧으며 자빠졌다.

"비상! 비상 체제로 돌입하세요! 매뉴얼에 따라 모든 출입문을 차단하고, 내부 자료를 모두 파기하세요! 어서!"

이기석은 끓어오르는 분노를 참을 수가 없었다. 이럴 수는 없었다. 성공이 코앞인데, 여기서 멈출 수는 없었다. 어떻게 여기까지 온 것인데, 받아들일 수 없었다. 그는 부소장이 떨어뜨린 리모컨을 집어 들고 모니터에 던졌다.

"쨍!"

이기석은 자신의 책상으로 뛰어갔다. 절대로 사용하는 일이 없을 것이라 다짐을 하고 또 다짐했던 빨간색 버튼이 그의 눈에 들어왔다. 만에 하나 잘못되는 일이 발생하면 사용하기 위해 만들었던 대비책이었다. 버튼을 누르게 되면 그의 연구 성과는 모두 사라지게 된다. 절대 사용하는 일이 없게 하겠다고 다짐했던 버튼이었다. 증거를 인멸하기 위한 버튼이니까.

이렇게 너무 쉽게 사용하게 될 줄은 그도 몰랐다. 버튼을 누르게 되면, 자신의 머리 속을 제외한 모든 데이터가 날아가는 것은 물론이고 지금까지 실험에 사용된 인간을 비롯한 고양이 등의 모든 포유류들도 3천 도의 불에 순식간에 사라져 버리게 된다. 그렇게 되면 경찰은 증거 확보에 실패하게 된다. 심증만으로 그를 기소할 수는 없었다.

이기석은 버튼을 누르기에 앞서, 비밀번호 열두 자리를 입력했다. 그만 알고 있는 비밀번호였다. 비밀번호 열두 자리를 입력하고 엔터를 누르자 '버튼을 누르시겠습니까?'라는 글이 깜빡거렸다. 이기석의 눈에 지금까지의 좌절과 기쁨이 파노라마처럼 스쳐 지나갔다.

'그래! 또 다시 시작하면 되지! 다시 시작하는 거야! 나

는 언제든지 다시 시작할 수 있어!'

그가 '예'를 클릭했다. 빨간 버튼이 깜빡이기 시작했다. 이기석은 엄지를 빨간 버튼 위에 올렸다.

"퍽!"

그때, 갑자기 사무실 불이 꺼지고 모든 전자 장비의 전원이 나갔다. 빨간 버튼 역시 깜빡임을 멈추고 불빛을 잃었다.

"안 돼! 무슨 일이야?"

이기석이 부소장을 찾았지만, 그는 이미 그의 사무실을 나선 후였다. 핸드폰으로 전화를 걸어 보았지만, 통화 중이었다. 이기석은 핸드폰 손전등으로 사내 전화번호부를 찾을 수 있었다. 유선 전화는 살아 있었다.

신호는 계속 가고 있었지만, 아무도 전화를 받는 사람은 없었다. 그의 사무실 밖 복도에서 비상벨 소리가 나고 우왕좌왕하는 직원들의 목소리가 들렸다. 비상 착륙하는 비행기 내부 같은 혼란스러움이었다.

"우당탕탕!"

경찰이 이미 연구소 내부에 침입한 것 같았다. 직원들에게 움직이지 말라고 소리치는 것이 들렸다. 연구원들은 이미 경찰들에게 제압당했는지 별 저항하는 소리는 들리지 않았다. 곧이어, 자신의 사무실 문을 두드리는 소리가 들렸다. 이기석은 이러한 혼란함 속에서도 오히려 침착해지는 자신을 보고 놀랐다.

그에게는 마지막 한 장의 카드만이 남아 있었다. 그는 책상 밑 카펫을 걷었다. 부소장도 이 비밀 문은 알지 못했다. 비밀 문은 언뜻 보아서는 알 수 없게 되어 있었다. 그는 비밀번호를 입력하기 시작했다. 사무실 자가 발전이 시작되어 비밀 문만은 살아 있었다.

"쾅! 쾅!"

경찰이 문을 부수기 시작한 것 같았다. 비밀의 문을 만든 이후에 한 번도 사용해 보지 않았다. 다급하니 더욱 비밀번호가 생각나지 않았다. 경찰이 문을 부수는 소리가 커질수록 기억이 더욱 나지 않았다. 이기석은 그냥 생각나는 대로 번호를 입력해 보았다. 비밀번호 오류가 네 번 이어졌다. 비밀번호 입력 기회가 이제 단 한 번 남았다. 그는 운에 맡기기로 하고 마지막 번호를 입력했다.

"턱!"

잠금 장치 풀리는 소리가 났다. 그는 문을 열어 보려고 했지만 여간해서는 열 수가 없었다. 무겁기도 하고 문이 잘 보이지도 않았다. 그가 온 힘을 다해 간신히 문을 열고 몸을 집어넣었다. 동시에 경찰의 목소리가 들렸다.

"뭐야? 아무도 없는 거야?

연구소 내부는 밖에서 예상한 것보다 서너 배는 더 큰 것 같았다. 연구소 배전반에서 일했다는 경비에게서 취득한 정보로, 2중대 1소대는 내부에 진입하자마자 내부 전원을 차단했다. 내부는 칠흑같이 어두워졌다. 내부에 진입한 경찰은 준비한 적외선 고글을 썼다. 적외선 고글을 쓴 2중대 2소대는 어둠 속에서 헤매는 연구 인력을 손쉽게 제압했다.

"움직이지 마!"

강력1팀과 함께 폐기물 처리장으로 위장된, 정문으로 진입을 시도한 1중대 1소대는 작전대로 소장 집무실로 직행했다. 1중대 1소대는 문이 굳게 닫힌 소장 집무실을 준비해 간 장도리 등으로 부수고 진입을 시도했다. 1중대 2소대는 연구 인력과 마찬가지로 어둠 속에서 헤매던 사무실 인력을 손쉽게 제압했다. 사무실 인력과 함께 어둠 속에 있던 부소장은 경비가 제공한 사진 덕에 강력1팀 박창대와 막내에게 체포되었다.

1중대 1소대와 간신히 소장 집무실의 문을 부수고 진입에 성공한 강력1팀 김충길과 형사 일행은 플래시로 내부를 뒤지기 시작했다. 하지만, 이기석은 어디에도 없었다. 이기석 책상에 있던 빨간 버튼 역시 불빛을 잃은 상태로 놓여져 있었다. 김 팀장은 2중대장에게 무전을 쳐서 전원을 복구시켜 달라고 요청했다. 잠시 후 연구소 내부에 전기가 들어왔다.

"와!"

연구소 이곳 저곳에서 환성이 튀어나왔다. 그동안 몰랐던 전기의 고마움을 체감하는 순간이었다. 한여름에 침투복을 입고 고글을 뒤집어쓴 기동대와 형사들은 일제히 고글을 벗었다. 계획대로 연구소 외곽 경비를 담당하기로 한 3중대를 제외하고 1중대는 연구소 내부 증거를 확보하는 데 주력했다. 그리고, 2중대는 연구소 인력을 체포해서 버스에 태우는 일을 담당했다.

김 팀장과 강력1팀 형사들은 이기석 소장 집무실에 모여 그의 행방을 쫓고 있었다. 그들은 분명히 이기석이 경찰이 모르는 비밀의 방에 숨어들어 갔을 것으로 봤다. 박창대와 막내는 연구소 인원들을 신문하기 시작했고, 김하은과 문특은 실험실 내부의 데이터 등을 증거로 확보했다. 강력1팀의 연락을 받고 도착한 과학수사대는 홍 팀장의 지시를 받고 각자의 업무를 하달받았다.

평소 인적이 드물었던 양평 산등성이 폐기물 하치장에 이 마을이 형성되고 최고로 많은 사람들이 아침까지 북적이고 있었다. 양평경찰서도 아니고 서울에서 온 기동대 버스, 서울경찰청 소속 강력범죄수사대 형사 차량, 과학수사대 차량 등이 얽히고설켜 있었다.

박창대와 막내는 부소장에게 이기석의 행방을 물었지만, 부소장은 입을 다물고 아무 말도 하지 않았다. 연구소 지하 내부까지 샅샅이 뒤졌지만, 이기석의 행방은 오리무중이었다.

이날 서울경찰청 강력범죄수사대와 기동대 수백 명의 인원이 양평까지 내려와 양평 외진 언덕에 위치한 폐기물 하치장을 샅샅이 뒤졌다는 뉴스는 SNS를 통해 빠르게 퍼져 나갔다. 서울경찰청 출입 기자들은 공보관을 따라다니면서 정보를 캐내려 했지만, 서울경찰청은 철저히 함구했다. 서울경찰청에서도 청장과 제1기동단장 이외에는 아는 사람이 없었다.

양평에 무슨 일이 일어난 것일까?

서울강력범죄수사대와 기동대가 양평 야산 폐기물처리장 덮쳐

양평경찰서와 공조도 없이 서울경찰청 단독으로 기습

서울경찰청에서는 아직까지 함구 중

각종 언론에서는 강원도 양평 사건을 집중적으로 보도하기 시작했지만, 모두 추측성 기사에 불과했다.

"아직입니까?"

강력범죄수사대장이 굳은 얼굴로 이번 사건과 관련된 추측 기사로 도배된 신문을 김충길 팀장 앞에 내려놓았다.

"어떻게 이기석을 코앞에서 놓칠 수 있습니까? 그리고, 증거는 다 어디에 있습니까? 청장님께 얼굴을 들 수가 없습니다. 저는 그렇다고 치더라도 청장님은 어떻겠습니까? 여기저기서 한 소리씩 듣는답니다."

"이기석과 증거는 모두 연구소 내부에 있어. 외부로 빠져나가는 통로는 없다고. 바로 찾아낼 거야. 조금만 기다

려 봐. 뭐가 그렇게 급해?"

경찰 학교 선배인 김충길이 평소와 달리 대장에게 성질을 내면서 말을 깠다.

"아니, 이게 보통 일입니까? 3일입니다. 딱 3일 드리겠습니다. 3일 안에 모든 걸 찾아내세요."

"3일? 좋아! 그럼, 1기동단 지원 다시 한번 요청해 줘!"

"아이, 거! 기동단은 뭐, 우리 맘대로 항상. '네' 하고 대기하고 있는답니까?"

"아이 씨, 거!"

"아, 거 성질머리 하고는! 알았어요, 알았어! 된다는 보장은 없지만, 이야기해 보면 될 것 아니에요!"

"네? 3일이요? 3일 안에 모든 것을 찾아내라고요?"

"우리 달랑 네 명, 팀장님까지 다섯 명이서 전부? 이게 말이 돼요?"

"왜, 달랑 다섯 명이냐? 감식팀도 있잖아?"

"아니, 감식팀 애들 다해도 고작 10여 명으로 3일만에 뭘 찾아내요? 그리고 걔네가 우리 일만 한답니까? 걔네랑 같이 한다 해도 그게 가당키나 하답니까? 지금까지 수백

명이나 되는 인원이 투입되어 뒤져서도 찾아낸 게 없는데요?"

"기동대 지원 다시 요청해 본대."

"네? 정말이요? 그럼, 그래야지!"

최 원장 그리고, 길건과 함께 연구소에 도착한 강력1팀은 양평경찰서 대신 서울경찰청에서 파견 나온 제1기동단에게 외곽 경비를 맡기고 감식팀과 함께 내부를 조사하기 시작했다. 도착 첫째 날은 회의와 임무를 부여하니 하루가 다 가 버렸다. 강력1팀에게는 이제 이틀밖에 시간이 남지 않았다.

둘째 날 아침이 밝았다. 누적된 피로에도 불구하고 모두 아침 일찍 자리에서 일어났다. 강력1팀 형사들, 감식팀, 최세창 그리고, 길건까지 모두 연구소 내부 직원 휴게실에 나뉘어 잠을 잤다. 외곽 경비를 맡은 기동중대는 경비병을 제외하고는 버스에서 새우잠을 잤다.

식사는 매일매일 기동단이 서울에서부터 도시락을 배달해 와서 야외에서 먹었다. 감식팀에서 연구소 내부에서의 식사를 결사 반대했다. 감식팀은 자연광만으로도 연구소 내 DNA 정보가 훼손될 수 있다면서 커튼을 치고 증거를 수집할 정도였다.

“오늘은 어제까지 수색한 장소 말고 그 동안 지나쳐 왔던 곳을 한번 찾아서 수색해 보자고요.”

“데이터를 업로드하려면 분명히 전기가 연결되어 있을 거예요. 그걸 찾으면 될 겁니다.”

카이스트 출신 문특이 나섰다.

“그래, 맞아! 그리고, 실험 대상 포유류를 냉동 보관시키려면 반드시 냉동고가 필요할 거야. 그곳도 반드시 전기가 필요할 거야. 전기가 연결될 만한 곳을 찾아내야 할 거야! 반드시 찾아내자고! 자, 파이팅!”

“파이팅!”

점심 때가 지나고 저녁 때가 다 되어도 데이터와 실험과 관련된 증거들이 있을 만한 장소도, 이기석이 숨어 있을 만한 곳도 찾아내지 못했다. 박창대와 막내가 부소장을 비롯한 주요 연구원들을 취조해도 그들은 전혀 입을 열지 않았다. 계속되는 강도 높은 수색에 지친 강력1팀과 감식팀은 35도에 이르는 8월 막바지 무더위에 점점 지쳐

가고 있었다. 한여름 버스에서 자고 먹고를 반복하는 기동대원들도 지치기는 마찬가지였다. 그리고, 모두가 지쳐서 녹초가 되면서 둘째 날도 그렇게 지나갔다.

최세창 원장의 극진한 치료와 돌봄 덕에 길건은 기력을 거의 회복했다. 고양이의 몸을 하고 서울을 떠나 오기는 이번이 처음이었다. 최 원장은 수사팀과 함께 양평으로 오면서도 길건의 상태를 수시로 확인했다. 길건은 최 원장이 자신의 항문에 무엇인가를 넣으려고 했을 때, 엄청 당황했고, 크게 저항했다. 그의 자세한 설명을 듣고 어쩔 수 없이 그의 항문을 내어 주었다.

길건은 가끔씩 외부 공기를 쐬기 위해 밖으로 잠시 나갔다 오는 것을 제외하고는 거의 대부분을 에어컨이 가동되는 연구소 내부에 있었다. 최세창이 건강을 위해 가끔씩 점검하는 것을 제외하고는 거의 혼자 연구소 내부를 돌아다녔다. 수사팀도 대부분 지쳐 잠이 들었지만, 고양이 몸에 길들여진 길건은 오히려 컨디션이 회복된 느낌이었다. 첫날에는 낯설었던 연구소가 이제는 언제인가 와 본 곳 같은 기시감이 들었다.

길건은 길게 뻗어 있는 연구소 복도를 걸으면서 왠지

모르게 낯이 익다는 생각을 떨칠 수 없었다. 그는 조용히 복도 한가운데 앉았다. 그리고 눈을 감아 보았다.

길게 뻗어 있는 연구소 복도와 복도 천장의 전등들 그리고, 긴급하게 이동용 침대를 끌고 어디론가 바쁘게 달려가는 하얀 가운을 입은 사람들이 보였다. 길건은 그 기억을 따라 걸어 보았다. 뛰어가던 그들의 템포에 맞추어 길건은 달리기 시작했다. 그리고 그들이 멈추었던 곳에 그도 멈추었다. 그리고, 머리가 아파 오고 기억은 거기서 사라졌다.

길건은 기억이 사라진 곳에 앉아 심호흡을 했다. 냄새가 났다. 분명히 그 냄새였다. 그가 수술용 침대에서 그를 내려다보던 많은 눈과 그 위에 강렬하게 그를 비추었던 전등들과 함께 맡았던 그 냄새였다. 수술실에서만 느낄 수 있는 냄새. 포르말린의 강력한 냄새.

분명히 그날도 포르말린 냄새가 났다. 포르말린 냄새가 수면 아래 감춰졌던 길건의 기억을 불러냈다. 길건은 냄새가 나는 곳을 향해 천천히 발걸음을 옮기기 시작했다. 포르말린 냄새의 진원지를 찾기 시작했다. 아주 미세한 냄새였지만 고양이 코로 변한 자신의 코를 믿어 보기로 했다. 길건이 발걸음을 멈추었다. 냄새가 났다.

길건은 냄새가 나는 곳을 뚫어지게 바라보았다. 하지만, 특별히 다른 점을 발견하지 못했다. 그저 평범한 복도였고, 벽으로 이루어졌다. 길건은 냄새가 나는 곳을 앞발로 만져 보고 내려치기도 했다.

"냐옹! 냐옹!"

"왜 그래요? 뭔 일이에요?"

잠에서 깬 하은이 눈의 비비면서 복도로 나왔다. 하은이 길건의 이상 행동을 의아하게 여겼지만, 이유를 바로 알아차렸다. 그리고, 하은도 길건을 따라서 여기저기를 만지고 누르고 했다. 하은이 길건과 함께 복도 벽을 한참을 만지고 내리쳤다. 그때, 갑자기 복도 벽이 투명한 아크릴 모양의 문으로 변했다.

"엄마야!"

"꺄!"

복도 벽 이곳 저곳에서 문을 열 만한 단서를 찾아 만지고 내리치고 하던 김하은도 길건도 갑작스러운 일에 깜짝 놀라 자신들도 모르게 소리를 질렀다. 하은은 조심스럽게 투명 아크릴 문을 바라보았다. 꽤 널찍한 엘리베이터가 나타났고, 문을 열 수 있는 모양이 나타났다.

"무슨 일이야? 왜 그래?"

김하은과 길건이 새벽부터 소리를 지르고 벽을 치고 하는 바람에 잠에서 깬 문특이 동그랗게 뜬 눈과 다물어지지 않는 입을 하고 나타났다.

"찾은 거 같아! 찾았어!"

연구실은 생각보다 넓었다. 수사팀도 연구실이 분명히 지하 1층에 위치한 연구소 본동 아래 있을 것이라는 생각을 했지만, 본동 아래 이렇게 넓은 연구실이 있을 줄은 몰랐다.

수사팀은 일단 이기석의 행방을 찾기 시작했다. 지문을 비롯한 그의 흔적은 곳곳에 있었지만, 그는 어디에도 없었다. 김 팀장은 수사팀을 이기석 추적팀과 증거 수집팀으로 나누었다. 그리고, 외곽 경비를 담당하는 기동대 인원을 풀가동하여 외곽 수색을 시작했다. 수색견까지 동원하여 이기석의 흔적을 찾는데 주력했다.

증거 수집팀도 활기를 띠기 시작했다. 엄청난 수의 고양이와 침팬지를 양육하는 동물원이 발견되었다. 고양이 우리와 침팬지 우리는 분리되어 있었고 나름 깨끗한 상태를 유지했다. 하루만 늦게 발견되었다면, 그들은 굶어 죽었을 것이라고 최 병원장이 놀란 가슴을 쓸어내렸다. 최세창은 고양이와 침팬지에게 물을 주고 한 마리씩 차례로 검진하기 시작했다. 그때였다.

"헉!"

들어가지도 못하고 문 밖에서 서 있기만 한 막내를 제치고 김충길이 본 방의 광경은 정말 충격이었다. 투명한 캡슐 속에 꽤 많은 사람이 뉘어 있었다.

"감식팀 오라고 그래!"

김충길은 막내의 소리에 놀라 뛰어온 김하은과 문특과 함께 방 안으로 들어갔다. 투명 캡슐 속에는 다양한 연령대의 남녀가 누워 있었다. 그들은 모두 옷이 벗겨진 채로 손을 반듯이 했다. 편안하게 눈을 감고 잠을 자고 있는 것 같았다. 그리고 그들의 머리는 컴퓨터와 연결된 선들이 꽂혀 있었다. 그들의 머리와 연결된 컴퓨터들은 무언가를 계속 다운로드하거나 업로드하는 중이었다.

홍 팀장을 비롯한 감식팀은 수사팀에게 증거가 훼손될 수 있다면서 자리를 비켜 줄 것을 요구했다. 김 팀장을 비롯한 강력1팀 형사들은 아무 소리도 듣지 못한 것처럼 자리에서 꼼짝하지 않고 서 있었다. 그때였다. 갑자기 김하은이 한 캡슐 쪽으로 달려갔다.

"길건 팀장이에요! 길건 팀장!"

강력1팀 형사들은 물론, 감식 팀원들도 모두 김하은이 있는 곳으로 몰려갔다.

"그럼, 살아 있는 거야? 죽은 거 아니지?"

김하은이 길건의 몸을 자세히 살피기 시작했다. 확신할 수는 없었지만, 미세하게 가슴이 위아래로 움직이는 것 같았다.

"그럼, 이제 길건 팀장이 사람으로 돌아올 수 있는 거야?"

"그건…."

모두가 입구에서 최세창의 품에 안겨 있는 고양이 길건을 쳐다보았다. 그의 눈동자는 전등이 대낮 같이 밝게 들어온 상태에서도 동그랗게 커져 있었다. 그의 커다란 눈에 누워 있는 자신의 모습이 클로즈업되었다.

"칵!"

"방법이 있긴 있다는 말씀인가요?"

김하은과 문특이 부소장에게 길건을 인간으로 되돌려 놓을 방안에 대해 묻고 또 묻고 있었다.

"말씀드렸다시피, 있긴 있습니다. 그렇지만, 이론상으로만 가능하지 실제로 그것이 가능할지는 모르겠습니다. 이제 저희도 수술을 해 보려고 했던 참이었거든요. 그리고, 저희는 할 수 없습니다. 소장님만이 할 수 있습니다."

"부소장님은 못 하세요? 아니, 이기석 소장이랑 지금까지 모든 것을 같이 했다면서요? 그리고, 외과의사잖아요! 여기 뇌 전문의사들도 많잖아요!"

김하은과 문특은 답답할 뿐이었다.

"만약, 수술이 잘못되면 어떻게 되는 겁니까?"

"그건, 뇌사 상태에 빠지는 겁니다. 영원히 돌아올 수 없는 강을 건너는 거지요."

"길건 팀장이 살아나기 위해서는 언제까지 수술을 해야 합니까? 데드라인이 언제입니까!"

"경우에 따라 다릅니다. 건강한 신체를 가진 분이라면 꽤 오랫동안 견딜 수 있겠지만, 그렇지 않은 경우라면 일주일 정도? 아마 그 정도 될 겁니다."

"일주일이라…. 그렇다면, 일주일 내에 이기석 소장을 찾아서 수술하지 못한다면, 당신이 직접 하면 되겠네요."

"네? 제가요?"

"네, 부소장님이요! 어차피 원래의 모습으로 돌아가지 못한다면, 죽음을 무릅쓰고 시도는 해 봐야 지요."

"덜컹!"

모든 시선이 문을 향했다. 갑자기 막내가 엄청나게 놀란 얼굴을 하고 들어왔다. 또 뭔가가 터진 것 같았다.

"왜? 또 뭐야? 또 뭐가 터졌기라도 했어?"

막내는 대답을 하지 못하고 눈을 똥그랗게 뜨고 입을 벌린 상태에서 고개만 끄덕이고 있었다.

"헉! 이게 무슨 일이래? 정말이에요?"

김충길이 수사진을 부른 곳은 길건의 신체가 보관된 캡슐 옆방이었다. 김충길이 링컨 할머니 그러니까, 이선혜의 사진을 들고 캡슐 안의 70~80대 여성의 신체를 비교하고 있었다. 빠르게 상황 판단을 마친 김하은이 놀라 자신의 입을 틀어막았다.

"유전자 검사를 해 봐야 정확하게 알겠지만, 사진상으

로 링컨 할머니 그러니까, 이선혜 씨가 맞는 것 같은데?"

"최세창 원장 말이 모두 사실? 그러면, 이미 화장을 마치고 장례까지 치른 그 분은 누구란 말이지요?"

"그러게."

"이럴 수가?"

"부소장은 알고 있지 않을까요?

"맞습니다! 이선혜 씨가 맞습니다."

"네? 그럼 이선혜 씨 집에서 발견된 시체는 누구 란 말입니까?"

"아…. 그건, 행려병자의 사체였습니다. 이선혜 씨와 비슷한 나이대의 행려병자였는데 머리를 이선혜 씨와 비슷하게 염색을 해서 잘 알아볼 수 없도록 더욱 부패시켜 할머니 집에 갖다 놓은 겁니다."

"그 행려병자는 연구소에서 죽인 겁니까?"

화가 치민 문특이 책상을 내리쳤다. 부소장이 깜짝 놀랐지만 티를 내지 않으려고 했다.

"아, 아닙니다! 저희가 죽이지 않았습니다! 저희는 사람을 죽이지 않습니다! 믿어 주세요!"

"그럼, 뭡니까? 그 사체는!"

"그건, 저희가 사체 시장에서 구입해서 가져다 놓은 겁니다."

"뭐라고요? 사체 시장이요? 사채 시장은 들어 봤어도 사체 시장은 처음 듣네! 거짓말하지 말고 바른대로 말하세요!"

"저, 정말입니다! 저도 그런 시장이 있는 줄 몰랐습니다. 인터넷을 뒤지니까 그런 사체를 팔겠다는 사람이 있더라고요. 물론, 우리나라는 아니었습니다. 해외에서 사들인 겁니다. 다행히 할머니랑 비슷해 보여서…. 그리고, 이기석 소장 아버지와 이선혜 할머니는 5촌 사이였습니다. 소장님과 이선혜 할머니는 멀리 고모와 조카 사이였어요. 그런데 어떻게 살해할 수 있겠습니까?"

"정말이에요? 거짓말이면 당신 큰일날 줄 알아! 문특경위! 이거 다 확인해 보고 본청 외사과에 모두 넘겨! 이 사람이 아무리 그래도 사람을, 아무리 죽었다 그래도, 사람을 사고 팔고 한단 말이야? 큰일날 사람이네 정말!"

"그럼, 할머니는 왜, 여기 있는 겁니까?"

김하은이 김충길에 이어서 본격적인 신문을 시작했다.

"할머니가 저희 연구를 후원했지요. 이선혜 씨가요. 할머니는 엄청난 부자였습니다. 아들 내외와 딸이 알고 있는 것보다 더 엄청나게 부자였습니다. 그 부를 이루는 데 소장님과 소장님 아버님이 많은 도움을 주셨다는 이야기를 들었습니다. 소장님으로부터."

"무슨 대가가 있었나요? 아무리 도움을 주었다고 해도 그렇게 후원하기는 쉽지 않았을 텐데요?"

"물론 그렇습니다. 조건이 있었지요. 소장님이 할머니 병을 치료해 준다는 조건이 있었습니다. 아시다시피 소장님은 세계 최고의 뇌 과학자이셨습니다. 그리고, 본인 스스로 뇌를 디지털화하여 전 세계 뇌 과학 및 의료 지식을 모두 흡수하셨지요. 그 분야에서는 소장님을 따라올 사람이 없었습니다. 그래서, 할머니의 파킨슨병과 치매를 치료해 주기로 하고 후원을 받은 겁니다."

"무엇을 얼마나 후원해 주셨나요?"

"금액은 저도 정확하게 알 수 없습니다만, 엄청난 액수였던 것 같습니다. 정확한 액수는 저희 지원 요원들에게 물어보시면 정확하게 아실 수 있을 겁니다."

"네, 그건 확인해 보면 알게 될 테고…. 아, 참. 돈만 후

원받았나요? 저기 고양이들과 침팬지들도 모두 기부받은 것은 아닌가요?"

"아, 네. 뭐, 일부 그런 걸로 알고 있습니다."

"아, 참!"

옆에 있던 문특이 타이핑을 멈추고 씁쓸한 표정을 지었다. 김하은이 문특의 어깨를 두드려 주었다.

"그럼, 왜 할머니를 죽은 것처럼 처리한 건가요? 아들 부부에게 그냥 수술을 받는 걸로 하면 되지 않았나요?"

"저희 연구소가 세상에 알려지는 것이 부담스러웠습니다. 그리고, 당시에는 혹시 수술 중에 사망할지도 모른다는 불안감이 있었습니다. 그래서, 안전하게 할머니가 수술 중 사망해도 아무도 찾지 않게 하기 위해서 그러자고 했습니다."

"누가요?"

"소장님이요."

"자, 다 좋습니다. 지금 진술 내용은 다시 확인해 보기로 하고요. 우선, 이기석 소장을 찾는 데 주력하기로 하시지요. 만약, 이기석 소장을 찾기 못한다면, 모든 죄는 부소장님이 지게 되시는 겁니다. 아시겠어요?"

“아니, 제가 왜요? 저는 그냥 연구소 직원입니다! 저는 시키는 대로 한 것뿐입니다!”

“여기 이기석 소장이 없지 않습니까? 여기 책임자는 지금 부소장님입니다. 아시겠어요? 부소장님 책임하에 모든 범죄가 집행된 거라고요! 납치, 불법 구금, 살인 및 살인 교사 그리고, 사체 유기 등!”

“살인이라고요? 우리가 누굴 죽였다고요?”

“할머니 집에서 발견된 사체요! 지금까지 모두 이선혜 씨 사체로 알고 있잖아요. 행려병자라고 해도, 부소장님이 안 죽였다는 증거도 없잖아요? 우린 부소장님이 죽였다고 봅니다!”

수사팀에게는 이제 단 하루만이 남았다. 증거도 있었지만, 피의자가 없었다. 부소장을 비롯한 연구소 직원들도 이기석의 행방은 모르는 것 같았다. 이기석을 찾아야만, 기소를 하고 사건을 마무리 지을 수가 있었다. 더구나, 길건을 본래의 모습으로 되돌려 놓을 수가 있고, 이선혜, 링컨 할머니도 치료해 회복시켜 놓을 수가 있었다. 점심시간이 지나고 저녁시간이 다가왔지만, 아무도 식사하려고 하는 사람들이 없었다. 밥도 먹히지 않았다.

강력범죄수사대장으로부터 전화를 받고 김충길이 회의실로 돌아와 깊은 한숨을 쉬었다. 물어보지 않아도 무슨 전화인지 모두가 알 수 있었다. 수사팀 독단적으로 부소장으로 하여금 길건과 이선혜 할머니의 수술을 단행하든지 결정해야 할 시간이 다가오고 있었다. 회의실에 있는 그 누구도 큰 기침 소리 하나 내지 않고 있었다. 침을 삼키는 것도 눈치가 보였다.

"붕."

그때였다. 갑자기 김충길의 전화기가 울리기 시작했다. 그는 전화 액정에 기동대 중대장 이름과 계급이 뜬 것을 보고도 무시했다. 핸드폰은 몇 번 더 울리더니 울리는 것을 멈추었다.

"붕."

바로 이어서 또 다시 김충길의 핸드폰이 울리기 시작했다. 이번에도 기동대 중대장이었다. 김충길은 이번에도 무시하고 길건의 자판에 집중하고 있었다. 김충길의 핸드폰이 이번에는 끊기지 않고 계속 울리자, 박창대가 집어 김충길의 귀에 대어 주었다.

"뭐라고? 계속 추적하세요! 곧 나가겠습니다! 뒷문으로 가 보자!"

"아니, 무슨 일이에요?"

"이기석으로 추정되는 자가 포위망을 뚫고 산 아래 국도 쪽으로 도망가고 있어!"

"아니, 뭐라고? 가시지요!"

이틀 동안 연구소 내부에 숨어서 기회만 엿보던 이기석이, 어둠이 내린 저녁시간에 탈출을 시도했다는 것이다. 기동대를 비롯한 모든 경찰이 이기석을 추적하기 시작했다.

"붕!"

또 다시 중대장의 전화였다.

"뭐라고? 아니, 무슨?"

달려나가던 김충길이 갑자기 가던 길을 멈추어 섰다. 그는 맥이 풀려 자리에 주저앉고 말았다. 박창대가 허리를 굽히고 얼굴을 가까이했다.

"왜 그래요. 뛰어가다 말고? 뭐 교통사고라도 났대요?"

"어, 났대. 교통사고."

"뭐라는 거야…? 그게 무슨 말이에요?"

"여보세요? 중대장님? 저 강력1팀 박창대 형사인데요! 무슨 일이에요?"

박창대가 현장 상황을 보고하는 중대장의 목소리가 계속 들리는 김충길의 핸드폰을 귀에 대고 계속 통화를 이어갔다.

"예에?"

박창대도 김충길 옆에 같은 자세로 주저앉았다. 김충길을 따라 나섰던 모든 형사들이 그들을 에워싸고 현장 상황을 유추하기 시작했다.

"그래서, 이기석 상태는 지금 어때요? 네, 네."

"빨리 119 부르라고 그래!"

박창대가 김충길의 지시를 중대장에게 전달하고 자리에서 일어났다. 그리고, 김충길에게 손을 뻗어 일으켜 세웠다.

사고 현장은 참혹했다. 이기석은 양평 충정산 인근 46번 도로 강원도 방향 도로 갓길에 널브러져 있었다.

2차선에 그의 것으로 보이는 뇌 일부와 피가 남아 있는 것으로 보아, 추가 사고를 예방하기 위해 갓길로 옮겨진 것으로 보였다. 그의 뇌는 수박처럼 붉게 물들었고 아직도 피가 흐르고 있었다. 기동대원 세 명이 번갈아 인공 호흡을 하고 있었지만, 회생의 기미는 보이지 않았다.

시간이 지나고 경기소방 헬기가 엄청난 굉음을 내면 착지를 준비하고 있었다. 기동대원들이 46번 도로 하행선을 통제하기 시작했다. 이기석을 태운 경기소방 헬기가 김하은과 문특을 함께 태운 후 46번 하행선을 이륙했다. 크게 기대하지는 않았지만, 김충길은 혹시 하는 마음에 김하은과 문특을 동행시켰다.

헬기가 그들의 시야에서 벗어나고 기동대원들이 사고 현장을 정리하기 시작했다. 감식팀원들은 현장에서 수거된 이기석의 사체 일부를 수거하기 시작했다. 김충길은 수사대장에게 보고하기 위해 핸드폰을 들었다.

2023년 8월 10일

"서울경찰청 강력범죄수사대 강력1팀장 김충길 경감입니다. 오늘 저희 수사대가 수사해 온 미라클컴 길건 팀장 실종 사건 그리고, 이선혜 씨 살해 사건에 대해 브리핑하도록 하겠습니다."

김충길은 광화문에 위치한 서울경찰청 기자실 포디움 앞에 섰다. 박창대를 비롯한 강력1팀 형사들은 단상 아래 도열해 있었다. 태풍 카눈이 서울로 올라오고 있음에도 불구하고 엄청난 기자들이 몰려 기자실은 발 디딜 틈조차 없었다.

높은 보안을 유지했지만, 눈치 빠른 민완 기자들에게서 퍼져나간 카더라 통신 때문에 언론의 취재 열기가 그 어느 때보다 뜨거웠다. 카메라 기자들은 서로 좋은 자리를 확보하기 위해서 보이지 않는 몸싸움을 하고, 한 발 한 발 앞으로 나와 공보실 직원의 제지를 받았다.

"지난 2023년 4월 직원들과 회식 후 실종된 미라클컴 길건 팀장은 그 동안 양평군의 한 병원에서 기억을 상실한 채로, 신원미상 환자로 입원 치료를 받고 있었습니다. 그러던 중 지난 8월 8일, 지속적으로 신원을 추적 중이던 가족과 경찰에 의해 발견되었습니다. 길건 팀장은 지금 가족과 경찰의 보호하에 있으며, 정밀 검진 중이나, 건강에는 큰 문제가 없는 것으로 파악되고 있습니다. 길건 팀장의 잃었던 기억도 점차 회복 중인 것으로 의료진은 판단하고 있습니다."

"톡탁! 톡탁! 톡탁!"

김 팀장은 잠시 기자들의 반응을 확인하기 위해 원고에서 눈을 들어 기자들을 쳐다보았다. 자신이 불러 주는 내용을 타이핑하느라 정신들이 없었다.

"이어서 말씀드리겠습니다. 지난 6월 심장마비로 사망한 걸로 알려진 이선혜 씨 역시 지난 8일 양평의 한 병원에서 기억 상실 상태로 입원 치료 중, 가족과 경찰에 의해 발견되었습니다. 이선혜 씨도 지금은 가족과 경찰의 보호 아래 회복 중에 있습니다."

"뭐라고? 이게 무슨 말이야?"

기자들 사이에서 웅성거림이 일어났다.

"이선혜 씨는 사망했다고 그러지 않았나요?"

"지난 8일 양평에서 발견된 분이 이선혜 씨, 맞습니다."

"그럼, 이선혜 씨 집에서 발견된 사람은 누구였나요?"

김충길이 말을 마치기도 전에 기자들의 질문이 쏟아지기 시작했다.

"그건 조사 중에 있습니다만, 국제 사체 교환 시장에서 들여온 신원미상의 사체인 것으로 파악되고 있습니다."

"국제 사체 시장이라니? 그런 것도 존재한다는 말입니까?"

"아무리 죽은 사람이라 하더라도 어떻게 사람을 매매할 수 있다는 말씀입니까? 사체 시장 관련자는 파악되었습니까?"

"누구입니까? 그 사체를 해외에서 들여온 자들은? 경찰에서 그 조직을 파악하고 있는 겁니까?"

"왜, 그런 끔찍한 일을 저지른 겁니까?"

휘발성이 큰 사안인 만큼 기자들의 질문이 쏟아지기 시작했다. 길건의 이야기는 자연스럽게 묻혀지는 듯했다.

"질문을 하나씩 해 주시기 바랍니다!"

서울경찰청 공보실 김찬휘 경위가 나서서 정리하면서 장내 질서가 잡히기 시작했다.

"누가, 무엇 때문에 사람을 납치해서 그런 일을 저질렀는지 파악되었는지요?"

"앞서 말씀드렸던 양평의 한 병원이 바로 이기석 박사, 그러니까 디지털 뇌 전문가인 이기석 박사가 운영하는 뇌과학 연구소였습니다. 그곳에서 이선혜 씨를 실험체로 사용하려고 신병을 확보했던 것입니다."

"이기석 박사라면 몇 년 전에 세상을 떠들썩하게 했던 이세기 박사의 동료 뇌 과학자 말인가요? 그 사람이 디지털 뇌를 통한 인간과 컴퓨터와의 소통을 다시 연구하기 시작한 것인가요?"

"그런 것으로 판단됩니다."

"그가 정부의 보호하에 있던 것이 아니었나요? 그는 체포되었나요?"

"그는 저희의 보호하에 있지 않았습니다. 세계 각국 정부와 언론에서 저희 정부 발표를 믿지 않았을 뿐이지요. 불행스럽게도 그는 도주 중 교통사고로 사망했습니다."

"네? 뭐라고?"

"사망했다고요?"

"그게 말이 되는 소리입니까?"

"사망한 것이 확실합니까? 정부에서 관리하는 연구소에서 연구를 계속하게 하는 것 아닙니까?"

"그렇지 않습니다. 여길 보십시오!"

김충길이 준비된 PPT를 띄웠다.

"사고 현장을 찍은 사진들입니다. 저희는 경황이 없어서 그의 도주 사진을 찍지는 못했습니다만, 사고 직후 반대편 도로에서 현장을 지나던 운전자가 찍은 동영상을 입수했습니다."

이기석으로 추정되는 인물이 대로변에 뛰어드는 장면부터 동영상은 시작되었다. 정신없이 숲에서 뛰어나온 그는 달려오는 트럭을 미처 발견하지 못해 사고가 났고, 이어서 그를 뒤쫓아온 경찰들의 모습이 보였다. 잠시 후, 멀리서 줌인된 영상이 시작되었고 트럭에 치인 남자를 일군의 경찰들이 둘러싸고 있는 모습이 보였다.

"여기부터는 저희가 촬영한 것입니다."

"아…."

이기석으로 추정되는 남성의 부서진 머리를 보여 주는 영상이 나오자, 기자들은 고개를 돌렸다. 신원을 확인하기 위해서 영상은 더욱 클로즈업하여 이기석의 모습을 담았다.

"뭘 이렇게까지 보여 주는 겁니까?"

기자들의 항의가 이어졌다.

"이기석을 확인하기 위해서였습니다만 불쾌하셨다면 사과드리겠습니다."

"맞기는 맞는 겁니까? 다른 사람 아닌가요?"

기자석에서 웅성거리는 소리가 들리기 시작했다. 김충길을 비롯한 경찰들이 기자석을 둘러보면서 고개를 저었다.

"그렇지 않습니다. 다시 자세히 보시겠습니까?"

"아닙니다. 됐습니다!"

"그러면, 이번 사건 그러니까, 길건 팀장과 이선혜 씨 납치 사건은 이기석 박사의 소행으로 결론 나는 겁니까? 그렇다면, 이기석 박사의 사망으로 사건은 종결되는 겁니까?"

"이기석 박사가 사망한 관계로 기소권 없음으로 종결될 것으로 보입니다."

"이기석 박사가 추가로 저지른 범죄는 없을까요? 조사하고 있는 것이 있나요? 그리고, 이기석 박사를 도운 연구소 직원은 어떻게 되는 겁니까? 이기석 박사 연구는 어디까지 진행된 건가요? 이제 인간과 컴퓨터가 일체로 살아가는 건가요?"

"이기석 박사와 연구소에서 저지른 범죄가 더 있는지는 저희가 조사 중에 있습니다. 그리고, 연구소 관련자들은 더 조사를 해서 죄가 있는 자들은 모두 기소할 예정입니다. 그리고, 이기석 박사의 연구 성과는 조사 중에 있습니다. 그렇지만, 현재까지 조사된 바에 의하면, 특별한 성과는 없을 것으로 보여집니다. 실험 목전에 위치가 파악되었고, 도주 도중 사망했기 때문에 더 이상의 성과는 없을 것으로 보여집니다. 그 부분은 추가로 밝혀지는 대로 다시 말씀드리도록 하겠습니다."

"만약에 말입니다. 이기석 박사가 디지털 뇌 분야에서 이룬 성과가 있다면, 그건 어떻게 처리되는 겁니까?"

"그건 조사를 해 봐야 알 것 같고, 그 결과에 대해서는 제가 답변드릴 내용은 아닌 것 같습니다."

"추가로 전달해야 하는 사항이 발생하면, 저희가 다시 기자님 여러분께 고지하는 자리를 따로 마련하겠습니다."

공보실 김찬휘 경위가 이번에도 정리해 주었다.

"그럼, 이것으로 기자회견을 모두 마치도록 하겠습니다. 기자님들 수고하셨습니다!"

김충길은 서울경찰청 로고가 새겨진 포디엄에서 비켜나와 정중히 인사를 했다. 그는 장내 정리를 해 준 김 경위에게 악수를 하고 자신에게 달려오는 기자들을 그에게 맡기고 서둘러 기자실을 빠져나왔다.

수사팀은 밴에 모두 승차한 후 무조건 서울경찰청을 빠져 나왔다. 기자들로부터 멀리 벗어나야 안심이 되었다. 태풍이 올라오면서 서울 시내에는 비가 세차게 내리고 있었다. 정문에서 우회전한 밴은 사직단을 향해 직진했다. 다행히 아무도 뒤따라오는 것 같지는 않았다. 밴은 사직단 앞에서 우회전하여 다시 서울경찰청 방향으로 향했다. 마포에 위치한 강력범죄수사대로 가려면 서울경찰청을 지나 정부서울청사를 끼고 우회전해야 했다.

"꼬르륵!"

"팀장님! 배 안 고프세요? 배에서 꼬르륵 소리가 나는데? 우리 아무것도 못 먹었잖아요!"

역시 박창대였다. 지금 상황에서 아무도 배고프다는 소리를 하지 못했지만, 박창대만이 그 소리를 할 수 있었다. 김충길 역시 오늘 아침부터 지금까지 아무것도 먹지 못한 상태였다. 이미 시각은 오후 3시 30분을 지나고 있었다.

"좌회전! 좌회전 해!"

막내의 노트북 바탕화면에 떠 있던 광화문 담이 보이

기 시작했다. 검은 구름에 비가 쏟아지고 있음에도 불구하고 광화문은 언제나 말이 없이 꿋꿋하게 서있었다. 그 많던 관광객들도 이 날은 보이지 않았다. 한복을 입고 우산을 든 관광객 몇 명만 눈에 띄었을 뿐이었다. 서울경찰청을 막 지나려고 할 때 김충길이 운전대를 잡은 막내에게 소리를 질렀다. 김충길이 비상등을 켰다. 막내가 직진 차선에서 두 개 차선을 넘어 좌회전 차선으로 접어 들었다. 밴은 서촌 방향으로 접어들었다.

"아이, 씨! 그래 먹고 가자!"

"예이!"

형사들이 김충길의 결정에 환호했다. 그들을 뒤따라 감식 차량도 덩달아 서촌으로 접어들었다.

"어디 가는데요?"

"어딘 어디야? 여기까지 왔으면 광화문에서 제일 유명한 삼계탕 먹어야지! 오늘이 말복이잖아! 비가 이렇게 엄청 내려서 말복 같지는 않지만, 그래도 말복은 말복이야! 올해는 초복 중복 다 건너 뛰었잖아! 우리가 제대로 챙겨 먹은 적 있었냐? 어때?"

2023년 8월 7일

"수술 진행합시다!"

김하은과 문특으로부터 이기석의 공식 사망 소식을 전해들은 김충길은 박창대와 막내가 있는 자리에서 길건 대표와 링컨 할머니의 회복 수술을 실시하기로 결정했다.

부소장 길영호는 회복 수술 집도에 대해 갈등하는 눈치였다. 회복 수술이 잘못되는 경우 두 사람이 영원히 뇌사 상태에 이를 수도 있다는 것이 부담으로 작용한 것 같았다. 반면, 수술에 성공하는 경우 이기석 박사의 뒤를 이어 뇌 과학 분야에 세계적인 권위자로 우뚝 솟을 수 있는 절호의 기회였다. 그는 결국 선택했다. 길영호는 결국 두 사람의 회복 수술을 집도하기로 마음먹었다.

어떻게 알았는지 국내는 물론, 해외 언론이 연구소 인근까지 와서 경찰에 제지를 받는 사례가 늘어나고 있었다. 경찰로부터 추가 정보를 받지 못한 언론은 추측 기사를 쏟아냈고, 몇 년 전 이세기 박사가 처음으로 포유류 동물의 뇌를 디지털화하는 데 성공했던 때처럼 미래의 장밋빛 청사진을 앞다투어 신기 시작했다.

2023년 8월 8일

드디어 디데이가 밝아 왔다. 김충길은 길영호 부소장을 비롯한 의료진과 연구진 등 이날 회복 수술에 참여할 인력들을 한자리에 모아 다시 한번 당부의 말을 전했다. 참여 인력 대부분도 상당히 긴장한 듯 보였다. 아침식사도 대부분 걸렀다고 했다. 그들은 수술이 진행되는 동안 아무것도 먹지 못할 것이다. 수사진도 그럴 것으로 김충길은 예상했다.

오전 8시가 되자, 수술 참여 인력은 수술실로 들어갔다. 수술실에는 이미 길건의 몸이 캡슐에서 나와 있었다. 수술이 시작되었다는 붉은 등이 들어왔다. 붉은 전등 아래는 무장한 경찰특공대 병력이 경비를 서고 있었다. 김충길은 서울에 있는 수사대장에게 시작을 알렸다.

점심시간이 지났음에도 이기석 소장 집무실에 모인 수사진은 아무도 식사를 하지 않았다. 모두 수술실 내부와 외부의 모습을 CCTV를 통해 보고 있었다. CCTV를 통해 보여지는 동영상은 정지 화면이라고 할 만큼 변화가 없었다. 똑같은 모습만 반복적으로 보여 주었지만, 김충길을 비롯한 수사진은 CCTV에서 눈을 떼지 않았다.

해가 중천에 있을 무렵, 수술실의 모습에 변화가 생기기 시작했다. 잠시 후, 길 부소장을 비롯한 참여 인력이 서로 하이파이브를 하는 것이 보였다. 이 장면을 지켜보는 수사진 사이에서도 환호가 쏟아졌다.

"와!"

김충길이 소파에서 일어나 소장실을 나갔다. 나머지 형사들도 그를 뒤따라 나갔다. 강력1팀 형사들이 수술실에 도착했을 때는 이미 김충길이 길 부소장을 만나 수술 경과를 듣고 있었다.

"감사합니다! 수고하셨습니다!"

링컨 할머니의 수술은 약 한 시간 후에 진행되었다. 길건은 회복실로 이송되고 제2 수술실에서 대기 중인 할머니의 수술이 곧바로 실시되었다. 김충길은 수사대장과의 통화를 마치고 소장실로 갔다. 팀원들과 향후 할 일에 대해 논의하기 위해서 였다.

할머니의 수술은 길건의 경우에 비해 오래 걸렸다. 할머니가 길건에 비해 고령이고, 부정맥과 파킨슨 그리고,

치매까지 앓고 있어서, 수술은 예상보다 길어졌다.

CCTV를 통해 전해지는 할머니 수술 장면이 갑자기 급박하게 돌아갔다. 심장에 문제가 생긴 것 같아 보였다. 고령에 수술 시간이 길어지면서 심장에 무리가 간 듯했다. CCTV를 통해 수술 장면을 지켜보던 수사진 역시 긴장하긴 마찬가지였다.

몇 번의 고비가 지나고 수술실은 다시 안정을 찾기 시작했다. 저녁 무렵 시작된 수술은 새벽이 지나고 다음 날까지 계속되었다. 할머니도 할머니지만, 거의 24시간을 꼬박 서서 극도의 긴장된 상태에서 수술에 참여한 인력들의 걱정이 앞섰다. 그렇게 시간은 하염없이 흘러갔다. 수술 장면을 지켜보던 형사들도 소장실의 의자에 앉아 졸고 있었다. 김충길도 역시 깜박 잠이 들었다.

"부웅!"

핸드폰 진동에 놀라 눈을 뜬 김충길은 모니터를 보았다. 모니터 속에 길영호가 수술실 앞에서 핸드폰을 귀에 대고 모니터를 올려다보고 있었다. 수술이 끝났다는 의미였다. 수술실 내부 화면에서는 의료진들이 수술 뒷정리를 하고 있었다. 결과는 알 수 없었다. 선잠에서 깬 수사진들은 모두 핸드폰을 들고 있는 김충길을 보고 있었다. 길영호의 한마디 한마디가 길게 느껴졌다. 화면에서 할머니 얼굴이 작게 보였다. 김충길은 자신도 모르게 안도의 한숨을 쉬었다.

"수술 잘 됐습니다. 중간에 몇 번 고비가 있었습니다만, 함께한 심장 전문의 선생님들의 신속한 대처로 무사히 고비를 넘겼습니다!"

2023년 8월 9일

"어떻게 됐어요?"

광화문에 위치한 정부서울청사 본관에서 열린 대책회의를 마치고 돌아온 김충길이 돌아오자 강력1팀 형사들이 사무실 입구에서부터 그를 에워쌌다.

"야, 야! 덥다 더워! 좀 옷 좀 벗고 이야기 하자!

"회의실로 가시지요! 회의실에서 이야기하자고요!"

1팀 형사들이 자리로 향하던 김충길을 용의자를 연행하듯이 회의실로 질질 끌고 갔다. 국무총리실, 국정원, 국방부, 행정안전부, 경찰청 등 관계 기관 간부들이 참석한 대책 회의에서 이번 사건의 대원칙이 수립되었다고 했다. 그것은 국익이었다.

2023년 8월 11일

세계 최고 뇌 과학자 이기석 박사 사망! 정부, 4년 전 이세기 박사 거짓말 재현하나?

"경찰이 이기석 박사 사망을 공식 확인했습니다. YNN 박기장 기자입니다."

"경찰이 세계적인 뇌 과학자 이기석 박사의 사망을 공식 확인했습니다. 실종 신고되었던, 길건 팀장과 이선혜 씨 사건에도 이기석 박사가 관여된 것으로 확인됐습니다.

경찰은 지난 10일 서울시 종로구 내자동에 위치한 서울경찰청에서 열린 이기석 박사 사망과 길건 팀장 및 이선혜 씨 실종사건에 대한 기자회견에서 이렇게 밝혔습니다.

이번 사건을 담당한 서울강력범죄수사대 강력1팀 김충길 경감은 이기석 박사가 경기도 양평군 야산에 한 폐기물 처리장으로 위장된 뇌 과학 연구소에서 숨어 지내다 지난 8일 경찰의 추적을 피해 도주 중 교통사고로 사망했다고 이날 밝혔습니다.

이기석 박사는 4년 전인 지난 2019년 이세기 박사와 함께 세계 최초로 고양이 뇌를 디지털화하여 컴퓨터와 포유류의 뇌를 서로 연결하는데 성공한 바 있습니다. YNN 박기정이었습니다."

에필로그

"서울중앙지검은 지난 4월 미라클컴 길건 팀장과 링컨 할머니 이선혜 씨 납치, 동물 학대와 불법시술 등의 혐의로 경찰의 수사를 받던 이기석 박사가 사망함에 따라 '공소권 없음'으로 사건을 마무리했다고 밝혔습니다. 이기석 박사의 지시로 납치와 동물 학대 등을 도왔던 길영호 부소장 등 연구원 등은 가담 정도에 따라 1, 2년의 형을 선고 받았습니다. 김기성 기자의 보도입니다."

정부와 검찰의 발표와 달리, 인터넷 상에서는 이를 부정하는 댓글로 가득했다. 대한민국 정부는 이기석 박사의 뇌 과학 연구소의 연구 실적과 이기석 박사의 뇌에 무엇이 있었는지 밝혀 달라는 여론의 요구에 일절 대응하지 않았다. 한국 정부는 뇌 과학 연구소의 연구실적에는 언론에 공개할 만한 주요 내용은 없었으며, 이기석 박사의 뇌에 저장된 데이터는 교통사고로 인한 충격으로 파손되어 복구되지 않고 있다는 말만 되풀이하고 있었다.

주요 외신들은 대한민국 정부의 발표를 믿지 않았으며, 이와 관련된 추측성 기사를 양산해 냈다. 주요 동맹국들은 정보 기관을 통해서 관련 기술 정보를 지속적으로 캐내고 있었다. 동시에 관련 기술 공유하기를 희망하고 한국 정부와의 관계 개선에 나서기도 했다. 그러나, 한국 정부는 사실 자체를 지속적으로 부인하고 있다.

"이선혜 씨가 사망한 것으로 오인하게 만든 국제 사체 매매 집단의 실체는 한국 경찰과 인터폴의 공조 수사로 그 실체가 하나둘 벗겨졌습니다. 미국 FBI는 해부 실습용으로 기증된 시신의 일부를 몰래 빼내 불법으로 유통시킨 혐의로 미국 명문 의대 영안실 관리자 부부를 체포했다고 밝혔습니다. 워싱턴 박애리 특파원이 전해 드립니다."

"뉴욕의 골치 거리였던 쥐떼들이 급격히 줄어들었습니다. 한국의 길고양이들의 미국 원정이 쥐 떼 박멸에 결정적인 역할을 하였습니다. 보도에 찰리 버네트 기자입니다."

링컨콘티넨탈 할머니 이선혜 씨는 수술 후 회복 기간을 걸쳐 마포 자신의 아파트로 돌아왔다. 길영호 박사를 비롯한 뇌 연구소 의료진 덕에 파킨슨병과 치매 증상은 상당히 호전되었다. 그녀는 과거처럼 밝은 미소와 덕담으로 마을 주민들을 만났고, 최세창 원장과 길건 팀장과 함께 지역 길고양이들을 돌보는데 앞장서고 있었다.

말도 섞지 않았던 최정원 부부와 최지혜는 어머니인 이선혜 씨의 눈물겨운 중재로 정상적인 남매로 돌아왔다. 최지혜 씨는 한국 길고양이를 입양 운동을 벌여 뉴욕 지역의 골치거리인 쥐 떼 해결에 앞장서기도 했다. 최지혜는 그 공로로 받은 보상금을 반려동물 기금으로 전액 기부했다.

"인간의 지능을 가진 고양이 이야기가 전 세계를 강타하고 있습니다! 한국 수의사의 시나리오가 바탕이 된 '대장 길고양이 짜장이'가 전미 박스 오피스 1위에 올랐습니다. 길 패트릭 기자가 준비했습니다."

최세창 원장이 길건 대표의 고양이 체험을 바탕으로 '대장 길고양이 짜장이' 시나리오를 썼다. 이 시나리오가 세계 최고의 OTT 기업에서 애니메이션으로 제작되어 최단기 박스오피스 1위에 오르는 기염을 토했다. 최 원장은 수익금 전액을 버림받은 반려동물을 위한 자선기금으로 기부했다.

또한, 최 원장은 링컨 할머니, 길건 팀장, 정재욱 등과 함께 반려동물 권리 운동을 시작했다. 최원장의 권리 운동은 언론의 관심을 받으면서 2023년을 빛낸 시민 운동으로 자리 잡기도 했다.

인간 최초로 고양이 생활을 경험했던 길건 미라클컴 팀장은 복원 수술 후, 적응기간을 거쳐 미라클컴 기획팀장으로 복귀했다. 그의 고양이 생활은 회사 직원들은 물론, 그의 가족에게도 함구했다. 물론, 그가 말을 한다고 하더라도 그것을 믿을 사람은 아무도 없을 것이다.

"미국의 로봇그룹 암봇의 시가총액이 애플과 테슬라를 제치고 시가 총액 세계 1위에 올랐습니다. 미국 뉴욕에서 정상진 기자가 보도합니다."

길건의 예상대로 암봇은 시총 기준 세계 1위에 올랐고, 여전히 미라클컴과의 광고 대행 관계를 유지했다. 덕분에 미라클컴은 빌링(취급고)기준으로 국내 대행사 3위에 오르는 기염을 토했다. 길건 팀장은 여전히 한선민 팀장과 새로운 신규광고주 영입을 위한 경쟁 프레젠테이션 회의에서 티격태격 서로의 주장을 내세웠다.

그렇게 동물들을 멀리했던 길건은 마포의 최세창 원장과 함께 길고양이 대부 역할을 자처하고 나섰다. 그는 동물 보호 시민 단체를 적극적으로 후원하고, 주말 시간이 날 때면 버림받은 반려동물들을 돌보는 봉사활동을 했다.

"야옹!"

"팀장님! 이 친구는 또 뭐예요?"

어느 날 김충길 팀장이 흰색이 섞인 노랑색 코리안 숏헤어 고양이를 데리고 출근했다.

"단무지! 아니, 단지였나? 그래 단지! 짜장이 친구지. 짜장과 단지!"

"야옹!"

"얘는 그럼 누가 키운다는…?"

박창대가 말을 하다 말고 고개를 돌리고 자리로 돌아갔다.

"이제 짜장이와 단지를 우리 강력1팀에서…. 아이 씨, 난 누구하고 이야기 하는 거니?"

작가의 말

고양이가 나의 인생 항로를 이렇게 바꾸어 놓을 줄은 꿈에도 생각하지 못했다. 2년 전쯤 어느 날 아파트 단지 안에 울린 고양이의 울음소리는 정말 그칠 줄 몰랐다. 이른 저녁부터 시작된 고양이의 울음소리는 새벽까지 이어졌다. 고양이 울음소리가 그렇게 다양하다는 것을 그때 처음 알았다. 잠을 잘 수 없어서 화도 났지만, 궁금해졌다. 재가 왜 저러는 걸까?

추리소설을 좋아했던 나는 간신히 하룻밤을 보내고 고양이와 관련된 이야기를 써 보면 어떨까 하는, 약간은 무모한 생각을 했다. '당직실 고양이'는 그렇게 해서 시작되었다. 추리소설이면 당연히 사건사고를 중심으로 이야기가 전개돼야 되는데 막상 시작해 보니 그게 쉽지 않았다.

추리소설을 읽는 것은 쉬웠지만, 글을 써 나간다는 것은 또 다른 문제였다. 쓰고 고치고를 수십 번 거치면서 이야기는 점점 뼈대를 이루어 갔다.

직접 소설을 써 보니, 의외로 힘든 부분 중에 하나가 이름이었다. 본의 아니게 이름을 차용당한 분들께 감사의 말씀을 전한다. 때로는 지인들의 이름, 때로는 생각나는 아무 이름을 약간씩 바꾸어 소설 중 인물에게 지어 주었다. 앞으로 자신의 이름을 써도 좋다고 허락해 주신 분들께도 감사의 말씀을 전한다.

'당직실 고양이'가 세상에 나올 수 있었던 것은 도서출판 비엠케이의 곽수진 님의 공이 가장 크지 않았나 싶다. 곽수진 님이 아니었으면, '당직실 고양이'는 지금도 햇빛도 보지 못했을 것이다. 그리고, 안광욱 대표님께도 감사드린다. 안 대표님이 곽수진 님의 제안을 받아들이지 않았다면 '당직실 고양이'는 아직도 노트북에나 있을 것이다. 또한, 편집자 정여름 님이 없었다면, 아마 '당직실 고양이'는 습작 수준에서 벗어나지 못했을 것이다. 정여름 님 덕에 어깨의 힘을 뺄 수 있었다.

그리고, 아내 김태경께도 감사의 말을 전한다. 그녀는 첫 독자이면서 가장 매서운 혹평가였다. 그녀는 '당직실 고양이' 제목과 '짜장'이와 '단지' 이름의 저작권자이기도 하다. 바쁜 와중에도 미완성 소설을 읽고 의학적 소견을 넘어 크리에이티브 부분까지 조언을 해 준 전 한국뇌신경과학회장 허성오 한림대 의대 교수께 감사드린다. 그 외에도 잘못된 고양이 표현에 대한 자문을 아끼지 않았던 류덕희님에게도 감사말씀 드린다.

출판 기념회를 열어 주겠다면서 응원해 주신 경광회, 경성회 선배님들 그리고, 경희고 동기들께 감사의 말씀을 전한다. 마지막으로 작가의 길을 걷는 데 응원 말을 아끼지 않던 동빈, 예빈에게 아빠로서 진심으로 감사하다는 말을 전하며, 가족 모임 때 마다 진행 사항을 물으며 응원

해 준 한영욱, 송대숙, 황선호, 송대혁 등 형들과 누나 그리고, 조카들에게 감사의 말씀을 전한다.

당직실 고양이

1판 1쇄 인쇄 2024년 7월 22일
1판 1쇄 발행 2024년 7월 31일

지은이 송대길
펴낸곳 도서출판 비엠케이

편집 정여름
디자인 아르떼203, 곽수진
제작 올북컴퍼니

출판등록 2006년 5월 29일(제313-2006-000117호)
주소 121-841 서울시 마포구 성미산로10길 12 화이트빌 101
전화 (02) 323-4894 **팩스** (070) 4157-4893
이메일 arteahn@naver.com

값은 뒤표지에 있습니다.
ISBN 979-11-89703-79-0 03810